LA PEINE DU MENUISIER

Marie Le Gall est née à Brest en 1955. Elle est professeur de lettres à Fontainebleau. *La Peine du Menuisier* est son premier roman.

MARIE LE GALL

La Peine du Menuisier

ROMAN

PHÉBUS

© Libella, Paris, 2009
ISBN : 978-2-253-13318-6 – 1re publication LGF

À mon père

Il y a toujours quelque chose d'absent qui me tourmente.

Camille CLAUDEL

Chacun de nous naît au moins deux fois. Le jour de l'accouchement de sa mère et celui de son premier souvenir.

Je suis née à quatre ans dans un face-à-face foudroyant avec la mort. Rescapée, je ne sais comment.

*

Le voisin Michel avait laissé tomber son frère.

Denis était blanc, vêtu de blanc, sur un lit blanc.

Le lendemain de cette terrible journée, je descendis la route qui conduisait à la grève, une route étroite et grise, bordée de talus hauts comme des murailles d'où jaillissaient les fougères et les digitales. Après l'école Saint-Yves sur la gauche, il y avait une ferme, puis plus rien. Seulement les champs, à perte de vue. Je tenais la manche de grand-mère Mélie tandis qu'elle avançait, s'appuyant sur sa canne en ébène à pommeau d'argent ciselé. Elle marchait lentement, toute à ses prières. Près de la ferme, je jetai un regard au bouvreuil dans la petite cage au-dessus de la porte. Il était silencieux. C'était l'été, le soleil caressait la campagne, l'air était chaud, léger, tout vibrant d'insectes minuscules. Nous nous sommes arrêtées devant la grande maison neuve, la dernière à droite, le long du chemin creux qui menait au moulin de Parlavan. C'était là.

Grand-mère Mélie serrait ma main à présent, un peu fort, juste avant d'entrer sans frapper – la porte était ouverte. Nous traversâmes le couloir recouvert de mosaïques, la chambre était à gauche.

Devant moi, il y avait un enfant allongé sur un lit, immobile comme ne le sont jamais les enfants, une immobilité statuaire, souveraine. Près de lui, une femme assise ne bougeait pas, ne parlait pas non plus.

Je venais d'avoir quatre ans et j'apprenais que, même tout petit, on pouvait mourir. C'était une fin d'après-midi. À travers les persiennes mi-closes, la lumière du soleil encore haut dans le ciel dévoilait un sourire sur le visage tranquille de Denis.

Le lendemain, sur le cercueil, il y avait un drap blanc.

Les deux enfants jouaient quand la mort était venue faucher le petit sur la selle d'un beau vélo de grand garçon où l'aîné l'avait assis.

Le vélo, c'est dangereux ! On l'enfourche, on roule, on peut tomber, et puis on meurt !

Plus tard la vie a recommencé après la pose d'un petit ange blanc sur la pierre tombale :

DENIS, 1957-1959

C'était le quinze du mois d'août. Le Menuisier était là. Tout comme Louise, ma mère, grand-mère Mélie et Jeanne, ma sœur. Le soir, je regardai le Menez-Hom [1] qui se découpait sur l'horizon, au-delà des champs et des hameaux inconnus. Le soleil venait de se coucher, le ciel rougeoyait encore. Des nuages d'un mauve velouté s'étiraient paresseusement comme de très longs chats immobiles bientôt endormis dans la chaleur qui nous engourdissait un peu et nous protégeait. Une douce lumière éclairait notre *penn-ti**[2] et le cimetière juste à côté. Ça sentait le trèfle et la poussière des chemins.

Je savais qu'il ferait beau le lendemain.

Louise s'était lamentée quand elle avait appris la nouvelle. « Mourir à deux ans ! Un accident ! C'est affreux, c'est horrible, c'est atroce. Pauvre femme ! » On n'avait rien dit à Jeanne. Grand-mère Mélie s'était assise en silence et en faisant bouger son menton. Moi, j'avais entendu à l'épicerie de la mère Costiou : « Le service à trois heures... » J'avais couru pour gravir les marches du cimetière, échappant à la surveillance. Je m'étais cachée derrière le mur envahi de lilas sauvages. En me penchant un peu vers la grille, j'avais vu.

---

1. Point culminant des Montagnes Noires (Finistère sud). *(Toutes les notes sont de l'auteur.)*
2. Tous les mots suivis d'un astérisque à la première occurrence, bretons ou issus du parler brestois, sont expliqués dans un glossaire en fin d'ouvrage, p. 316.

La boîte en sapin rectangulaire dans laquelle on avait mis Denis descendait vers la fosse, légèrement à l'oblique, toute petite. Pourtant je la vois immense. Je vois même le crucifix. Mes yeux ont pris la photo avec un téléobjectif. Elle est imprimée sur fond de ciel bleu. Il y a longtemps de cela, mais je n'ai pas besoin de baisser les paupières : je vois.

*

Une autre image se superpose doucement à celle-ci, glisse, revient, disparaît encore. C'est la silhouette du Menuisier. L'après-midi de l'enterrement, il était allé à la ferme du Traon pour aider à la moisson.

Quand il était rentré, il n'avait rien dit, ses yeux étaient vides, sa bouche était restée fermée.

Le Menuisier ne parlait pas.

Ses yeux inoubliables transpercent encore les miens plus de vingt ans après sa disparition. Légèrement bridés, ils disaient un silence profond, lourd de paroles enfouies, une tristesse infinie et une pudeur de sentiments. Il était ombrageux, inaccessible. Je l'ai peu vu sourire. Et pourtant, cela lui arrivait parfois – comme un faux pas soudain et attendrissant, une erreur de parcours, un incident lumineux sur un visage qui laissait croire furtivement qu'il aurait pu être heureux.

Il avait un visage aux pommettes saillantes et hautes, un peu couperosées avec l'âge, qui auraient pu lui faire deux petites joues de clown s'il n'avait eu le regard si triste.

Quand j'ai ouvert les yeux pour la première fois et qu'il s'est penché au-dessus du berceau pour découvrir celle qu'il n'attendait plus, nous avons fait connaissance dans un mutisme infini, celui qui régnerait en maître absolu sur nos deux vies. J'avais un jour. Lui, cinquante-deux ans.

Pendant les grandes vacances à la campagne, je ne le voyais que le samedi soir et le dimanche quand il arrivait au *penn-ti*. J'apercevais la silhouette noire en haut de la côte. Il descendait de l'autocar qui s'arrêtait un instant avant de repartir par la route nationale, desservant tous les villages jusqu'à Quimper.

La route nationale, c'est dangereux ! Il ne faut pas la traverser seule !

Je le reconnaissais de loin. Mais son cheminement lent et régulier semblait durer des heures. C'était comme si le Menuisier n'arriverait jamais. J'attendais, dissimulée derrière le pignon. Ma mémoire, à cet instant infirme, ne me restitue aucune image.

Je cherche, comme un chien qui creuse à toute vitesse et fait gicler la terre de tous côtés. Il n'est jamais arrivé. Je suis sans souvenir et je ne peux l'imaginer à la porte du *penn-ti*.

Dans mon impuissance à le faire venir, je ne pouvais tendre les bras, je ne pouvais accourir. Je restais là, muette et figée, tout près du mur, les mains froissant le tablier en vichy rouge et blanc qu'un jour il m'avait rapporté de Luchon.

Chacun est resté seul sur sa route. Semblables et parallèles comme ces droites qui, par définition, ne se rencontrent pas.

Je ne le nommais pas. Il ne m'appelait jamais.

Vivant, il était pourtant bien plus mort que les morts du cimetière dans leurs cercueils tout noirs, rongés par le temps, pleins de terre et de boue. À quoi bon le nom sur la pierre puisque ceux qui étaient là ne sont plus ? On peut toujours les appeler. Ils ne répondront pas.

*

Ici, chacun vit dans sa boîte. Louise encore plus que les autres parce qu'elle est sourde. Elle se débat comme elle peut et geint en lançant ses bras dans tous les sens pendant que les autres essaient de ne pas étouffer. Jeanne est une grande malade, incurable, c'est le docteur qui l'a dit. Elle pleure, hurle aussi, délire ou s'exalte. Quelquefois, au calme, elle prie la Sainte Vierge avec grand-mère Mélie. La Sainte Vierge sous son globe, bleu et blanc, avec un long chapelet, et une rose sur chacun de ses pieds nus.

« Ô Marie, conçue sans péché, priez pour nous ! »

Jeanne récite des « Je vous salue Marie » en boucle, grand-mère Mélie égrène son chapelet, la Sainte Vierge fait des miracles, elle guérira Jeanne un jour.

Le Menuisier fuit la boîte. Il sort respirer la campagne, seul.

À la fenêtre du *penn-ti*, je le regarde partir dans la lumière poudroyante du soir. Alors je sais que c'est merveilleux de respirer. J'aime plus que tout l'odeur de la paille chaude, celle du beurre salé avec ses gouttelettes sur le dessus et les cristaux qui craquent sous la dent, les pierres plates et lisses qui affleurent à la surface limpide du ruisseau, l'horizon qui touche le ciel au loin. Et les champs de blé, et les gâteaux Paille d'or, toutes les saveurs, toutes les odeurs de la vie. Un bonheur immense souffle dans mon corps.

J'oublie très vite Denis. Je suis ivre de l'été, de la chaleur des routes, de l'air pur et lumineux, du parfum des *bouquets de lait** au printemps ou de la criste-marine dans les rochers de l'anse de Rostiviec.

Moi, j'aime être en vie.

*

Louise avait annoncé sa grossesse au Menuisier un soir à son retour de l'arsenal. J'allais bientôt naître. Il avait blêmi.

« C'est le docteur qui l'a dit ! C'est pas le retour d'âge ! »

Pour la deuxième fois le Menuisier s'était rendu chez le pharmacien de la rue Fautras, celui qui préparait des infusions. C'était une officine discrète.

À première vue, on pouvait la confondre avec une épicerie, coincée entre la boulangerie et le *Leclerc vêtements*, grand fournisseur de sarraus en Nylon fleuris et de charentaises fourrées. Derrière le comptoir en chêne, le pharmacien écrivait, assis sur un haut tabouret. Les étagères pleines de boîtes soigneusement rangées montaient jusqu'au plafond, il fallait une échelle. Le Menuisier était entré en disant « M'sieurs dames » puis il s'était arrêté devant un présentoir en attendant son tour. Il y avait là des savons roses et ronds sur lesquels étaient sculptées des fleurs minuscules, deux bouteilles ventrues pleines d'eau de Cologne et de lavande, des petits peignes roses ou bleus, des brosses à cheveux très douces qui caressaient le crâne, des rondelles à mastiquer en caoutchouc blanc. Tout en bas, les couches. On disait les langes.

« Une demi-bouteille d'eau de Cologne, une demi de lavande et cent grammes de fleur d'oranger, s'il vous plaît. »

C'était le code. Le pharmacien demandait : « Vous avez vos bouteilles ? », le client secouait la tête pour dire non. « Ah ! disait le pharmacien, il faudra revenir demain, je n'en ai plus d'avance. Mais je peux vous donner la fleur d'oranger. »

Il se retirait dans son arrière-boutique. On pouvait voir ses mouvements dans le rai de lumière. Il mettait un lorgnon comme les anciens apothicaires, tripotait bocaux et couvercles avec ses doigts agiles qui ressemblaient à des pattes d'insectes, pesait sur les petits plateaux en laiton de la balance et revenait. Il donnait le pochon en papier kraft sur lequel était écrit combien de cuillerées à café. « Dans de l'eau frémissante surtout ! » Le prix était indiqué au crayon gris sur un bout de papier.

Le Menuisier était sorti en disant : « *Kenavo**. »

La fleur d'oranger coûtait cher.

Le mélange ne fut d'aucune efficacité et Louise refusa l'aiguille à tricoter de la faiseuse d'anges de Lambézellec. La dernière fois elle avait failli y passer !

La voisine, une sacrée *gast a loan** celle-là, avait l'habitude de dire qu'il fallait faire beaucoup de vélo, monter la côte du Grand-Turc entre Recouvrance et les Quatre-Moulins sans mettre le pied à terre. Louise fit du vélo. Grand-mère Mélie pria, demandant au bon Dieu de rappeler le petit têtard qui s'était installé dans le ventre de sa fille.

« Comme s'il aurait pas pu aller plutôt chez Suzy de la rue Dumont-d'Urville qui peut pas en avoir ! Depuis l'temps qu'elle va à Saint-Sauveur supplier la Vierge ! Rien du tout ! »

Grand-mère Mélie alla jusqu'à la chapelle Sainte-Anne-du-Portzic. Douze kilomètres aller-retour pour offrir un cierge à la mère de Marie. Elle joignit les mains, entortillant ses doigts autour de son chapelet marron, et s'agenouilla, silhouette maigre et noire, méconnaissable avec son béret bien enfoncé sur le crâne.

« Bien trop tard, mon Dieu ! Ô *santez* Anna* ! Bien trop tard pour avoir un enfant… Et l'aînée qui est handicapée ! À quarante-quatre ans, ma fille pourra pas tenir ! Elle va attraper la mort ! »

Santez Anna et tous les autres n'ont rien voulu entendre. Le ventre de Louise s'arrondit au fil des mois et le Menuisier tomba malade.

Le têtard se portait bien.

*

Un soir, le docteur fut appelé en urgence. « Crise d'urémie », avait-il déclaré. Le Menuisier ne quitta plus la chambre. Louise était prostrée sur une chaise, à son chevet. Elle attendait la vie et la mort en même temps. Il allait mourir le Menuisier, mourir à l'idée de me connaître. On avait même appelé ses frères qui avaient pris l'autocar à partir de Saint-Ségal, leur village natal près de l'Aulne[1], à la lisière des Montagnes Noires, pays du Porzay.

La dame qui faisait le catéchisme courut jusqu'à Kerbonne chercher l'abbé Le Merdy qui bénit le corps en sueur, immobile sous les draps brodés et la courtepointe grenat. Le Menuisier communia.

_____
1. Canal de Nantes à Brest.

20

« Il a reçu l'extrême-onction ! Extrémisé ! Extrémisé ! C'est la fin, j'vous dis ! » Louise ne bougeait plus. Grand-mère Mélie restait muette. Elle n'aimait pas beaucoup le Menuisier qui avait encore engrossé sa fille. Avec les hommes, y a qu'ça qui compte ! Mais elle avait de la peine. C'était un brave garçon dans le fond, et travailleur ! On pouvait pas dire le contraire. Le bon Dieu l'avait bien puni.

La religieuse du couvent des sœurs de la Charité avait emmené Jeanne à la chapelle. Elles prièrent sainte Thérèse de Lisieux, pour changer. Elle ne ferait peut-être pas de miracle, mais à coup sûr, lui avait-elle dit, « accueillerait ton papa au paradis ».

Il n'en fallut pas plus à Jeanne pour renverser le prie-Dieu et s'enfuir en hurlant. Elle se mit à courir sur le boulevard, dévala le chemin derrière la ferme Jacopin et, criant toujours, sauta le talus, se griffa les jambes, déchira sa belle jupe à fleurs. Quand elle arriva à la maison, ses cris brisèrent le silence.

Le temps s'était arrêté. On entendait à peine le réveille-matin posé sur le marbre de la table de nuit. Le Menuisier bougea doucement les paupières, prononça des paroles inaudibles. Peu à peu sa respiration se fit plus régulière.

On ne saurait jamais ni comment ni pourquoi. Les bonds dans l'escalier monté quatre à quatre, les hurlements d'une jeune fille malade qui appelait son père avaient vaincu la mort. Le squelette à la faux s'était enfui dans un panier à beurre, loin, au-delà des toits et du grand marronnier, au-delà de la ville, dans une campagne inconnue. Il n'était pas près de revenir.

Le Menuisier revint à la vie. Louise pleura. Grand-mère Mélie retourna à la chapelle avec Jeanne pour dire merci à la Sainte Vierge et aux autres.

Le têtard flottait au chaud.

*

Un lundi matin, 1er août, il fallut bien que le Menuisier allât à la mairie, comme tous les pères. Silencieux, les yeux rivés au sol comme un enfant en faute, il traversa les petites rues derrière la maison. Il avait troqué son « bleu » contre un pantalon du dimanche en Tergal, une chemise blanche à manches américaines, des bretelles. Il portait ses lunettes rondes et noires qui masquaient totalement son regard, un béret noir.

Il s'était mis sur son trente et un, comme pour aller à la noce.

Il longea le cimetière de Recouvrance en pensant que j'aurais pu m'y trouver en compagnie des petits anges qui meurent avant de naître ou à la naissance. Accès direct au paradis de toutes les façons. C'est pour ça qu'il y a des anges.

Mais j'étais en vie et il fallait me donner un nom.

L'employée éteignit la TSF, et sans lâcher son tricot, lui dit que c'était au père de venir reconnaître l'enfant. Il expliqua, elle fut gênée. En sortant, il l'entendit parler à sa collègue.

« Tu te rends compte, j'ai cru que c'était le grand-père ! Quel âge il peut avoir ? Y en a, j'te jure ! Jamais autant ! »

Par tradition, il me donna le prénom composé de sa sœur asthmatique, morte en crise beaucoup trop tôt en laissant trois jeunes orphelines. C'était aussi le prénom de sa tante, la sœur de Tad*, qui n'avait vécu que quelques années. « Marie-Yvonne », avait écrit l'employée. Enfin, puisqu'il fallait un second prénom, celui de la fille de ma marraine, Nicole, fit l'affaire. Asphyxiée par une fuite de gaz, elle s'était éteinte à six ans.

J'avais un jour et n'étais que sourires et gazouillis dans mon berceau. Il faisait une chaleur torride, j'ignorais mes prénoms, leurs origines et l'heureux destin qui en découlerait. Mais les bonnes fées se regroupent toujours autour du berceau. Les miennes n'allaient pas tarder à venir.

Quand elles ne sont pas là le jour du baptême, ce n'est pas la peine de les chercher : elles ne viendront pas. Jamais. Mon parrain et ma marraine s'étaient fait porter pâles pour des raisons que j'ignore, et on les avait remplacés par des personnes que je n'ai jamais revues. Ma fée à moi, ce fut Jeanne, ma sœur bien plus âgée et qui se disait ma jumelle. Ne s'était-elle pas écriée en me voyant pour la première fois : « Ça fait dix-neuf ans que je l'attendais ! » ?

Ce fut ainsi qu'elle décida de notre gémellité. Je n'ai jamais cherché à la contredire. Et puis ça faisait au moins une personne pour laquelle ma naissance était ce que l'on a coutume d'appeler « un heureux événement ». C'était même une grande victoire puisque j'étais inscrite dans son désir depuis toujours.

À la mi-août, Louise rentra de l'hôpital en taxi. J'étais enveloppée dans un châle que Zaza, la femme de ménage, avait tricoté au crochet.

J'ai connu Zaza. Elle aussi, je la vois, immobile, dans l'encadrement de la porte de la cuisine. Elle porte une jupe droite, une veste étroite et un fichu sur la tête. Elle est maigre, Zaza. Ses joues sont creuses, mais ses yeux brillent quand elle me regarde. Ils brillent tant que je me demande s'il s'agit de larmes ou de rires. Elle a des lèvres minces, un peu pincées, et un rouge à lèvres vraiment très foncé.

« Zaza n'avait pas de rouge à lèvres ! Ses lèvres étaient violettes, elle est morte d'une maladie de cœur ! » me dit un jour Louise, offusquée de mon ignorance.

Oh ! oui, Zaza avait un cœur, je le savais. Mais je ne la savais pas malade, je la croyais seulement coquette, avec sa petite tenue bien propre de pauvre femme.

24

Quand le taxi nous arrêta devant la maison, nous ne passâmes pas par la cave, passage quotidien et ordinaire, mais par l'entrée d'honneur, l'escalier à gauche bordé d'hortensias. Par un second escalier, nous atteignîmes le couloir qui longeait la salle à manger, puis nous poursuivîmes notre ascension jusqu'au premier étage. Louise et moi, Jeanne collée à Louise, grand-mère Mélie tenant la rampe. Le Menuisier qui était en congés payés fermait la marche.

Louise me déposa dans un petit lit de bois rose, ma première boîte, à peine plus grande qu'un cercueil mais nettement plus confortable, avec des draps brodés et un édredon de cotonnade fleurie. On l'avait casé dans un coin entre la cheminée de marbre et la fenêtre. Bien calée contre son oreiller, elle pouvait me regarder dormir. Le Menuisier aussi. Au-dessus de mon couchage, fixés au mur dans des cadres, Tad et Mam'* (que l'on prononçait « manm' »), mes grands-parents paternels depuis longtemps disparus, veillaient sur moi. On dit à Jeanne d'être sage, de ne pas crier, de ne pas parler, de ne pas faire de bruit en montant l'escalier, de ne pas toucher au petit faon en tissu jaune et rouge fabriqué par le voisin Roger.

« On t'a fait le même en bleu ! »

J'étais chez moi, mon premier chez-moi, dans mon berceau de bois. Je dormais dans la douceur de la pénombre zébrée par les persiennes mi-closes, dans le silence.

J'étais née, porteuse de vies ombrageuses qui n'étaient pas la mienne, ignorant que tout était déjà drame autour de moi. J'étais leur soleil fragile.

Et eux, ils étaient là, debout, à me regarder.

*

La vie au *penn-ti*, c'était seulement pendant l'été. Le reste de l'année, on habitait à Brest sur les hauteurs de la Penfeld [1], au Landais.

La maison du Menuisier, grise côté rue, blanche côté jardin, était coincée entre deux autres bâtisses des années trente, grises elles aussi, mais moins austères. Les volets jaune soleil de celle de gauche, couleur osée pour la rue et l'époque, dénonçaient la vulgarité des propriétaires et l'excentricité des locataires bruyants et noctambules qui s'engouffraient tard le soir dans un couloir humide et sale qui sentait la bière et au bout duquel ils retrouvaient leur « garni ». Marins saouls de Recouvrance accompagnés de jeunes femmes aux lèvres rouges, au chignon crêpé et aux ongles peints.

Un vieillard solitaire s'accoudait chaque après-midi de printemps à la balustrade de la fenêtre qui donnait sur le jardin. Veuf ou vieux garçon, il finissait ses jours dans la contemplation d'un potager entretenu par les propriétaires. Il avait la peau

---

1. Rivière coulant à Brest.

burinée, de grosses rides, il toussait bruyamment en crachant dans son mouchoir. Il portait un tricot de peau blanc qui laissait voir sa carrure de catcheur, ses bras musclés. Il avait au moins… cinquante ans ! Il fumait des « maïs », et le mégot restait collé à sa lèvre inférieure. Il m'intriguait et, sans me faire vraiment peur, sa proximité m'inquiétait. Il était costaud, il aurait pu m'enlever, me manger, comme les ogres. La simple idée de le toucher me répugnait au plus haut point.

Parce que moi, je ne veux pas qu'on me touche ! Personne !

Il ne ressemblait pas au Menuisier. Il avait la tête de celui qui « a roulé sa bosse ». Il s'appelait M. Moncorgé, comme Jean Gabin. C'était pas un nom de chez nous.

La maison du Menuisier, étroite et timide, s'étirait vers le ciel gris, compressée par ses voisines, celle aux volets jaunes et celle aux volets bleus qui avançait vers la rue un balcon insolent, à la balustrade gonflée et voluptueuse, qui dominait le nôtre puisqu'il se trouvait au second étage. Nous étions les manants et la mère Le Bihan nous toisait de son œil de mouette.

« Les gens sont méchants, tu sais, les gens sont méchants », répétait Louise à l'envi.

La mère Le Bihan, c'était « les gens ». Quand elle voyait Jeanne, elle pointait son doigt sur sa tempe et le tournait. Quand elle rencontrait grand-mère Mélie en allant aux commissions, elle l'appelait « œil à la coque » et ricanait. Grand-mère Mélie avait un œil de verre et n'entendait plus très bien. Avant de se coucher, elle l'enlevait comme ses habits qu'elle appelait ses « effets », et le déposait dans un petit récipient transparent où il flottait. Un verre à limonade, également sur sa table de nuit, recevait son dentier.

« Tu as un faux œil et des fausses dents », lui avait un jour dit une voisine.

Grand-mère Mélie avait ri.

« Et quand j'étais jeune, si tu m'avais vue, j'avais un faux cul ! »

Et elle nous montrait la photo, la robe jusqu'aux pieds et le gros nœud sur le derrière. Grand-mère Mélie avait connu la Belle Époque.

Le jardin prétentieux de la mère Le Bihan s'ouvrait sur la route de l'église. Les murs de clôture étaient envahis de chèvrefeuille et de passiflore. Nous, nous n'avions que des fleurs ordinaires. À droite, une atmosphère un peu trop baroque ; à gauche la vulgarité jaune et la platitude côté jardin car le potager relevait plutôt du champ de patates ; et, au milieu, s'efforçant d'exister, la maison du Menuisier, enserrée dans sa tristesse, maintenue droite, vivante et fière malgré tout sous son toit plat en zinc. À l'entrée du jardin, il y avait un cagibi qui ouvrait sa fenêtre immense sur un massif d'hortensias bleus et sa porte sur la courette du lavoir couvert, cimenté et gris comme la façade de la rue, comme le toit, comme la lessiveuse qui moussait à gros bouillons une fois la semaine. Une haute niche au toit pentu protégeait deux bouteilles de Butagaz des averses et du crachin.

Le voile de brume qui nuançait nos murs comme nos vies s'étirait dans l'allée centrale et s'arrêtait au niveau d'une haie de genêts séchés à une vingtaine de mètres. De part et d'autre des deux poteaux où le Menuisier avait installé ma balançoire, s'étalait un potager minuscule, un vrai comme dans les livres d'images : des arbres fruitiers, un cerisier, de petits massifs d'œillets d'Inde roux, des capucines jaunes et orangées, un lilas. Je ressemblais aux fleurs dans ma robe de coton blanche parsemée de pommes dorées. J'étais en couleurs, j'étais la joie au printemps. Celle de Jeanne sûrement, de Louise quelquefois. Grand-mère Mélie avait depuis longtemps cessé de sourire, et le Menuisier ne disait rien.

Mon univers se résumait à deux maisons, celle du Landais où la grisaille dominait malgré les couleurs de la belle saison et les lumières de Noël, et le *penn-ti* aux volets délavés, aux murs tout aussi gris qui s'assombrissaient quand le ciel était lourd, mais le plus souvent réfléchissaient la lumière violente de l'été qui m'aveugle encore aujourd'hui.

*

Il s'appelait René-Paul et il vivait dans le cadre de la chambre de grand-mère Mélie, dans la maison du Landais. La photo, prisonnière d'un bois sombre orné de motifs discrets et réguliers, occupait la place traditionnelle du miroir au-dessus de la cheminée. Elle en avait les dimensions. Le portrait est grandeur nature.

René-Paul était le petit frère de Louise. Il était à moi aussi. Il appartenait à ma famille de morts. Il en était même le héros, l'ange, le martyr.

J'entrais souvent dans la chambre qui donnait sur le jardin quand grand-mère Mélie n'était pas là. Il flottait une odeur d'encaustique, un filet d'air gonflait les rideaux tirés et j'entendais le bruissement des feuilles du cerisier, la rumeur des jardins. Sur le parquet une flaque de soleil palpitait. Tout vivait.

Je regardai René-Paul dans les yeux. Debout, ses deux petits poings sur les hanches, l'air grave, et vêtu de blanc, il me dévisageait, immobile et silencieux. Sa bouche, à peine plus grande que celle d'un bébé, restait close. Son regard transparent était fixe mais terriblement vivant, sa frange blonde parfaitement coupée à l'horizontale au-dessus des sourcils. Un coup de ciseaux sec et précis était passé par là avant le rendez-vous chez le photographe. Il n'avait épargné que quelques boucles autour des oreilles.

Il posait, sereinement, ignorant alors son destin d'enfant éternel. On l'avait chaussé de bottines à lacets, hautes et sombres, en cuir, qui m'intriguaient par leur aspect aussi dur et lisse que du bois verni.

C'était un enfant blanc, en culotte courte et vareuse à col marin. Un deuxième enfant blanc, mort aussi à six ans, disparu pour moi de longue date, bien avant ma vie. Et je le regardais, et ne cessais de m'interroger.

Où est celui qui manque entre ces deux-là ?

La mort était omniprésente dans nos vies. On était toujours en deuil de quelqu'un. Face aux cadres des chambres de la maison du Landais, je fis très vite connaissance avec les morts.

Ceux qui avaient eu un vrai visage et un regard, ceux qui avaient parlé un jour, bougé bras et jambes comme moi, ceux qui avaient respiré, vécu, n'étaient plus que des êtres de papier auxquels manquaient les couleurs. Des êtres gris, sépia, blanc et noir. Ils étaient ma famille. René-Paul, celle de Louise, les autres, celle du Menuisier. Grand-père Prosper, le mari de grand-mère Mélie, n'était pas sur le mur, caché quelque part dans une boîte poussiéreuse de la cave en même temps que dans une autre, enterrée au cimetière. Il était mort jeune, à vingt-huit ans. Sur la photo, mon grand-père Prosper était plus jeune que le Menuisier, et pourtant il était né près de trente ans avant lui.

Ils étaient tous mon sang, ma peau, les reflets roux de mes cheveux, les expressions de mon visage. Ils habitaient en moi et jamais ne me laissaient seule.

J'interrogeais parfois Louise, je connaissais René-Paul grâce à deux ou trois anecdotes sur sa courte vie, son tambour, son cor de chasse rouge et rouillé qui gisait dans un carton au fond de la cave. Je m'arrêtais souvent devant la vieille armoire en merisier, placée sur le « carré » entre les portes des chambres, parce que je savais qu'il aimait se cacher tout en haut après avoir escaladé une chaise. Je regardais, longtemps, au cas où j'aurais aperçu ses deux pieds bottés dépasser. Je caressais le petit angelot en biscuit qui « avait été sur la couronne mortuaire » et, depuis lors, précieusement conservé par grand-mère Mélie. Il avait une jambe cassée, je le vénérais comme une icône.

J'aimais les morts, je les sentais frémir, ils me voyaient comme je les voyais, mais je me heurtais douloureusement à leur silence. J'aurais voulu les entendre, ils avaient tant de choses à me dire, bien plus que les vivants. Ils me fascinaient. J'ai toujours eu la certitude qu'ils vivaient près de nous d'une autre manière. La photo était là pour me le rappeler.

Je n'interrogeais pas le Menuisier muré dans son silence.

Dans la cave, à droite de l'escalier, son établi formait une masse compacte et lourde qui se détachait à peine de l'ombre. Ses contours en devenaient presque inquiétants tant il était sombre, massif et pesant. Les ciseaux à bois étaient bien rangés, les uns auprès des autres comme des couteaux de boucher.

Je jouais à la bouchère quand il n'était pas là.

Quand il m'y appelait parfois, c'était pour tourner la meule qu'il avait lui-même fabriquée pour aiguiser ses outils. Elle faisait au moins cinquante centimètres de diamètre. Je me demandais pourquoi il l'avait choisie si grande. J'en avais vu de toutes petites à la quincaillerie Poilvez sur la place de l'église. Elles étaient discrètes et jolies comme des jouets. La sienne était beaucoup trop grande. On ne faisait jamais rien comme tout le monde. J'avais un peu honte quand Marie-Cécile arrivait à l'improviste. Le Menuisier travaillait souvent en laissant la porte ouverte sur la rue pour avoir plus de lumière.

Je n'aimais pas obéir à son ordre, mais j'aimais la lame qui brillait au fur et à mesure qu'il l'aiguisait tandis que je tournais la manivelle et qu'il versait de l'eau sur la pierre. L'eau limpide coulait comme un petit ruisseau, ses reflets me faisaient oublier sa présence muette, la mienne à son côté.

Le silence entre nous, l'eau comme une source vive sur la lame, jamais de mots. Il faut croire qu'ils sont parfois inutiles ou ne peuvent être prononcés. Quand il avait fini, le malaise s'installait. On ne savait pas quoi se dire.

Il portait un béret basque et j'avais honte des bérets. C'était pour les ploucs ! Le chapeau mou, c'était pour les grandes occasions et ça lui allait bien – les enterrements, la messe et peut-être quelques sorties exceptionnelles chez des proches au Premier de l'an.

« Et pour ma'am' Le Duff, ce sera ? »

Le rôti de porc, c'était un gros morceau de bois odorant, blond, carré et solide avec un énorme nœud. Je faisais semblant de couper des tranches de pâté avec une égoïne, un peu de sciure tombait. J'enveloppais ma marchandise dans du papier journal avec quelques copeaux qui traînaient sur le sol pour faire joli.

« Et voilà ! Ça vous fera cinq francs ! »

La cliente, ma copine Marie-Cécile, repartait à petits pas après avoir payé avec les billets du Monopoly. Sur l'établi restait la page des sports. Immédiatement, je rappelais Marie-Cécile et son paquet.

« Rends-moi ça ! C'est la page des avis de convois ! Montre qui est mort ! Je te donne la page des sports à la place ! »

Marie-Cécile obtempérait et déballait son bifteck. Je rangeais tous les outils à leur place. Le Menuisier était soigneux et ordonné. Il avait une égoïne, un billot et une hache, un ciseau à bois qui ne ressemblait en rien aux ciseaux de grand-mère Mélie, des tenailles et un niveau, un mètre pliant jaune avec ses chiffres noirs, des rabots et autres varlopes. Je ne connaissais pas les noms de bois, sauf le chêne, terme échappé aux silences du Menuisier et toujours prononcé avec fierté et respect. J'en déduisais que c'était l'or du bois.

J'attrapais ce genre de mots au vol. Il ne me les disait pas à moi en particulier, il n'avait pas l'intention de m'apprendre – une fille ne devient pas menuisière. Ma place n'était pas dans la cave aménagée en atelier.

Quand nous avions cessé de jouer à la bouchère et que Marie-Cécile était repartie, je restais seule avec la page des avis de convois. Les vieux, ça mourait un jour. Ensuite, ce n'était plus que des noms et des prénoms qui voisinaient avec ceux d'inconnus sur un bout de colonne dans le journal local *La Dépêche de Brest et de l'Ouest*. À côté des lettres qui composaient leur identité, il y avait aussi celles de « la douleur », quelquefois « immense », d'« annoncer le rappel à Dieu de Marie-Louise Le Bars née Kervella ou Jean Le Fur dans sa soixante-quatorzième année ».

Ils étaient fascinants car je savais que, désormais, ils ne seraient plus que des portraits dans des cadres, des contours que l'on ne pourrait plus saisir, et que quand on les toucherait du bout des doigts sur le papier glacé, cela n'aurait plus rien à voir avec le contact de la peau qui avait été leur premier habit de vivant. Ils seraient lisses et figés, et c'était très bien comme ça. C'était ce que l'on appelait l'éternité. Ils resteraient à jamais sur les murs, sur le buffet de la cuisine, sur la table de nuit dans une chambre, ou même sur de petits ovales en céramique fixés à même la pierre tombale au cimetière. C'était pour dire que celui qui était sur la photo, là, ornant cette stèle, était bel et bien comme ça, en dessous, à attendre.

Depuis la mort de Denis, je savais. Le rappel à Dieu, ce n'était pas que pour les vieux à partir de quarante ans à peu près. Des fois, Dieu faisait signe aux enfants. Et ça, on ne savait pas pourquoi. Et là, la douleur était toujours immense et le mort devenait un petit ange. C'était très triste, mais très beau aussi.

Pour moi, tous les petits morts des avis de convois prenaient les traits de Denis qui eux-mêmes se confondaient avec ceux de René-Paul, figé dans la chambre de grand-mère Mélie. Mais Denis, je le connaissais, je l'avais vu vivant et vrai mort. À mes yeux René-Paul était seulement mort. Il avait toujours été mort.

Les petits morts étaient tous de beaux enfants blonds aux yeux clairs que l'on mettait dans de petites boîtes en sapin qui ne s'ouvraient plus jamais et sur lesquelles, pendant le service, il y avait un drap blanc brodé de fil d'or. Souvent l'ange envolé cédait la place à un enfant qui naissait l'année suivante. Celui-ci venait pour le remplacer. Il portait le même prénom, la mère était consolée, le disparu était revenu.

J'avais bien observé chez les Vigouroux. Bruno avait remplacé Denis un an après. Mais il n'avait pas pris son prénom. Et il ne lui ressemblait pas. Il était brun et bouclé. Celui qui venait après, ce n'était donc pas forcément le même. Il y en avait un qui était parti pour de bon, on ne sait où. J'allais souvent sur la tombe « concession à perpétuité » au cimetière de Brest dit « le Champ-Bothorel », métaphore à jamais obscure. La tombe grise était au bord de l'allée. On la voyait de loin avec sa croix très haute qui se dressait vers le ciel. Sur la dalle, un petit ange blanc signifiait la présence de René-Paul en dessous. J'étais fière, un ange faisait partie de ma famille, ce n'était pas rien, d'autant que nous avions eu « l'immense douleur ». Prières, fleurs, et je décampais. La tombe n'était pas loin de la fontaine ; des bouquets ou des gerbes fanés gisaient dans un coin sur le sol, l'odeur était insupportable.

Une fleur, ça doit sentir bon. C'est sa nature. Ou alors, c'est qu'elle est peinte sur une toile. Il y en a sur le calendrier des PTT. Elles n'ont pas de parfum, mais elles sont éternelles.

Denis aussi avait son ange, dans l'autre cimetière près du *penn-ti*, avec son nom en lettres d'or ainsi que ses dates de naissance et de mort. En allant chercher de l'eau près du vieux lavoir, c'est-à-dire chaque matin puisque nous n'avions pas l'eau courante, je faisais ma promenade préférée : le tour des tombes des anges. Sur celle d'un petit garçon appelé Pierre, il n'y avait pas de statuette. Pierre n'était pas devenu un ange. Il y avait sans doute un âge pour ça. Il disposait seulement d'une photo, comme les vieux. Sur le livre ouvert en *kersantite**, on avait gravé son nom, et l'on avait ajouté un médaillon de faïence à son effigie. Blond bien sûr, les cheveux en brosse, l'air d'un petit écolier, semblable à ceux que je découvrirais bien plus tard sur les photos d'Édouard Boubat. Pierre avait dix ans. Son col en coton écossais dépassait un peu d'un pull en grosses côtes de laine, tricoté main – les machines n'existaient pas alors. On faisait tout soi-même, sauf les culottes, les tricots de peau, les bas pour les dames et les chapeaux, casquettes, bérets. Pierre avait été renversé par une voiture en sortant de la ferme familiale à Dirinon. C'était le fossoyeur Jean-Marie Kermaïdic qui me l'avait dit. Il avait aussi déclaré, comme Louise ou grand-mère Mélie : « C'était son heure, c'pas, pov' petit ! »

Jean-Marie Kermaïdic, c'était mon copain, le seul à pouvoir approcher le mystère et à être en mesure de m'y donner accès. C'était lui qui creusait les trous, il devait en savoir des choses ! Fossoyeuse ! ça, c'était un métier ! Mais il fallait quand même beaucoup de force dans les bras. Jean-Marie était tout petit et portait un béret comme le Menuisier. Il l'enfonçait sur son crâne qu'il avait très rond – jusqu'aux sourcils ! Ça faisait un petit dôme bleu marine. Il creusait, et c'était très fatigant. Il essuyait les gouttelettes de sueur sur son front avec un mouchoir de Cholet à carreaux violet et blanc, grand comme une serviette de table.

Notre première maison de vacances, avant l'entrée dans le *penn-ti*, était adossée au cimetière.

Son mur de derrière, aveugle, et celui du cimetière ne faisaient qu'un. D'un côté il y avait le Menuisier, Louise, grand-mère Mélie, Jeanne et moi, de l'autre, les trous et les corps figés. Car ceux que l'on avait rangés dans les boîtes étaient là, petits ou grands, anges ou gens de papier, tous, sauf quelques enfants morts qui étaient revenus vivre sur la terre mais je n'en connaissais pas.

Quand j'avais de la chance, j'arrivais juste à temps pour voir un vieux cercueil noir, sale, humide, plein de boue et puant que le fossoyeur avait tiré sur le côté. C'était en fin de journée, avant l'angélus. L'ombre du soir adoucissait les contours des tombes et le gros clocher carré se découpait sur le ciel mauve. Le fossoyeur creusait profond pour mettre l'autre cercueil, le neuf en bois verni qui n'arriverait que le lendemain. Je m'accroupissais et regardais. Au bord de la fosse, dans le tas de terre, il y avait des petits morceaux blancs qui ne ressemblaient pas à des cailloux. Des brisures de phalange, de crâne. C'étaient les mêmes que celles de sainte Anne La Palud dans la cage en verre. On disait « la châsse », et l'on appelait les bouts d'os « les reliques ».

Je tournais et retournais longuement les reliques au bord de la tombe à la mère Bourhis.

C'était comme les petits coquillages de la grève, en grattant un peu, on faisait apparaître un blanc crayeux. Dans la chaleur du soir, je me délectais du parfum de la terre, de l'odeur de la mort.

Il y avait donc une trace palpable. On ne se métamorphosait pas seulement en ange dans le ciel, ou en portrait noir et blanc figé dans un cadre. On était aussi « reliques ».

Dans notre église, il n'y avait pas de reliques, j'avais regardé partout plusieurs dimanches d'affilée – sauf dans la sacristie, entrée interdite.

Nous allions à la messe de dix heures, dite la « grand-messe ». Le Menuisier prenait place près des hommes. Il priait, plus que jamais silencieux, dans un dialogue muet avec Dieu, ou la Sainte Vierge, ou peut-être un mort. Il avait son missel et son béret à la main.

L'église nous rassemblait tous, paysannes endimanchées et tirées à quatre épingles, portant fièrement leur pèlerine au crochet, en martre pour les plus âgées, paysans toujours à l'étroit dans leurs costumes étriqués, aux manches, aux pantalons souvent trop courts, aux vestons serrés aux épaules, difficiles à fermer, mal à l'aise dans leurs chaussures cirées. Plus que les femmes, ils avaient l'air déguisés. Leur manquait sans doute la touche de coquetterie. Ils étaient seulement gênés d'être ainsi vêtus, tels ces « messieurs » de la ville, comme s'ils s'étaient arrogé un rang qui n'était pas le leur. Mais il le fallait. Il ne serait venu à l'idée de personne de discuter quand il s'agissait de la religion. Le Menuisier, bien que né à la campagne, savait porter le costume des dimanches. Je le regardais parmi les autres hommes, à droite dans la nef. Jamais je ne vis ses lèvres bouger, sa prière était discrète. Seul un lent signe de croix montrait son profond recueillement. Au bon Dieu il parlait et semblait dire tant de choses dans une immobilité statuaire.

Après la messe et avant le café Costiou, on allait sur les tombes. Chacun devant la sienne, arrangeant des fleurs dans des vases. Les villageoises priaient, debout, humbles, leurs doigts serrant le chapelet, la coiffe blanche sur le haut de leur tête inclinée quelques instants dans une attitude de recueillement et de respect.

Notre famille n'avait pas de tombe près du *penn-ti*, mais nous les connaissions presque toutes. Celles des châtelains, deux gros parallélépipèdes en granit posés sur huit pattes griffues et entourés d'une chaîne qui délimitait le périmètre de la propriété mortuaire et suggérait la supériorité de classe sociale des enterrés. Çà et là, des crâneuses en marbre rose moucheté, hors de prix ; des vieilles en fer forgé qui ressemblaient à des berceaux, étaient de pauvres berceaux rouillés ; de plus vieilles encore, antiques sépultures dont les croix penchaient dangereusement, dont le socle parfois descellé ou fracturé s'enfonçait dans la terre comme pour y disparaître à jamais ; et d'autres à l'écart, des pierres tombales solitaires avec des noms gravés qu'il fallait deviner tant leur inscription était ancienne, une petite coquille Saint-Jacques creusée sur le devant, un joli bénitier… Des dates improbables : 1875, 1850, avant, même, avant le temps.

Grand-mère Mélie avait sa préférée. C'était une sépulture abandonnée. « La tombe du petit marin », ainsi la nommait-elle. Sur la pierre, dans un ovale de faïence sépia, un très jeune homme nous regardait. Il portait une vareuse sur un tricot rayé, un bonnet à pompon. Nous arrachions les mauvaises herbes, nous balayions un peu. J'allais chercher de l'eau et nous lui faisions un bouquet. Puis venait la prière silencieuse. Tandis que les lèvres de grand-mère Mélie remuaient à peine, que ses yeux se fermaient et qu'elle ne s'adressait plus qu'à lui seul, croisant à mon tour mes doigts prisonniers de gants blancs au crochet, je le voyais, le petit marin endormi, comme ça, dans son beau costume, là-haut, au ciel, mais aussi au fond de ce trou camouflé par la pierre, pareil à ce portrait, avec le bonnet, le tricot, les yeux fermés, tranquille, allongé pour toujours avant de ressusciter, car on ressuscitait, tout le monde le disait. On ressuscitait dans notre corps, ce même corps immobile, sage dans la boîte, enfermé avant de devenir glorieux. « En gloire », « glorieux »... Je ne comprenais pas bien. D'autant que « glorieux » s'employait aussi dans l'expression « faire le glorieux », c'est-à-dire le crâneur, le fier, comme celui dont Louise disait : « Y a que lui et les oiseaux... ! » Et c'était un grave péché, l'orgueil, inscrit dans la liste des sept péchés capitaux. Je connaissais mon catéchisme. Étrange synonymie de ces deux mots qui me laissait sans voix. Je croyais et je restais immobile, en silence, devant le petit marin tant aimé.

La mort n'était qu'une supercherie. La mort n'existait pas. On sortait un jour de là-dedans !

Le recteur avait l'air d'en savoir un peu plus sur le sujet quand, du haut de sa chaire en bois sombre et sculptée de têtes d'anges à l'instar du lit de grand-mère Mélie, il s'adressait solennellement aux paroissiens recueillis, humbles, silencieux comme s'ils avaient plein de péchés à cacher, écoutant les paroles égrenées, tels des écoliers hypocritement studieux ou, pour certains d'entre eux, sincères et réellement effrayés. Mais peut-être n'était-ce qu'une façade ? Qui était, dans le fond, cette sainte femme agenouillée et pieuse près de la statue de Bernadette Soubirous ? Et Kerdoncuff, le voisin, un saint homme lui aussi ! On le disait. Ce n'était pas un « malhonnête », semblable à celui qui m'avait montré sa « boutique » dans la venelle de Traon. Et que penser de la *karabasenn** du recteur, et la femme de chambre, sa bonne qui lui préparait la soupe ? Et la mère Goulard qui se suspendait à la corde pour sonner l'angélus, la grand-messe ou le glas qui tétanisait Jeanne, le glas comme des larmes qui tombaient une à une, lourdement, endeuillant le village entier et les hameaux alentour ?

Le recteur, que l'on appelait aussi monsieur l'abbé, portait quotidiennement une soutane noire et austère dont le bas léchait les bouts ronds de ses galoches. Sur son torse, il y avait de tout petits boutons assortis recouverts de tissu. Une large ceinture de cette même étoffe un peu soyeuse lui ceignait les reins tandis que, sur son crâne aux cheveux ras et grisonnants, tenait par miracle un drôle de bonnet carré qui ressemblait à ce qui restait du clocher et au sommet duquel, à la place du coq, on avait cousu un gros pompon noir. Le dimanche seulement, il enfilait un surplis gaufré d'un blanc légèrement transparent, tel un voilage. Pour les grandes occasions, mariages, baptêmes et enterrements, on pouvait l'admirer, princier dans une chasuble pourpre brodée d'or. La *karabasenn* avait un sacré coup d'aiguille, et elle savait repasser. Il n'y avait pas un faux pli. Ainsi, il nous donnait le spectacle, derrière l'autel paré de fleurs par deux ou trois vieilles filles qui n'avaient que ça à faire. Il n'arrivait jamais seul, mais flanqué de deux enfants de chœur aux cheveux en brosse et aux oreilles décollées qui lui présentaient un plateau d'argent au moment de l'eucharistie, ainsi qu'un mouchoir blanc et propre plié en deux. Il buvait le sang du Christ qui venait tout droit de la cave à la mère Costiou et s'essuyait doucement la bouche. Et tout le monde, le nez dans son missel – les femmes en coiffe, celles à fichu noué sous le menton, celles à chapeau, très rares, mais jamais « en cheveux » (« *Ma Douë**, ma pov' ! En ch'veux à l'égliss' on n'a pas idée quand même ! »), les hommes, tête nue, la casquette ou le béret à la main –, chantait à l'unisson le cantique de fin tandis que la grande porte s'ouvrait et qu'une lumière vive jaillissait enfin : « Sainte Annnneu, bonnneu mè-ère, toi que nous z'implorons, Entends notreueu priè-èreu, et béénis tes-é Bretons ! »

Je chantais aussi, presque aussi fort que Jeanne, les mains croisées sur le prie-Dieu et ne quittant pas des yeux Jean-François Garrec, de Gorréquer, qui avait mon âge et, contrairement à moi, pauvre fille, l'immense bonheur, l'incomparable privilège de servir la messe, d'être l'un des acteurs de ce spectacle hebdomadaire auquel je rêvais secrètement de participer, déguisée moi aussi dans le chœur derrière cette barrière qui nous maintenait assagis dans la nef.

Oh ! être plus près de Dieu, des secrets de la sacristie inconnue, du tabernacle inaccessible et de sa lumière rouge, du mystère jamais révélé.

*

Un été, on a quitté la maison adossée au cimetière pour s'installer dans le *penn-ti* en contrebas de la route, contre les talus. De cet endroit, je voyais mieux les croix qui dépassaient de l'enceinte et qui, dessinées sur le ciel, tentaient de rivaliser en hauteur comme pour atteindre ou dépasser le gros clocher carré avec sa pendule et ses chiffres romains.

La nouvelle maison ressemblait à la première. Plus éloignée des tombes, timide et discrète, elle semblait se camoufler comme si elle avait craint d'exister, comprimée entre le mur d'une ferme et celui d'une vieille maison ronde du XVIe siècle qui avait connu bon nombre de résidents du cimetière et qui, toujours debout et robuste, était encore habitée par Phine Mallégol connue pour noyer les petits chats dans son pot de chambre.

C'était le Menuisier qui avait loué le *penn-ti* pour Jeanne. La campagne lui ferait du bien, sa tête éclatée réclamait du grand air et du calme. Le docteur l'avait dit.

Le *penn-ti* était comparable à une boîte à chaussures, les grises, celles que l'on donne chez Le Moal quand on achète des espadrilles ou des sandales en plastique transparent pour la grève. Il disposait d'une lucarne minuscule, rouillée, avec des toiles d'araignées – Louise n'était pas trop regardante en été –, d'un toit d'ardoises pentu, d'un vrai grenier chaud et poussiéreux avec un lit en fer forgé dans un coin pour grand-mère Mélie et Jeanne, qui dormait avec elle. La lumière filtrait à travers la lucarne et il fallait monter sur une chaise pour apercevoir le grand champ bordé de poiriers, les fermes égarées dans la campagne vallonnée et, très loin, la ligne des Montagnes Noires où le Menuisier avait grandi, le dos velouté du Menez-Hom qui s'arrondissait en souplesse sur le ciel. Au rez-de-chaussée, les volets de la seule fenêtre étaient maintenus par deux petits bonshommes qui avaient perdu leurs jambes. Ceux-ci étaient du même gris pâle que le crépi de la façade. La peinture était écaillée, et celle de la porte aussi. Personne ne songea jamais à repeindre.

En me penchant j'apercevais sur la gauche la maison du cimetière et sa cabane tout en planches d'un noir charbonneux. Ce noir m'intriguait et m'attirait car c'était le noir des vieux cercueils. J'y étais entrée un jour en soulevant le crochet de la porte. Un oiseau mort, aux plumes sèches, aux petites pattes repliées, gisait sur le sol en terre battue près d'un amoncellement de fagots. Je n'y retournai plus jusqu'à ce qu'une *mam' coz** nous remplace.

Quand je traversais quotidiennement le cimetière pour aller chercher de l'eau à la fontaine, je posais mon broc sur la marche de sa porte et j'entrais la voir. C'était toujours ouvert. Assise au coin de la cheminée, courbée, vêtue de son éternel jupon en satinette noire qui faisait plein de plis sur ses hanches, de sa camisole et d'une pèlerine au crochet qui lui réchauffait les épaules, elle préparait sa soupe. C'était son repas de midi, sans doute identique à celui du soir, qu'elle accompagnait d'eau et de croûtons de pain. Elle posait une petite casserole noire de suie épaisse et grasse sur un trépied dans le foyer. Elle actionnait doucement le soufflet, je l'observais faire, elle ne disait rien. Je respectais son silence en me taisant aussi. Il y avait déjà longtemps que je savais que l'on se parlait mieux sans les mots. En fait, nous communiions dans la pureté et la magie de ces instants.

La communion : je ne savais même pas le mot, je n'avais pas encore accès à l'hostie le dimanche matin à la messe. Mais l'expérience se faisait à mon insu, je sentais ce que je sais aujourd'hui, que c'est la seule raison d'exister. La *mam' coz* ne me regardait jamais. J'étais là, et notre union de quelques

47

minutes devenait une nécessité, une évidence absolue. J'étais peut-être sa seule visite, sa dernière compagne. Je découvrais à peine la vie quand elle approchait de sa fin.

La seule *mam'* que je connaissais, c'était la mienne, ma grand-mère, la mère du Menuisier. Elle lui ressemblait, c'est sûr, avant d'être encadrée.

Leurs visages, leurs silhouettes se confondaient. La *mam' coz* soufflait, la cendre volait, les bûches étincelaient et une fumée épaisse et suffocante piquait nos yeux. À elle seule, elle représentait ceux et celles que je n'avais pas connus, parents et ancêtres du Menuisier, elle était la survivante d'un passé très lointain. Je la regardais vivre au ralenti, comme un personnage sorti du cadre rien que pour moi. Elle vivait puisqu'elle mangeait. Elle avalait lentement, répétant chaque jour les mêmes gestes au même moment, et cette régularité me rassurait. Elle n'avait plus qu'une seule dent, un visage de pomme de terre ridée, toute petite qu'elle était, cassée. Elle ne portait plus de coiffe, mais une sorte de petit bonnet de coton noir et, sur son jupon, un tablier dans lequel elle s'essuyait les mains, aux pieds elle avait des *boutou coat**. Je capturais chacun de ses gestes, son existence entière dans la lenteur bienfaisante de ses derniers moments, avant qu'elle ne s'envolât avec son secret. Les personnes silencieuses en ont souvent un. À moins qu'elle ne parlât que le breton ? Ou faisait-elle partie de ces paysans qui, travaillant sans relâche du chant du coq au coucher du soleil, en avaient

48

presque perdu l'usage de la parole ? Ne parler que pour dire l'essentiel.

À travers son mystère, c'était aussi celui du Menuisier que je cherchais à percer.

Elle avait un secret, c'était sûr, et elle l'emporterait sans rien dire, le genre de secret qui vous enferme à tout jamais dans la solitude et vous rend inaccessible aux autres, quand il n'y a plus de mots pour dire la douleur. Je ne le connaissais pas mais ma présence à ses côtés signifiait que, par le mystère de la communion, je le partageais avec elle.

Son lit était contre le mur du fond. À peine quelques mètres la séparaient du cimetière. Et c'était aussi pour cela qu'elle m'intéressait. Je l'imaginais, la nuit, allongée et ronflant un peu. Ses lèvres vibraient, elle respirait, mais bientôt sa bouche resterait ouverte et son regard sans vie fixerait le plafond. Elle serait morte, figée. Elle n'aurait pas beaucoup de chemin à faire pour rejoindre les autres, ses voisins, de l'autre côté du lit, dans les tombes.

On aurait dit que, seule dans sa vie, elle attendait le trépas comme on espère la venue d'une amie.

Je n'ai jamais su son nom.

La plupart des vieux étaient comme elle, en moins solitaires quelquefois, moins taciturnes. Ils sortaient sur le pas de la porte, s'asseyaient l'après-midi ou les soirs d'été sur une vieille chaise paillée. Ils souriaient de temps en temps et il leur arrivait même de lever la main, la canne, pour dire bonjour, bonsoir dans une gestuelle de curiosité bienveillante, car souvent, ils ne vous connaissaient ou ne vous reconnaissaient pas. Cependant ils s'ouvraient aux autres, sans méfiance, il n'y avait aucune raison d'en éprouver. Et je m'y connaissais en vieux, vu que j'étais née vingt ans après tout le monde, que mes cousines ou cousins germains « fréquentaient » alors que je marchais à peine.

Les vieux, ils vivaient toujours chez eux, dans leur maison, le plus souvent en bas, même quand il y avait un étage. C'était leur deux-pièces cuisine en quelque sorte. Le lit était tout au fond contre le mur. C'était un lit de coin en noyer ou en merisier, ou bien un lit plus haut et un peu plus large, à barreaux. Ils n'avaient pas de Butagaz. Les vieux faisaient tout eux-mêmes : le jardin – planter les légumes et les dahlias –, le manger, la lessive au lavoir ou dans la bassine en fer-blanc, se chauffer. Le lavoir était réservé aux vieilles encore valides et capables de soulever la brouette chargée d'un tas de draps, et surtout aux commères, qui étaient légion.

Ils vivaient longtemps en vieux. Je les regardais décliner. Ils marchaient avec difficulté, courbés, la main dans le dos et le pouce appuyé sur la vertèbre au milieu de la colonne pour soulager leurs rhumatismes. Ils s'habillaient dans des tons foncés, le noir pour les dames qui arboraient une pèlerine au crochet sur les épaules, sauf le dimanche à la messe, la troquant contre une pèlerine en fourrure noire. Ils avaient des doigts noueux et des ongles sales à force de gratter la terre. Ils se lavaient les mains à la pompe et au savon de Marseille dur comme un caillou, mais le mince liseré noir des ongles ras ne disparaissait jamais. Trop incrusté.

Les vieux mouraient chez eux, ils n'allaient pas à l'hôpital. On ne les voyait pas vraiment diminuer et perdre leurs forces. Un soir, ils regardaient plus longuement que de coutume l'horizon et le Menez-Hom, sentinelle immobile et rose sous l'effet de la lumière qui s'adoucissait, et le lendemain quelqu'un les retrouvait endormis pour toujours « dans la paix du Seigneur » mais aussi dans leur lit au fond, près de la cheminée pleine de cendres chaudes et encore odorantes, l'air tranquille.

On ne faisait pas d'histoires. Ce n'était pas compliqué. Quand le vieux ou la vieille vivait seul, c'était une voisine qui s'en occupait sans bruit. Quand elle avait tout fini, elle appelait le recteur. *Tad coz** ou Marc'han était allongé dans le silence. Le drap blanc et brodé était remonté sur la poitrine, bien tiré et mettant en valeur les belles initiales. C'était le drap du trousseau de mariage. Il y avait toujours un oreiller gonflant sur le traversin et le défunt avait le haut du corps un peu surélevé. Autour de ses doigts croisés, on avait mis un chapelet à gros grains marron comme ceux du café. Sur la table de nuit, la chandelle, la coupelle et le brin de buis.

On s'endormait sans souffrance. Ou alors les souffrances faisaient partie de la vie et de la fin.

C'était plus rapide, et normal, tout le monde était logé à la même enseigne. On n'en parlait pas.

Quand il s'agissait des enfants, ce n'était pas normal. « Oh, ça non, quand même ! » Mais on n'en parlait pas pour autant. On acceptait la volonté de Dieu, on croyait en l'au-delà. On n'était pas arrogant. Rares étaient ceux qui faisaient les « glorieux ».

Aujourd'hui, on est placé dans une « maison ». On dit « placer » pour les vieux, et ce n'est pas facile d'avoir une place ! Il faut s'y prendre longtemps à l'avance, « rapport à l'Alzheimer forcément » !

Placer ! Je ne connais pas de terme plus obscène. Placer, comme un objet sur une étagère. Ça veut dire : « On te pose là, maintenant, tu es à ta place, tu ne bouges plus, et tu attends ton tour dans la file. Quand ce sera à toi, on t'appellera ! »

À l'heure de l'enterrement, dans l'église ouverte pour l'occasion, il y aura peut-être un prêtre, mais ce n'est pas certain. Personne ne chantera. Sans parler de prières ou de la communion des âmes qui, peut-être, n'existent plus. Le cercueil ne sera plus porté, comme on porte en triomphe, par quatre hommes jusqu'à l'autel, mais poussé sur un chariot prévu à cet effet.

On ne hisse plus personne vers le ciel. Il n'y a plus de ciel, plus d'espérance. On fait cher et pratique. L'inhumation auprès des siens devient plus rare. On passe au four pour se consumer. Cela en soi n'a rien de choquant. Mais que faire des cendres ? Ceux qui sont venus attendent dans une salle, genre salle polyvalente, sur d'horribles chaises en plastique. On ne se recueille pas, on ne prie pas, on ne chante pas. Quelquefois on sort, direction le jardin du souvenir et ses plates-bandes ignobles. Ou alors on va regarder dans l'entrée, près de la machine à café, la vitrine avec les urnes. Différents modèles sont proposés. Certaines sont en forme de livres ouverts. On peut les déposer sur sa bibliothèque, ça peut servir de cale-livres. Lors d'une émission de télévision, j'ai vu un homme qui, à partir des « cendres de votre bien-aimé(e) » sculptait des personnages, des animaux. Il a montré un chien. Je suis presque sûre d'avoir reconnu Milou.

On attend la fin de la fin. Et quand tout est terminé, il faut que quelqu'un tende les bras pour recevoir l'urne déposée, s'il vous plaît, dans une boîte en carton avec poignées incorporées que l'on déplie comme pour les cadeaux à Noël. Elle doit être rapportée une fois vidée. C'est un pot en plastique noir comme les poubelles. Il sert plusieurs fois.

Aujourd'hui il n'y a plus de ferme, de vieilles pierres grises ou ocre, de lit de coin, de crucifix orné de buis, souvenir des Rameaux de l'an passé, plus de café à côté de la cuisinière à charbon. Plus de chaleur. Été comme hiver, on a froid quand la mort s'approche.

Les vieux habitent dans un cube jaune à la sortie du village, au-delà de la grand-route qui menait autrefois aux champs de blé et aux bois, remplacés par des pavillons propres et laids. Le cube est éclairé par de grandes vitres rectangulaires, des baies qui donnent sur la station essence à une centaine de mètres, au mieux sur une pelouse. Il n'y a plus de volets à bonshommes mais des stores à lamelles beiges qui font un bruit métallique. Plus de rideaux au crochet, ça va de soi. On n'est plus dans sa maison mais dans une maison dite « médicalisée », avec tout le confort moderne et les couches. Une maison avec un nom d'oiseau ou de fleur : les Fauvettes ou les Lys blancs. Ça inspire confiance.

Les vieux avaient plein d'arthrose et du mal à tenir la casserole ou le bol, surtout quand celui-ci faisait la taille d'une soupière. Maintenant, on ne vit plus sans tuyaux. La mort est lente à venir, et pour les plus malheureux se fait attendre des années. Le repos n'est plus perçu comme l'ultime récompense d'une vie, chez soi, au chaud sous les draps de lin et l'édredon gonflé de plumes. On ne meurt plus en entendant une dernière fois le chant du coq ou celui des oiseaux de nuit.

Et si ce jour-là on est entouré, on a de la chance.

*

Dans la maison du Landais, à Brest, il y avait une grande cuisine au sol recouvert de linoléum marron. À gauche de la fenêtre, le Menuisier avait fabriqué un placard d'angle peint du même jaune que les murs, ce jaune insipide que l'on voyait partout et que l'on appelait le « jaune cuisine ». Plus tard on supprima ce rangement et à sa place on installa un lavabo, une glace, une tablette avec du Vénilia, et une sorte de plastique rigide sur les murs, à mi-hauteur. Les motifs étaient de gros carreaux verts qui imitaient la faïence des vraies salles de bains. C'était le coin toilette.

On n'a pas eu de salle de bains, c'était un luxe inutile. Je rêvais d'une douche. Dans les HLM près de la boulangerie, il y en avait. Je n'osais imaginer une baignoire, même en forme de sabot. « Quand je serai grande, j'en aurai sûrement une, et rien que ça, ça sera le bonheur ! »

On disposait d'un rideau pour se dissimuler quand on voulait se laver complètement.

Le Menuisier aurait su aménager une vraie salle de bains dans le cagibi qui s'ouvrait sur le jardin. Il aurait mis de la faïence blanche sur les murs comme chez Mauricette Muzellec qui habitait aux *buildings**, et sur le sol une moquette spéciale et moelleuse. Il y aurait eu deux lavabos et des glaces entourées de doré, une poubelle avec une pédale pour l'ouvrir. La baignoire aurait pris toute la place sous la fenêtre qui occupait une bonne moitié du mur et donnait sur l'hortensia. Je l'aurais remplie de mousse et de produits de beauté. J'aurais passé mes vacances dans la salle de bains à me raconter des histoires. Plus de vilain cagibi d'un autre âge, plus de débarras non plus. Il aurait fallu trouver un autre emplacement pour ranger la vieille machine à coudre, les chaussures, les « caoutchoucs » pour la pluie, les sabots. On n'avait pas encore inventé les petits meubles de rangement pour les camoufler. Il n'y avait pas de vente par correspondance, pas de catalogue de La Redoute pour donner des idées.

Cependant, le Menuisier n'aurait jamais eu assez de sous pour une telle entreprise. On avait juste le nécessaire.

Quand il se rasait dans le coin de la cuisine, c'était au coupe-choux, avec plein de mousse pareille à de la chantilly qu'il étalait sur son visage. Son geste était lent et précis. J'étais mal à l'aise quand il m'arrivait de le surprendre dans l'intimité de sa toilette. Mon regard fuyait aussitôt vers le chat ou le buffet, les gens en photo que vous voyez mais qui eux ne vous voient pas. Aujourd'hui encore, il m'est impossible d'observer un homme se raser. Une telle vision me brûle les yeux et m'écorche le cœur.

Quand il allait chez le médecin ou à l'hôpital vers la fin de sa vie, le Menuisier mettait de l'eau de Cologne. On ne connaissait pas les parfums. Seulement le mot. Du parfum. Ou du sent-bon. Jeanne en avait dans une petite bouteille à facettes hexagonales. Ça sentait la rose ou la violette et ça venait du *Bon Marché* qui était vraiment bon marché alors. J'ignorais le terme « eau de toilette » ou encore les marques. On n'entrait pas dans les parfumeries en ville, je ne savais pas qu'elles existaient. J'ai découvert le parfum Chanel N° 19 à vingt ans chez une amie étudiante, mariée et suffisamment aisée pour posséder le précieux flacon. Je l'ai effleuré, mes doigts osaient à peine le toucher. Je tremblais un peu sans doute car il a glissé de l'étagère et l'élixir s'est répandu dans le lavabo.

Mon amie a poussé des cris de *kebenn** et je n'ai pas eu assez de ma bourse trimestrielle pour la rembourser.

L'eau de Cologne du Menuisier venait de la pharmacie, plus tard du supermarché. Au mieux, c'était de la Saint-Michel. Il était propre et soigneux. Adroit, méticuleux, patient dans son travail, exigeant. Quelques semaines avant sa mort, il avait renversé un peu de café au lait sur le drap du lit d'hôpital. Il avait dit : « Je suis maladroit. » Ça voulait dire : c'est fini, je ne suis plus rien. Écorchée au plus profond de moi-même, je n'avais pas répondu.

Pour nous deux, c'était trop tard.

*

Très tôt, avant même de savoir lire et écrire, je cherchais dans le souvenir du visage blanc de Denis, dans les yeux définitivement ouverts de René-Paul, dans le miroir qui reflétait mon image, un autre visage qui n'était sur aucune photo, qui n'était nulle part, qui avait simplement été un jour, je ne savais ni quand ni où, un visage sans traits perceptibles que j'aurais pu nommer « l'autre » ou « l'absent » et qui était ma quête. C'était comme si j'étais née pour le trouver.

Dans la chambre du Menuisier, il y a une armoire à glace. Je me penche, à droite, à gauche, mon reflet me suit, mais ce n'est pas lui que je veux. Je cherche celui ou celle qui est derrière moi, qui colle à ma robe, aux mollets, aux pieds, aux cheveux. Jamais ne dépasse. Je sais qu'il y a un au-delà des apparences. Je sais surtout qu'il y a les vivants et les morts.

Et les autres.

Les vivants, je ne suis pas sûre de bien les connaître. Les morts, si. L'un de mes dessins au crayon à papier, exécuté l'année de mes quatre ans, est particulièrement représentatif. Je lui ai donné un titre : Ma maison. La façade est immense, étroite, sous un toit très plat que l'on devine à peine. Mais ce qui est singulier ce sont les nombreuses fenêtres qui recouvrent toute la surface. Quand on les considère avec suffisamment d'attention, on distingue dans ces rectangles une série de cercueils bien rangés, à la verticale, les uns près des autres, et une croix sur chacun d'entre eux. Tout en haut, bien au centre et sous le toit, un personnage, que l'on peut supposer de sexe féminin, pousse un landau. C'est ma maison-cimetière. La maison du Landais où nous vivons tous, les êtres en mouvement et les êtres figés, encadrés.

On cesse tous un jour de bouger, de parler, de désirer. On meurt. Et c'est l'immobilité absolue. Quelqu'un d'autre que soi commande à notre corps qui n'est plus vraiment notre corps. On est parti.

Le cimetière ne me donnait qu'une vague idée de cette réalité – des bouts d'os décevants, des restes de corps.

C'était une âme que je poursuivais.

Quand j'étais au *penn-ti*, avant de faire le tour des tombes des anges et de rendre visite à la *mam' coz*, mon broc en émail à la main, je traversais le cimetière en empruntant l'allée centrale. Il était midi, la lumière était blanche. À la fontaine, tout au bout, près du vieux lavoir et du tas de fleurs qui pourrissaient, je m'agenouillais pour remplir mon broc. Dans le fond, à la base du mur, il y avait une tête sculptée dans la pierre. Elle m'intriguait car elle me signifiait que c'était bien un visage que je cherchais. Elle ne me satisfaisait pas, elle n'était que l'écran effrayant d'une apparition que j'attendais en retenant ma respiration. L'eau était claire, un peu frémissante, le fond sableux et peu profond. Malgré la pureté et la transparence, ou peut-être à cause d'elles, sitôt le broc rempli, je m'en retournais vivement, courais en glissant avec mes sandales, le gravier crissait, mon cœur cognait. J'avais vu, parce que je m'étais penchée bien au-dessus de ce qui m'était apparu un bref instant comme un gouffre et n'était pourtant qu'une étendue limpide, j'avais vu, dans le miroir de la fontaine, mon image au fond de l'eau.

Ma tête du fond de l'eau ondulait légèrement à cause des reflets et de la brise qui ridait un peu la surface. Ce n'était plus ma vraie tête aux contours réguliers, ce n'était pas la tête fixe d'une photo. C'était une forme intermédiaire, bien plus insaisissable. C'était ma tête de cimetière. Celle qui sortait de la même terre, ceux qui étaient là, en dessous. Nous étions bien du même monde. La preuve ! Je venais d'apparaître par le sol, de surgir pour m'évanouir aussitôt dans le trou d'eau de la fontaine.

Tête, corps et membres, entière et comme jaillissant d'un puits, je remontais par la source.

*

Sur les murs de la maison du Landais, il n'y avait pas seulement ceux qui étaient morts depuis toujours. Les vivants les côtoyaient. Ils étaient en bébé, en communiant, en marié. Un jour, le Menuisier avait épousé Louise et, depuis ce jour, ils trônaient dans un cadre sur la cheminée de marbre de leur chambre. Je m'arrêtais un instant pour les regarder, je ne m'attardais pas, en quelques secondes, le cadre m'avait tout livré.

Ils sont droits, un peu raides. Seul leur regard fait d'eux des vivants. Le Menuisier, les yeux noirs, les cheveux noirs coiffés en arrière, lissés, le costume noir, solennel. Louise, les yeux clairs, les yeux de René-Paul. Dans les années trente, il n'y avait pas grande différence entre l'habit de la communiante et celui de la mariée. Louise a l'air d'une communiante. Mélancolique et déjà lassée, veuve à jamais du petit frère encadré, et pressentant peut-être sa destinée. Le bébé fou qui naîtrait, Jeanne elle l'appellerait, celui qui passerait, celle qui, dix-neuf ans après, résisterait.

C'était ça la noce. Ils n'en parlaient jamais.

Contrairement aux vrais morts, des fois, ils sortaient du cadre et ils bougeaient. En suivant leurs mouvements, je savais qu'ils étaient en vie. Une vie silencieuse pour le Menuisier, comme ralentie, parfois suspendue à ses gestes précis au-dessus de l'établi quand il prenait le mètre pliant en bois jaune ou le niveau avec la bulle. À ses gestes de jardinier aussi, quand il plantait ou qu'il greffait des fruitiers derrière la maison. Par son mutisme pourtant, il demeurait l'homme du cadre. Ses gestes seuls donnaient une illusion de souplesse, de vie irriguée par le sang qui coule dans les veines, les muscles tendres et chauds. Ils ne suffisaient pas à le rendre accessible.

Contrairement au Menuisier, Louise parlait. Elle parlait souffrance, elle parlait « Jésus ». Elle disait « couvent », « bonnes sœurs… », « celles-là n'ont pas d'soucis au moins ! », « si je reviens sur terre… ».

Sa bouche douloureuse prononçait un mot essentiel : « MORT », dans un curieux mélange de crainte, d'effroi et de délices.

J'entendais le silence du Menuisier, parfois effrayant, et l'histoire qu'il semblait raconter, tant les ondes propagées étaient puissantes, et, passé les premières années de candeur, je me cachais pour me protéger. La menace d'un danger ne faisait aucun doute. J'entendais les complaintes de Louise, berçantes, élégiaques, sournoisement tueuses et je restais là, happée par la mélodie ensorcelante de ses mots.

Dans le cadre des mariés, Louise se ressemblait, frêle et transparente. Le Menuisier, lui, avait posé. C'était une masse noire, figée, une tête gominée dépassait d'un costume flottant, comme vide de corps, ainsi que des chaussures pointues et des gants beurre frais pour faire cérémonie. En vrai, il portait un « bleu » et, sur la tête, un béret.

Les photos crénelées étaient petites et cachées dans des boîtes. Au cercueil pour toujours ! On ne les regardait pas. Elles étaient à la cave. Il fallait fouiller, en cachette et sans rien demander.

J'allumais l'ampoule engrillagée que le Menuisier baladait au-dessus de son établi pour éclairer la penderie de la cave-atelier toujours sombre, même en plein jour. Le soupirail ne suffisait pas. Respirant l'humidité et la poussière qui imprégnaient quelques vieux « effets », j'étais déjà dans le tombeau. Cela encourageait mes recherches. Je fouillais, j'aimais avoir un peu peur, plonger parmi les vieilleries, les objets des défunts, leurs traces, leurs improbables prénoms sur des cartes postales – Ernestine, Augustine, Prosper… –, leurs écritures filiformes. J'étais aimantée par le passé inconnu de mes morts, par la mort elle-même. L'humidité collante, presque poisseuse, malsaine, finissait par me rappeler une autre poussière que j'aimais par-dessus tout et qui m'enivrait parce qu'elle était, elle est toujours restée associée à la VIE.

C'était la poussière des hauteurs, la poussière chaude, quasi inaccessible sous le toit trop plat de la maison du Landais, et délicieusement enveloppante sous celui très hospitalier du *penn-ti*, pentu, à la charpente vieillotte et tiède, au bois odorant et sec. Oh, la poussière du *penn-ti* ! Poussière vivante et réconfortante, poussière protectrice que je respirais à pleins poumons comme un parfum, un parfum proche de la sciure blonde du bois.

Dormir, dormir longtemps, et mourir dans ce grenier, en entendant le seul bruit du ressac de la mer, devenir poussière, cette poussière chaleureuse, s'envoler au bon moment très loin, plus loin que les Montagnes Noires qui touchent le ciel.

Celle de la cave sentait le moisi et la douleur. Le Menuisier était à l'arsenal, grand-mère Mélie et Jeanne à l'Action catholique, Louise n'entendait rien dans sa cuisine, occupée à ruminer ou à lire des *Historia* ou à boire de la Ricorée. Tout dégringolait bruyamment : une lanterne magique abîmée par le temps et ses plaques de verre décorées de sauvages nus et dansant sous des palmiers décolorés, le petit

cor de chasse rouillé de René-Paul. Je pouvais souf-
fler dedans. Louise n'entendait pas. Je soufflais, ça
faisait comme un cri, un cri rouillé, un cri lointain,
un cri « dans le temps ». C'était un pauvre squelette de cor de chasse. Heureusement René-Paul
était dans le cadre, il était resté propre et blanc.

Des dizaines de cartes postales dégringolaient des
albums en cuir terni d'un noir funèbre et inquiétant. Quand je trouvais une boîte en carton pleine
de petites photos, je courais la cacher sous mon lit.
Un jour, mes yeus s'étaient attardés sur la pile
d'*Historia* et sur les *Paris Match*. Louise lisait la vie
des rois, des reines, de Napoléon et des princesses,
Sissi au tragique destin et aux interminables cheveux bruns déroulés sur sa robe de soie bleue, le
long de sa hanche, presque jusqu'à terre. Quand il
y avait des morts célèbres, Louise disait : « Je vais
acheter *Match*. »

Pour Churchill, on avait écouté la TSF. Louise
disait Churchill en prononçant « u ». À la TSF, le
journaliste disait Sir Winston Churchill en prononçant « sœur ». Je savais bien dans quel cas on
employait « sœur » : sœur Isabelle, sœur Philo-
mène... Or je ne comprenais pas pourquoi on disait
« sœur » pour un homme. En me forçant un peu,
j'arrivais à faire du ministre une religieuse. Après
tout, il vivait dans un autre pays, un pays où les
hommes pouvaient peut-être devenir bonnes sœurs.

Je préférais me satisfaire de cette idée que poser
une question dont l'absence de réponse ou une

réponse trop approximative m'aurait inévitablement déçue. J'avais mes séduisantes vérités.

Édith Piaf était apparue cette année-là au fond de la penderie sous le manteau en ourson brun, bouche rouge, sourcils parfaitement arqués, regard lumineux, croix en or sur la robe noire. Elle avait un visage à la mode. Beaucoup de dames, dans les rues de la ville, avaient cette tête, cette coiffure un peu crantée et ce rouge à lèvres. Louise, non. Le rouge à lèvres, c'était vulgaire. Elle ne cherchait pas à ressembler aux vedettes de cinéma.

La première de couverture était en couleurs, le reste en noir et blanc. Je tournais les pages molles, imbibées d'humidité. La môme Piaf n'était plus une môme, mais une vieille qui semblait marcher à pas lents. Elle avait la peau du visage grise et fripée, une tête de momie, seuls les yeux vivaient encore. Elle était épuisée par la maladie, l'alcool, la drogue. Ses mains, pourtant expressives quand elle les portait à sa poitrine, étaient usées, inutiles sur sa robe-tablier à boutons, c'était une robe comme celles des femmes ordinaires qui font leurs commissions en charentaises et bas opaques spécial varices. Elle ressemblait à Dédée, la voisine d'en face qui était d'la liche*. C'étaient ses dernières photos. Plus tard j'apprendrais qu'elle avait quarante-sept ans. Je lui en donnais soixante-dix. Même grand-mère Mélie était plus fraîche.

Édith Piaf chantait l'amour et la souffrance, les filles qui pleurent les légionnaires et celles qui essuient les verres dans les cafés. Elle chantait le peuple d'où elle venait, le trottoir, le ruisseau. Louise aimait ça. L'artiste avait été miraculée, guérie de la cécité. Pour une fois, les prières avaient marché. Louise aimait ça aussi. Elle commentait les chansons tandis que le Menuisier écoutait en silence. Dans ces moments, son visage affichait une expression indéfinissable d'humilité et de satisfaction discrète. Les coins de sa bouche mimaient un sourire.

C'était en 1964. Piaf venait de rejoindre ceux des cadres. Mais comme elle était célèbre, elle ne serait pas seulement encadrée. Sa voix continuerait à se déployer par la grâce des disques qui l'avaient emprisonnée. Il y avait des disques chez les gens qui possédaient un électrophone.

Les gens célèbres ne sont pas des morts comme les autres.

En tournant les pages de *Match*, j'avais appris l'existence d'un inconnu pourtant célèbre, sur lequel on ne me dit rien et que je ne cherchai pas à connaître. Son nom devait rester gravé dans ma mémoire parce qu'il était mort le même jour que Piaf. Je lisais les grosses lettres tout en haut d'une page : Jean Cocteau. C'était quelqu'un d'important. Il avait droit à plein de photos, à tous les âges de sa vie. Et puis, il y avait une foule d'hommes connus autour de lui, jeunes et beaux.

Dans un deuxième *Match*, daté sensiblement de la même époque, un autre mort était apparu, plus connu que tous les autres, dans le monde entier. Et celui-là m'était familier. Des pages et des pages lui étaient dédiées, pleines de têtes minuscules et de gens, on voyait une place immense noire de monde, une église gigantesque, bien plus grande, plus ancienne et plus dorée que la nôtre, Sainte-Thérèse, ronde et froide sous son toit bombé, avec sa forme de soucoupe volante, ses ardoises noires et lisses et ses bancs de bois trop neufs qui n'en avaient même pas l'odeur. Ici tout était plus riche, c'était une vraie église de l'ancien temps, qui avait toujours existé, telles les églises de nos campagnes, mais en plus majestueuse. J'en oubliais le moisi et le froid de la cave, je respirais un encens imaginaire.

L'homme était vieux, allongé, très bien habillé, un peu comme si on l'avait déguisé. Son habit était en velours rouge, ou peut-être en soie, ou les deux. En tout cas, pas n'importe quelle étoffe. Il avait des joues malgré son âge, flasques, des traits épais et de grandes oreilles d'éléphant. Un gentil éléphant semblable à ceux des cirques, pas à ceux de la savane qui courent en faisant voler leurs oreilles comme des ailes de raie. Certains sont méchants, il faut faire attention quand on va au cirque et qu'on leur donne des cacahuètes. Ils peuvent attraper les enfants avec leur trompe et les écraser sous leurs pattes.

On peut mourir à cause des éléphants.

On disait qu'il était bon. Le bon pape. Il était pape, ce n'était pas rien. C'était le plus grand des curés, le recteur en chef, le chef de l'Église avec un grand « é », le représentant de Dieu sur la terre, le descendant de saint Pierre, celui qui a la grosse clef, plus grosse encore que les clefs des fermes à la campagne, celle du paradis. L'homme était paré de dentelle blanche, jusqu'à ses doigts boudinés. Les mêmes dentelles délicates que celles des paysannes d'ici, celles des coiffes, des gants, des extrémités des manches qui dépassent du velours noir.

Là-bas aussi, à coup sûr, on faisait du crochet.

Son chapeau était blanc et pointu. Il était de forme gothique. J'avais appris le roman et le gothique à l'école, les formes des voûtes des églises. Le monsieur allait rester comme ça désormais, allongé, imposant et bien droit. Habillé de velours rouge, dans un costume d'apparat, dans le cercueil, puis dans la crypte. Je trouvais ce mot envoûtant, bien plus beau que caveau ou tombeau. On y descendait aussi, dans la crypte. Mais il y avait quelque chose de mystérieux, de fantastique. Ça sentait le fantôme et l'éternité. Caveau, ça ressemblait trop à cave, ça ne sentait que l'humidité, et la peur parce que la cave c'était aussi la cachette privilégiée pendant les bombardements de la guerre de 39 à Brest. Tombeau, ça sentait le squelette.

Et j'avais vérifié !

Crypte… crypte… Je murmurais ce mot fascinant et inquiétant à cause de la part de mystère qu'il contenait, et je montais les marches pour retrouver la chaleur de la cuisinière à charbon dans la cuisine, le rouge brûlant du feu quand on ouvrait la trappe, la lumière des petits boulets incandescents que le charbonnier nous livrait chaque mois.

*

Le charbonnier avait de grands yeux clairs et le visage aussi noir que les anciens ramoneurs. Il ressemblait au petit ramoneur du conte, gai, à la face toute poussiéreuse. Mais ce n'était pas un petit, c'était un grand, un costaud. C'était un homme. Le mot me faisait un peu peur. Il portait un « bleu » qui ne l'était plus et, sur son dos, d'énormes sacs de charbon en épaisse toile rêche, bien plus sales que les sacs des postiers ou ceux que l'on utilise pour les kilos de pommes de terre. Il aurait pu sortir d'un livre d'images, personnage d'un monde coloré dessiné sur des pages que l'on tourne et retourne, allant et revenant en arrière à sa guise, un monde où les morts n'existent pas, où l'on revient au début quand on a lu le mot « fin ».

Quelquefois, il acceptait la proposition de Louise, « boire un p'tit quelque chose » dans un verre Arcopal. Il restait *blaguer** dans la cuisine, tenant son verre dans ses mains noires et me regardant fixement de ses yeux bleus qui semblaient d'autant plus lumineux que son visage était sombre. Deux lanternes éclairaient ma fin de journée. Le charbonnier était vivant, et c'était le premier vivant que je regardais avec autant de curiosité que mes morts encadrés. J'étais aimantée aussi. Aimantée par la vie ce jour-là. Mais je ne touchais pas les mains noires. Je n'aimais pas toucher la vie. J'aimais ceux qui ne bougeaient pas.

Il faisait nuit, c'était l'hiver. C'était grâce à lui que nous avions chaud.

En été, son camion servait à notre déménagement quand nous quittions pour trois mois la maison du Landais. Le charbonnier recouvrait la plate-forme d'une grande bâche. Le bois restait bien noir, encrassé de poussière charbonneuse, d'un noir mat de vieux bois sec, pas comme celui des cercueils pourris du fossoyeur. On entassait les valises, quelques cageots avec de la vaisselle, la malle, tout le barda pour l'été au *penn-ti*. Même le poisson rouge prenait place dans une carafe en verre teinté que je gardais sur mes genoux, coincée entre Louise et le charbonnier qui conduisait.

Le Menuisier n'avait jamais eu d'auto ni de permis. Il se déplaçait à pied, prenait le trolley-bus en hiver et le car pour gagner la campagne. On disait « prendre la Satos » en prononçant le « s » final. C'était le nom de la compagnie de transport. Le Menuisier n'avait pas de Mobylette non plus, contrairement à la plupart des ouvriers du port, Ti Reun Moalic ou Totor, le voisin d'en face, mari de Dédée et aussi alcoolique qu'elle.

C'était ainsi tous les étés. Je m'en allais avec Louise tandis que grand-mère Mélie et Jeanne prenaient la Satos. Une seule fois, j'ai voyagé à l'air

70

libre sur la plate-forme avec le fils du charbonnier. Assise sur une valise, je regardais s'éloigner la rade, lisse et grise comme une grande vasière, surplombant l'Élorn pour la première fois, plus haute que les pins et les chênes du bois d'Amour, dans le ciel comme sur un tapis volant.

J'avais raison de penser que le charbonnier appartenait au monde des contes de fées.

Le Menuisier nous rejoignait au *penn-ti* par l'autocar. Il sortait souvent se promener après le dîner. Le crépuscule était rose au-dessus des flancs du Menez-Hom et le ciel comme un champ labouré, creusé par des nuages en sillons profonds et réguliers d'un mauve très doux. L'air était chaud, on sentait le foin tiède dans le vieux hangar. On humait toutes les odeurs de l'été, on n'entendait rien, si ce n'était quelquefois un oiseau ou le chien de la ferme à Garrec. La plupart du temps, le silence régnait, un silence qui n'existe plus aujourd'hui, profond, religieux, qui était accordé au monde, aux chemins, aux arbres, aux rideaux de dentelle qui bougeaient doucement derrière les fenêtres ouvertes, à nous-mêmes, qui nous donnait le pouvoir de respirer et celui de voir plus intensément, de goûter aussi, avec avidité, toutes les saveurs des fruits, de l'eau des fontaines, des herbes acidulées et des fleurs aux couleurs de bonbons.

Le Menuisier allait seul sur la route qui descendait jusqu'à la grève, longeant les massifs de toutes petites fleurs rouges dans lesquels les abeilles butinaient. La chaleur emmagasinée toute la journée par le bitume remontait, protectrice et enivrante. Rien ne pouvait arriver, perturber ces moments. Il allait, les yeux au sol, la main gauche cachée dans la poche de son « bleu ». Ses pieds étaient chaussés de gros sabots noirs. Il retrouvait sa tenue, ses gestes de paysan, les mots bretons quand il croisait un habitant du village. Avec son bâton taillé dans une branche de pommier, il semblait fouiller le sol. Il l'agitait à la façon d'un aveugle sur les graviers, la mousse ou la terre sèche au bord de la route. Je le regardais s'éloigner d'une démarche assurée, et néanmoins empreinte d'une forme de lassitude ou de mélancolie – la position un peu courbée des épaules, le bâton rappelant celui d'un pèlerin. À quoi pouvait-il penser ? Quelle quête le menait ainsi ? Il revoyait sans doute le terrain de bruyères et d'ajoncs, la lande de Roz Piriou près de sa ferme natale, au bord du canal. Il avançait à pas lents, comme entraîné par un visage, une voix que lui seul entendait, et sa promenade ressemblait à une errance.

Quand il arrivait à la hauteur des premiers talus, laissant derrière lui les fermes, les vergers et les champs explosant de coquelicots, de boutons-d'or et d'ajoncs, je sortais et le suivais en silence. Un jour il me vit ou me sentit à quelques mètres derrière lui. J'avançais, comme un chien suit son maître, n'osant s'approcher de peur des coups. Moi, c'était le silence que je craignais. Pas celui, bienfaiteur et complice, de la nature accueillante et chaude d'un soir d'été, mais le sien, le mien à son approche, tel un espace infranchissable et vertigineux. Je m'y heurtais, et le mystère en était plus violent. Je pressentais une blessure, un fardeau, un danger aussi qui faisait de lui un étranger, le situait dans un autre espace associé à un souvenir, un passé obsédant qu'il ne révélerait jamais. Il fallait s'arrêter à temps. Toute tentative de parole pouvait être fatale. Sans doute s'était-il forcé à cette résignation muette, seule manière pour lui de faire face à la vie. Il savait être lisse comme les portraits sur le papier glacé. La moindre fissure pouvait le mettre en péril.

Quelqu'un passait de l'autre côté de la route, en sens inverse. Le Menuisier s'arrêtait alors. Kerdoncuff ou Moalic faisait de même. Ils échangeaient des propos par-dessus la route comme s'il se fût agi d'une rivière que l'on ne pouvait traverser, chacun près de son talus d'où jaillissaient les ensorcelantes digitales pourpres dont je me méfiais et que je gardais à distance.

Les digitales pourpres sont dangereuses. D'abord, elles vous regardent. C'est inquiétant. Sur le velours séduisant de leur corolle, elles ont du poison. Si on le touche, on meurt. Il ne faut pas approcher ! Et puis elles sont bien ancrées dans les talus, refuge des vipères qui piquent et qui tuent. La mort est là, tout près. Attention à toi !

73

Ils parlaient. Des mots bretons toujours, signes de reconnaissance, d'appartenance à un monde qui n'était pas le mien. J'étais désemparée, plus par le son de la voix du Menuisier que par la langue elle-même qui me proposait subitement un repère. J'attrapais les mots au vol et mon inquiétude se calmait, je comprenais certains d'entre eux malgré le fait que l'on ne me les adressât jamais, conséquence des lois de l'école républicaine au début du siècle.

La conversation durait quelques minutes à peine. Il continuait son chemin et je le suivais, muette, ne posant aucune question et regardant fixement le sol comme lui.

Le Menuisier parlait toujours posément. À des voisins, des paysans comme lui.

Quelquefois il cassait des noisettes et m'en donnait. Sa main ne s'approchait jamais de la mienne. Je comprenais seulement que je pouvais en prendre et je m'accroupissais pour les ramasser sur le sol. Un jour, il tua une couleuvre, ou une vipère, une chose visqueuse et rampante qui se tordait dans le fossé, grise, sale, dangereuse.

J'étais derrière, dans ses traces, aussi seule que lui.

Le « nous » n'existait pas pour ces deux silhouettes décalées qui se découpaient sur le paysage et s'amenuisaient doucement. « Deux » n'aurait pas eu de sens, « ensemble » encore moins. Il n'y avait que les morts du cimetière pour être à ce point esseulés, côte à côte dans leurs tombeaux gris, à ce point silencieux.

Ses mouvements dans l'espace, la main sur le bâton le temps d'une sortie au coucher du soleil, la cadence tranquille et résignée de sa marche processionnaire, le regard au sol vers une terre aussi muette que lui étaient autant de messages que je ne pouvais décrypter.

J'attendais, comme devant un rideau fermé, la lumière qui ne venait jamais.

*

Le dimanche soir, il s'en allait avec son baluchon sur l'épaule pour reprendre l'autocar en haut de la côte.

Personne n'embrassait personne. Il arrivait juste que les joues se touchent, se heurtent comme par accident, comme si le baiser était impudique. Seule Jeanne bousculait le Menuisier, le renversait, l'étreignait de toute sa force. Il s'en allait. Il devait en avoir assez comme ça. Je n'osais pas sortir et regarder sa silhouette qui disparaissait tout doucement. Je savais que là-haut, il s'arrêtait devant la boucherie Guèdes et qu'il attendait. On restait toutes les quatre, seules autour de la table qui prenait toute la place dans la pièce. Grand-mère Mélie et Louise parlaient mais je n'entends plus leurs paroles. Jeanne dansait avec une poupée, s'asseyait, se relevait. Elle ne tenait pas en place, le départ du Menuisier était un événement trop brutal pour elle, même si elle savait qu'il reviendrait dimanche prochain.

Dans la semaine, il pouvait mourir.

On meurt, n'importe quand, n'importe où.

Il rentrait parce qu'il allait travailler à l'arsenal. Sa semaine commençait tôt le lendemain. Grand-mère Mélie, Louise, Jeanne et moi, nous tournerions et retournerions, rentrerions, sortirions du *penn-ti* tandis qu'il descendrait à pied jusqu'au port de Brest, le long du boulevard Mouchotte, l'interminable rue de la Porte, ou alors il couperait par les petites rues, Védrines, Amiral-Guépratte, Alice-Coudol. Il rentrerait par la porte Cafarelli que nous connaissions seulement de nom car personne n'avait le droit d'entrer à l'arsenal de Brest, zone militaire, sauf pour travailler. Il poserait son baluchon à l'atelier que j'avais aperçu souvent du haut du Grand Pont qui relie le quartier de Recouvrance à « Brest même ». Il se mettrait à l'ouvrage sur le quai de Laninon. Qui m'avait dit que c'était là, derrière la façade blanche et les trois portes ? Là, l'atelier où il s'activait avec les autres ouvriers. Louise sans doute. Grand-mère Mélie les appelait les « marquis de la p'tite gamelle », eux, les ouvriers du port de l'arsenal de Brest. Elle chantait :

Avec sa gamelle, à p'tits pas, p'tits pas, p'tits pas,
Avec sa gamelle, au port il s'en va.

76

Que faire ? Dormir toute la journée, et puis le soir
Voilà la destinée de l'ouvrier du port !   [encore
Avec sa gamelle, à p'tits pas, p'tits pas, p'tits pas,
Avec sa gamelle, au port il s'en va.

Je chantais avec elle, en cadence, en dansant et
martelant le sol. Avec ma gamelle, si petite qu'elle
ressemblait à un sac à main en fer-blanc.

Il était parti. Il pleuvait ce soir d'été. Je regardais
les gouttes d'eau le long des branches fines des noise-
tiers, au bord de la gouttière, des ardoises bleutées
comme le dos des maquereaux, dans les cheveux de
Chanig qui ramassait son linge, sur le béret de Garrec
dans le champ d'en face – le même béret que celui
du Menuisier. Je connais toutes les larmes enfouies
dans le sol, dans la terre humide imbibée pour toujours. Les gouttes d'eau ont trouvé leur refuge. On
croit qu'elles disparaissent au premier rayon tiède
mais elles ne disparaissent jamais. Elles reviennent un
jour le long des carreaux, écrasées et tremblantes sur
les vitres. C'est pour ça qu'il y a du gris dans les yeux
des Bretons, ces yeux qui ont pris la couleur parfois
indéfinissable du ciel. Le gris est calme et reposant,
il est la tristesse douce, celle qui s'infiltre comme la
pluie dans la peau de ceux et celles d'ici.

Je n'avais pas regardé le Menuisier avant son
départ, son regard n'était pas soutenable. J'avais
seulement eu le temps de surprendre le voile gris

qui s'installait sur ses yeux, le gris pâle et transparent du ciel, loin du gris lumineux : celui, plombé, des orages. Puis j'avais baissé les paupières pour mieux voir les petites flammes d'or des genêts, les seules à pouvoir illuminer cette journée où, une fois de plus, nous nous étions croisés.

*

À cause de cette énigmatique distance qui nous séparait, tous les hommes hormis le fossoyeur me devenaient peu à peu inaccessibles. Le charbonnier, Totor, M. Moncorgé, les instituteurs en blouse grise de l'école des garçons, le boucher et son tablier taché du sang des viandes, tous étaient des créatures étranges, peut-être dangereuses, parlant un langage que je n'avais pas appris.

Le Menuisier me cachait les mots des hommes, leurs désirs qu'il me semblait découvrir dans leurs yeux, leur demande. Un mystère les entourait, ils en devenaient inquiétants, tous cachaient quelque chose.

Je l'ai su un jour, une rencontre au coin du bois de Kervallon m'apprit les intentions peu louables du sexe masculin. Le « avec les hommes, y a qu'ça qui compte ! » de grand-mère Mélie, repris à l'envi par Louise, n'était pas sans fondement. Très tôt, je classai les hommes dans différentes catégories toutes plus répugnantes les unes que les autres.

Il y avait ceux qui « la » montraient, flottant sur leur « bleu », au détour d'un coin de rue, d'un chemin. Il y avait ceux qui l'exhibaient, et ce n'étaient pas les plus dangereux, en la tenant d'une main, en l'agitant parfois. Il y avait ceux qui murmuraient des choses, le plus souvent ils avaient bu et arboraient un béret ou une casquette sur le crâne. Il y avait ceux qui ne bougeaient pas, postés dans un coin, l'ensemble dehors, tendu, et vous regardant fixement dans les yeux, toujours à demi dissimulés par un buisson ou un pan de mur.

Et puis un jour arrivait celui qui vous touchait doucement. Ce jour-là j'étais seule à l'entrée du bois, non loin de la maison du Landais. Ma copine, Jeanine Dévédec, avait soudain disparu de mon champ de vision. L'homme me touchait avec sa grosse main de travailleur aux doigts courts, à la peau sèche, une caresse de granit sur la peau fine entre les jambes, et il regardait, et effleurait encore, plus haut. Je ne bougeais pas, je faisais celle qui acceptait la loi du plus fort, pis que cela, dans une maîtrise totale de ma peur, je faisais semblant d'aimer ce qui me répugnait. Je connaissais le danger, les hommes étaient des violeurs ou des assassins, ou les deux, j'en avais la certitude absolue. Cette certitude m'avait appris qu'il ne fallait pas montrer sa peur car la peur excitait la bête, or il fallait calmer la bête, comme un gentil petit chien, l'apprivoiser en lui faisant croire que l'on était de son côté.

Si on crie, un homme tue. Les cris étaient en moi depuis longtemps, le viol, le meurtre avaient pris une place évidente dans ma vie. Je ne savais pas pour-quoi. Sans doute puis-je affirmer aujourd'hui que ces atroces vérités me venaient d'un message plus fort que n'importe quels mots, d'un silence, un silence dense, puissant, plus puissant qu'un hurlement, le silence infini du Menuisier. Ce jour-là, c'était le moment de mettre en pratique mes connaissances.

Je ne devais pas avoir peur. Il voulait juste regarder, effleurer du bout des doigts cette chose, comme un objet à la fois mystérieux et précieux auquel, lui, les autres ne comprenaient rien déci-dément et qui les obsédait au moins autant que leur propre organe qu'ils gardaient parfois, comme celui-ci, soigneusement enfermé derrière la braguette boutonnée. J'étais trop jeune pour voir s'il y avait une bosse. Je ne savais pas que ça changeait de forme de toute façon. J'en avais aperçu quelques-uns sortis. Je les avais trouvés très gros. J'avais pensé que ça ne devait pas être pratique d'avoir ça dans sa culotte, ça devait gêner pour marcher, ça ne devait pas être facile à replier.

Je m'étais échappée lentement, comme en glis-sant. Peut-être qu'un bruit de branches l'avait effrayé ? J'avais couru sans doute. Près des talus, des garçons jouaient au lance-pierre. J'avais retrouvé Jeanine dans le terrain vague près des *buildings* de Queliverzan, la bouche ensanglantée de fraises Tagada.

Mon unique contact masculin, une main large aux doigts grossiers, une main d'ogre caressant mon entrejambe. Ils étaient tous comme lui, c'est sûr ! Des dégoûtants ! Mais la plupart du temps ils restaient immobiles et muets, effrayés par leur propre désir.

Un homme, ce n'est pas quelque chose de beau, et ça fait peur souvent. Ça répugne aussi.

Un homme... C'est un muet comme mon voisin, celui de la ferme de Porz Gwenn, un donneur de coups de ceinture ou de bâton, un paysan grossier en sabots, chiquant et crachant ou bien un alcoolique en Mobylette, un curé libidineux et gras, un fossoyeur, un mongolien. C'est aussi le Menuisier que je regardais en cachette, qui ne m'approchait pas, que je ne touchais jamais.

Ce fut sur l'écran de la télé, chez la voisine qui regardait les feuilletons, que je découvris un jour ce que je ne nommais pas encore le désir. Je n'avais pas de mots pour ça, j'avais huit ans. Et cet homme-là, je le voulais.

Quand le mot « fin » apparut, je fermai les yeux. La semaine prochaine, il reviendrait dans le poste. Je sentis le contact doux et chaud de ses mains sur moi, ses bras, sa peau. C'était donc souple, une peau, doux, élastique. On avait envie de mordre dedans. L'homme avait les yeux clairs, une chemise et un pantalon blancs, l'un et l'autre parfaitement repassés, une casquette de capitaine, un grand voilier. Il naviguait d'île en île et embrassait des femmes sous les palmiers. Je les éliminais, c'était ma place. La vie était belle et le soleil émietté dans la mer. Même sur l'écran en noir et blanc, il n'était pas difficile d'imaginer une eau turquoise et des poissons colorés. Un requin pouvait s'approcher parce que nous étions dans une contrée exotique. Mais le capitaine le tuerait ou le chasserait immédiatement. Il savait protéger de la mort. Oui, il existait une vraie vie, sans morts, sans murs, sans cadres. Cela se passait dans un pays lointain, quelque part sur terre. Le capitaine n'était pas une photo, il bougeait sur l'écran et mes yeux le suivaient.

Et moi j'étais le plus souvent dans la vitrine de ma vie, inaccessible, enfermée et protégée, immobile, seule avec lui.

La vie était une vraie fête dans la télé à Dédée.

*

Ce n'était pas comme chez moi où l'on ne fêtait rien. Sauf la noce d'une nièce ou d'un cousin dont je n'ai pas gardé de souvenir. Quand on se réunissait, c'était généralement après les enterrements. On célébrait alors la vie, histoire de dire au défunt que l'on venait de descendre dans la tombe que l'on continuait sans lui, surtout qu'il pouvait reposer tranquille, que l'on n'allait pas se laisser aller. On n'était pas triste, ou ça ne se voyait pas. On disait « c'est comme ça », et ce « c'est comme ça » montrait à quel point on était démuni, petit devant la volonté de Dieu que l'on ne comprenait pas toujours, acceptant son sort. Dans la famille du Menuisier, on était vieux et on mourait souvent.

Et puis ceux qui restaient se rattrapaient. Ils mangeaient.

Tous les morts de la famille du Menuisier étaient sous-verre, fixés au mur à jamais, tel René-Paul. Le premier que je vis passer de vie à trépas fut tonton Louis. Je l'avais observé vivre quelques années, vieux à soixante ans, diminué, assis au bout de la table près du buffet. Il buvait du café au lait avec du pain trempé dans un bol qui ressemblait à une soupière. Il portait un béret comme le Menuisier, mais ne lui ressemblait pas, petit et trapu, il avait un visage lunaire, des yeux clairs, une moustache, le teint couperosé, les poumons gazés.

C'était l'aîné de la fratrie. Il était revenu de Verdun.

Un jour, je le vis allongé sous la fenêtre dans le lit de coin en merisier tout luisant d'encaustique. C'était la première fois que je rentrais dans la chambre, j'allais à pas lents sur le sol cimenté, gris et froid. Il portait un beau costume noir et une cravate, noire également. Je ne savais pas qu'il avait un costume. Je l'avais toujours connu en « bleu » et en sabots.

Il était aussi beau qu'un marié, les deux mains croisées sur le veston, les doigts serrant le chapelet, endormi, la tête calée sur l'oreiller de plumes. À côté de lui, des gerbes, des lettres argentées, « à mon époux », « à notre frère ». Je n'étais pas triste, il allait dormir, c'était tout. Dans une boîte avec un couvercle comme Denis. Et je le reverrais dans le cadre. Et il ne changerait plus jamais. C'était ça. Un jour, on se fixait. Tout s'arrêtait, plus de mouvements et un très grand silence, profond, pur. On était mort et on attendait. Sans souffrance, sans étonnement, je regardais tonton Louis quand un sanglot brisa soudain mon inconscience et ma rêverie. Je venais d'apercevoir ma petite tante, Catherine, veuve désormais. Elle était dissimulée dans une très longue cape de deuil, la capuche abaissée sur son visage incliné. Elle disparaissait dans le velours noir qui ondulait en vagues moirées. Elle n'était plus qu'une silhouette douloureuse et courbée qui quittait la maison derrière le cercueil.

Un cri inattendu, une larme, quelque chose qui déchire ou qui appelle, une voix étranglée si brève, faible et forte à la fois, puis plus rien, une retenue soudaine, comme si Catherine s'excusait d'avoir exprimé sa détresse, un silence profond, interminable, lourd de pudeur et d'impuissance. Le chagrin brutalement tari, elle se taisait, les yeux doux, la bouche serrée.

On venait de ranger tonton Louis dans la boîte.

Il allait disparaître sous la grande tombe plate encadrée d'une bordure en granit et à la surface garnie de gravillons. Elle serait bientôt surplombée d'une plaque de marbre avec le nom et le prénom gravés, ainsi que les dates.

À l'enterrement de tonton Louis, je faisais mal le lien entre ces têtes si familières et les vieux cercueils

noirs vaguement aperçus sur les étagères du caveau de famille. Autour de moi, on discutait, on disait :
« Mam' est là.
– Et là ?
– Là, c'est François.
– Et le cercueil de Marie-Yvonne ?
– C'est celui-là !
– Où ?
– Là !
– Oh ! Il est intact, regarde donc ! »

On les avait connus, on les cherchait, on identifiait leurs boîtes. Je restais en retrait, isolée, fascinée et pourtant étrangère à cette réalité macabre. Ces morts n'avaient pas été mes vivants.

Catherine ne parla plus jamais de lui. Veuve et sans enfants, elle se contenta d'y penser. Elle était belle dans ces moments-là, fixant chacun de ses yeux clairs, d'une bonté mélancolique. Fine et délicate, elle pouvait être lumineuse. Seules ses mains terreuses trahissaient sa condition de femme des champs. Les doigts étaient gonflés, la peau était desséchée, rouge, violacée en hiver, les ongles étaient ras, toujours un peu noirs même après avoir été frottés au citron.
Pour ne pas rester seule, elle allait chaque jour rendre visite à ses frères et sœurs à la ferme de Kerbrest. Sa douleur resta définitivement sans voix.
Catherine était digne, pudique, humble et son sourire pâle disait toute la gentillesse du monde.

J'aimais les enterrements. C'était une sortie troublante, ensorceleuse. Pendant les repas qui suivaient la messe, il y avait toujours une dame près de la veuve, de la sœur ou du frère vieux garçon qui restait tout seul, une dame d'à côté qui portait un sarrau en Nylon avec un cardigan par-dessus. Elle venait d'une maison ou d'une ferme voisine. On ne disait pas une amie, le terme ne faisait pas partie du vocabulaire. C'était tante Phine, même si elle n'était officiellement la tante de personne, ou Yvonne Le Berre, la belle-sœur à Jo Kerampran. Elle aidait au café.

On déballait tout sur la table, pas seulement le café et les bols. Il y avait les crêpes longtemps faites main sur la *billig**, puis achetées sous plastique chez Leclerc.

« T'as acheté ça où ? demandait Maï, une cousine du Menuisier.

– Au Leclerc.

– Au Leclerc ?!!!

– Dame oui, ma pov' ! La sœur à Soaz, elle n'en fait plus que le jeudi. Comme ça i' sont un peu secs, mais trempées dans le café, c'est pareil, aussi bon que les aut' ! »

Elle prononçait « ott » avec un « o » ouvert, ignorait le « r ».

Le far venait ensuite, ou le gâteau breton – dit gâteau de beurre à juste titre –, quelquefois le pain de Savoie – en fait une génoise plus légère sur l'estomac – ou le *pastiou** fourré à la crème de pruneaux, l'andouille de Commana, le jambon, le saucisson à l'ail, le morceau de lard, le pâté de campagne et le pain du même nom complétaient ce que l'on ne nommait pas le goûter. Après l'enterrement, on disait simplement :

« On va au café, main'ant ! »

On se retrouvait tous dans la maison du mort. On mangeait. On buvait aussi, du cidre ou un coup de rouge avant le café.

Le pâté de campagne était appelé ainsi pour marquer la différence avec le pâté Hénaff, une institution en conserve qui était de tous les repas, y compris et surtout du petit déjeuner, et que chaque bas Breton digne de ce nom avait eu « dans son biberon » avant d'apprendre à l'étaler sur son pain et à le tremper dans son bol. Le pain, c'était une miche appelée « miche de deux ». On la coupait avec énergie après l'avoir bénie en traçant un signe de croix sur la croûte et on tartinait les tranches de beurre salé. La motte, d'un jaune soleil vif et luisant, trônait au centre de la table recouverte d'une toile cirée, dans les tons beiges le plus souvent, avec des motifs, un mélange de cerises et d'oiseaux d'un goût douteux. Mais c'était pratique et pas salissant. « Un coup d'éponge !… Impeccab' ! » On ne mangeait plus comme autrefois dans des écuelles creusées dans le bois.

Il y avait des litres de café qui frémissaient dans la *grek**. Elle restait jour et nuit sur la cuisinière à bois placée devant la cheminée condamnée. Le café était cher. Un luxe ! Mais les femmes étaient prêtes à tout « pour avoir de quoi ». C'était l'occasion d'organiser des « cafés commères » un après-midi par semaine chez les gens normaux qui savaient s'amuser.

Les hommes préféraient manger du lard dehors quand il faisait beau. Ils en profitaient pour boire du cidre en douce, ou du *lambig** s'il faisait froid. Les femmes ne disaient pas « un café commères » mais « un café pain-beurre ». Elles buvaient à plein bol, ignoraient l'existence des tasses, n'auraient pas su ou pas osé les saisir entre leurs doigts trop boudinés, gonflés à cause du contact permanent avec la terre. Les tasses, c'était du chiqué, bon pour celles de la ville qui n'y connaissaient rien.

Quand on vous invitait au café, il fallait rendre l'invitation, ne jamais rester en dette, parce que l'on vous avait honoré.

Aux repas d'enterrement, le Menuisier paraissait murmurer tout au bout de la table, levant parfois la tête de son bol et laissant son regard errer, comme s'il contemplait un ailleurs ou un absent. Malgré le bruit des conversations en breton, j'écoutais la pendule qui sonnait les heures. Elle me rassurait, le temps ne s'arrêtait pas. Le balancier de cuivre tanguait doucement derrière la vitre, indifférent aux voix, au chagrin inexprimé, à celui, à celle qui ne le regarderait plus jamais.

La pendule avait toujours été là, avant la naissance du défunt, pendant sa vie et après. Le repas durait bien deux heures. Et puis on rentrait, chacun chez soi.

À nous voir ainsi rassemblés, on aurait presque pu croire que nous étions heureux.

*

En vérité, j'appris le mot « fête » à l'école. On le définissait comme un moment gai où tout le monde est content, où l'on se fait plaisir. En fin d'année, on parlait de « fête des écoles » ou de « fête de la jeunesse ». On participait à de grands défilés avec des chars. Chaque classe de chaque école primaire de la ville défilait. Le groupe des filles en premier, les garçons après.

« Maman, pourquoi Marie-Françoise Tromeur défile pas ? »

L'exception à l'école, alors que nous étions toutes contraintes, petites ou grandes, grosses ou squelettiques, de nous exhiber dans le même short moule-fesses en Nylon bleu marine, élastiqué aux cuisses et à la taille comme une barboteuse, était quelque chose d'inacceptable. Elle avait toujours une odeur de favoritisme.

Je savais. Marie-Françoise Tromeur aurait un bel uniforme bleu marine, une jupe plissée, un chemisier blanc et un foulard bicolore torsadé sur la gorge. Il y avait quelque chose de pas catholique là-dessous.

« Elle défile avec les éclaireurs.

— Ce sont des scouts ?

— Non... enfin, si... si tu veux, des scouts laïcs. »

Je ne m'étais pas trompée. L'absence de religion dans les activités que l'on ne nommait pas encore extrascolaires – pas plus qu'activités – avait mauvaise presse dans ma famille. En dehors de l'école, je ne pouvais évoluer qu'au milieu des sœurs ou des dames qui faisaient le catéchisme chez elles le jeudi matin.

Lors de cette fête, j'avalais des kilomètres à partir de mon école, située dans l'un des quartiers les plus populaires et les plus éloignés du stade où tous les enfants se retrouvaient pour le grand rassemblement sportif que l'on appelait le « Landy ». Nous avions tous appris les mêmes mouvements et, les jambes écartées, les bras en l'air, nous avions l'air d'acclamer la foule réunie sur les gradins et surtout l'homme assis à la bonne place, en plein milieu, celui que l'on ne voyait jamais mais que l'on avait tous appris à craindre, l'inspecteur, le plus haut personnage de l'école, le chef.

Pendant le défilé, on marchait au pas, répétant tous les mêmes gestes. Deux élèves précédaient le groupe en brandissant un ruban déroulé avec le nom de l'école. Il y avait des moments de pause dans lesquels on effectuait des sortes de variations. La première élève de chaque rangée nous faisait signe, puis nous la suivions toutes dans un mouvement d'épingle à cheveux. Elle se retrouvait la dernière tandis que la dernière passait devant. On tapait des pieds et on se remettait dans le bon sens pour défiler de nouveau en chantant. C'était la caricature d'une classe, la marche au pas, le dressage, l'ordre. Sauf qu'en classe, la première ne devenait jamais la dernière, et vice versa. Cet espoir n'existait pas.

À la fin de la procession, il y avait les chars que tout le monde attendait, puis applaudissait. Ils étaient encombrés d'enfants, ceux qui fréquentaient les patronages laïcs. Ceux-là avaient encore plus de chance que les éclaireurs, ils étaient déguisés, couverts de fleurs, transformés en Chaperon rouge ou Blanche-Neige. Moi, je devais me contenter d'avancer, anonyme et seule dans la foule des « tous pareils », en entonnant des chansons de marche.

> Hé garçon ! Prends la ba-arreu !
> Virovent et larguéléri !
> Le vent te raconte-eu l'histoi-areu
> Des marins couverts de-eu gloi-areu,
> Ils t'appellent et tu les-é suis !

Quelqu'un gueulait « Une ! deux ! » entre les couplets.

Quand le Landy était terminé et que l'inspecteur avait dit qu'il était fier, nous repartions, Louise et moi, par le bus qui reprenait dans l'autre sens les rues de Siam et Jean-Jaurès que des milliers d'écoliers avaient foulées en montant.

Jeanne n'était jamais là, elle aurait crié. Grand-mère Mélie la gardait.

Le Menuisier ne nous accompagnait pas. Bien plus tard, il m'est arrivé de penser que Louise avait honte. On l'aurait pris pour mon grand-père. Il n'avait rien à faire là.

C'était la fête.

*

Ce mot fut prononcé de nouveau en classe à propos des mères. « Fête des Mères ». J'étais enthousiaste. Louise reçut une belle carte noire fabriquée par mes soins et sur laquelle j'avais dessiné une rose jaune au pastel. Celle-ci avait une tige fine hérissée de belles épines. Quand on ouvrait la carte, on lisait quelque chose comme « maman chérie, je serai toujours sage avec toi » ou autres mots colorés, le contraire exact de la vérité.

J'avais tout juste huit ans lorsqu'un dimanche, à la sortie de la messe, j'achetai mon illustré hebdomadaire, ainsi que des « souris » et des « roudoudous ». À la maison, la langue pleine de sucre et les doigts poisseux, je lisais les aventures de Titounet et Titounette et de leurs animaux parlants, sorte d'arche de Noé reconstituée dans l'univers bucolique d'une forêt. Les deux héros n'avaient pas de parents, mais une grand-mère. Les animaux étaient tous en couple. C'était un monde enchanté et je ne me posais pas la question de cette cruelle absence de géniteurs.

Ce dimanche-là, les pages bricolage attirèrent mon attention plus que de coutume, surtout grâce à leur titre : « Fête des Pères ». Après la fête des

Mères et la confection frénétique de cartes postales, mon hebdomadaire religieux me proposait de célébrer les pères. Il s'agissait de fabriquer un objet avec de la colle et des ciseaux. Une fois le découpage terminé, il fallait respecter les pliures qui apparaissaient en pointillé, construire l'objet et placer au bon endroit de la colle blanche que l'on prenait à la petite pelle et que l'on étalait copieusement. Toutes les petites filles avaient des pots jaunes, rouges ou bleus, bien pleins comme des ramequins de crème. Ça sentait bon la colle fraîche, certaines en mangeaient.

Sur une des pages, l'objet était représenté fini. C'était un joli pot à crayons qui avait la forme d'une souche de tronc d'arbre, soulignée de petits massifs d'herbe et de mousse, flanquée d'un écureuil élégant, dressé sur ses pattes arrière et déployant avec majesté sa queue rousse et touffue. Il était recommandé de mettre un petit verre dans le tronc ou de le renforcer avec du carton. Je me cachai dans ma chambre, ciseaux en main.

En haut de la page était écrit : « Pour mettre sur le bureau de ton papa. »

Je restai longtemps assise sur mon cosy-corner, tenant l'objet terminé dans mes mains et ne sachant que faire. Je finis par le cacher derrière mon dos pour rejoindre le rez-de-chaussée.

Désarmée devant la porte ouverte de la cuisine, je descendis sur la pointe des pieds les trois marches qui menaient à la cave. Je restai clouée sur place, les deux pieds emprisonnés dans mes chaussons fourrés à fermeture Éclair, il me semblait sentir le froid du carrelage qui, à cet endroit de la maison, remplaçait le parquet en chêne. J'attendais comme une petite bête traquée, attentive au moindre bruit, muette et pétrifiée. Deux mots virevoltaient dans ma tête et arrêtaient mon initiative : « bureau » et « papa ». Ni l'un ni l'autre n'appartenaient à mon vocabulaire.

J'étais la fille du Menuisier, je le savais. Jeanne, malgré sa folie, était plus normale que moi, côté filiation. Elle le nommait. Pas moi. Nous n'avions pas de mots l'un pour l'autre. Notre lien était un long fil invisible solidement tissé dans du silence, un fil continu que personne ne pouvait voir. Aucun mot ne s'y accrochait comme le font les notes sur une portée. Nous-mêmes en étions ignorants, seulement soupçonneux de sa présence tenace.

Je finis par remonter les trois marches afin de lui donner ce que j'avais fait pour lui. Le pot à crayons pouvait aussi servir de pot à cigarettes, cependant le Menuisier ne fumait pas. Pour le reste, il n'avait que des outils et un gros crayon rouge qui n'aurait pas tenu dans le pot. Celui-ci était fait pour des stylos Bic ou de plus beaux stylos encore – argentés, à quatre couleurs –, pas pour un crayon rouge d'au moins vingt centimètres, plat et taillé au canif par une main d'ouvrier.

C'était l'heure du repas. Le Menuisier était encore dans le jardin. J'aurais le temps de déposer vite fait le pot à crayons sur son assiette ! Le rouge me montait aux joues, j'avais peur. Je quitterais le couloir plutôt, j'irais dans la salle à manger, je me cacherais derrière la porte et je guetterais son arrivée dans la cuisine.

Un bruit me fit sursauter et je m'enfuis en courant à l'étage, comme prise en faute.

Ce fut adossée à la vieille penderie qui sentait l'encaustique et la naphtaline que je l'entendis. Il était entré dans la maison, et sa chaise qui grinçait sur le linoléum de la cuisine me fit comprendre qu'il s'installait pour déjeuner. Les mains recroquevillées sur mon pot à crayons qui commençait à se froisser, j'eus une dernière idée, je le poserais à la cave, sur son établi, et il le verrait plus tard.

Je descendis de nouveau, une main crispée sur mon trésor, l'autre glissant sur la rampe. Je me collai au mur de la cuisine qui nous séparait. Il était à sa place, tourné vers l'évier, j'étais face à la porte de la cave que je n'ouvrais pas, nous étions en fait dos à dos. J'écoutais ma respiration, mon cœur qui battait trop fort, mes mains commençaient à transpirer, mes bras, mes jambes refusaient obstinément de m'obéir, mon corps tout entier se figeait sur les marches. Une voix plus profonde et plus ancrée que celle de mon désir me remplissait d'effroi, arrêtait chacun de mes gestes imaginés. Elle disait « NON » et je la suivais. Mon corps engourdi, immobile comme une statue, obéissait à un guide invisible, comme si j'avais entendu l'écho d'un cri lointain qui me conduisait loin du Menuisier.

Des bruits de voix, de fourchettes, l'eau qui coulait du robinet eurent raison de mon hébétude et, comme une somnambule, je remontai doucement les marches, accrochée au pot de papier qui me collait aux doigts. Quelques secondes plus tard, nous nous retrouvions, moi, ma main et le pot, derrière la porte de ma chambre. Désemparée, soulagée, j'avais l'impression d'avoir déjoué un piège, totalement seule.

Je m'installais dans un silence épais, plus dense que jamais, lorsque j'entendis la voix claire de Louise qui m'appelait. Je pris place à table, muette comme une coupable cachant son forfait, assise près de la fenêtre, à distance et cependant à la gauche de celui qu'il ne m'avait pas été donné de célébrer.

Le pot à crayons est resté derrière un livre, très longtemps. Des mois, peut-être même des années, écureuil en pénitence sur une étagère de ma chambre.

Un jour, il a disparu et je ne l'ai jamais revu.

*

Le Menuisier n'en a jamais rien su. Peut-être que ses yeux auraient brillé ?

Ses yeux, si noirs sur les photos, en vrai délavés et tristes. Tristes de ce face-à-face avec le drame de la vie de Jeanne, que personne ne nommait vraiment. On ne nomme pas la folie. On ne l'accepte pas parce que l'on ne la comprend pas. On en a honte. On disait Jeanne « infirme » et je le croyais.

Il me faudra plus de trente années pour savoir que ce n'était pas le cas.

Le timbre de la voix est ce que l'on oublie le plus facilement.

Cette voix qui m'avait si peu été accordée, comment l'entendrais-je aujourd'hui ? Les photos ne parlent pas, et je ne regarde jamais la photo du Menuisier pour ne pas avoir à soutenir son regard. J'entends quelquefois un sifflement, comme l'air d'une chanson que je n'identifie pas. On chantait dans cette maison, on chantait pour oublier le chagrin. Grand-mère Mélie *La Madelon*, Louise le répertoire, *La Traviata* et tout le reste. Le Menuisier sifflait doucement, avec la langue entre ses dents, frappant en cadence contre le carreau de la fenêtre de la cuisine. Regardant un horizon qui se bornait à la haie de genêts, loin de cette songerie épaisse qui lui était familière, il sifflait comme un petit serpent. Il manifestait ainsi une forme de satisfaction que je devinais sans en connaître la raison.

Je ne pouvais rien donner à celui qui, parfois, me faisait des cadeaux. Ma mémoire infirme de son probable amour ne me restitue aucun geste, aucune parole. Je ne le vois pas m'offrir ce tablier en vichy rouge qu'il avait rapporté de Luchon, où il allait chaque année en cure pour sa bronchite chronique. Tellement porté, tellement lavé qu'il perdit sa couleur et devint presque rose, parsemé au fil du temps de petites reprises sur la poche et la bavette, autant de signes qui témoignaient de mon attachement et lui évitaient de finir en chiffons comme la plupart des vêtements de coton. Son heure sonnée, on le laissa dans l'armoire à glace de la chambre, plié et parfaitement repassé sur une pile de draps. Conservé, comme les morts dans les cadres, par le refus absolu de le voir disparaître, d'accepter sa fin. Il m'avait également donné un pull rouge, en laine des Pyrénées, et un bleu dur que je portais sur des jupes plissées grises et dont j'étais très fière. On dit que les enfants n'aiment pas se distinguer des autres par leur tenue. C'est souvent vrai. Ces pulls, pourtant, personne n'avait les mêmes et cette singularité m'enchantait. Quand le Menuisier les achetait, sans doute le prenait-on pour un grand-père qui voulait gâter sa petite-fille. Si on lui posait la question, que répondait-il ? Était-il fier d'affirmer notre lien malgré les nombreuses années qui nous séparaient ? Ou en souffrait-il ? Je ne le saurais jamais.

Lors d'un lointain été, il avait rapporté une visionneuse qui allait nous permettre de voir les paysages qu'il avait parcourus au hasard de ses promenades dans les montagnes. Ce jour-là, les quatre gardiennes du *penn-ti* l'attendaient devant la porte. Grand-mère Mélie essayait de retenir Jeanne qui gesticulait en grimaçant tant son impatience était grande, de même que son impossibilité à contrôler son corps, son cœur et sa tête. Elle gémissait de joie. Elle était bien l'unique capable de montrer ses sentiments. À elle seule, elle les manifestait pour nous cinq. Moi, je me dissimulais derrière le tablier de Louise en m'agrippant à son jupon soyeux, effrayée sans doute par l'agitation de Jeanne qui contrastait tellement avec la lassitude et les yeux mélancoliques de Louise ou la froideur affichée de grand-mère Mélie et sa bouche bien fermée.

On apprit à utiliser la visionneuse comme une paire de jumelles. Il fallait appuyer sur un déclencheur central pour faire descendre les diapositives. Ça faisait un bruit sec et régulier.

C'était un début d'après-midi, il faisait chaud, la lumière était crue, sans nuances. On m'avait installée face à l'unique fenêtre du *penn-ti* ouverte sur la campagne.

J'étais assise sur la petite table recouverte d'une très vieille toile cirée. Le mécanisme était simple. J'appuyais avec mon index droit sur le déclencheur. Clac ! Clac ! La fiche cartonnée descendait en cadence. Clac ! Clac ! Assise en tailleur comme sur un tapis volant qui m'emmènerait au bout du monde, je n'étais déjà plus là.

Un téléphérique d'un rouge velouté comme le manteau du Père Noël ou celui du pape était suspendu à un câble au milieu d'une forêt de sapins d'un vert si sombre qu'ils en paraissaient presque noirs. Clac ! Clac ! Des dames, fines et gracieuses, jambes serrées dans des fuseaux étroits, glissaient skis aux pieds sur un champ de neige, devant une énorme bâtisse comme je n'en avais encore jamais vu, un hôtel cossu, dit de « Superbagnères ». Moi, en matière de bannières, je ne me représentais que celles, noir et or, de la procession du 15 août, qui se déployaient chaque été dans le ciel. Quant aux maisons, en dehors de quelques fermes en pierre de Kerzanton et de bâtiments brestois à la froide architecture d'après guerre, je n'y connaissais rien.

Je découvrais un autre monde à la vue de cet hôtel pour riches estivants, de ces dames dans la neige, que les couleurs et le sourire apparentaient aux personnages de certains contes merveilleux, aux princesses belles et inaccessibles, aux petites filles qui habitent dans les livres et chez lesquelles tout est beau. Le monde m'apparaissait joli, immobile et sans défaut.

Le temps et la magie de la photo avaient figé ces femmes. À la différence des personnages des cadres, celles-ci étaient en couleurs comme dans les livres d'images. Ces couleurs les éloignaient de mon quotidien, faisaient qu'elles appartenaient à une autre vie, au mouvement, à l'agilité, à l'éclat. Les dames étaient mobiles, glissant ou sautant dans un monde animé, pétillant, ensorceleur, loin du silence et des êtres disparus.

Je découvrais un univers auquel je n'avais pas accès pour de vrai mais que je tenais entre mes doigts repliés. C'était bien avant l'arrivée de la télévision chez la voisine du Landais. Clac ! Clac !... Clac ! Clac !...

Quelques instants avaient suffi. Le petit bruit magique de la visionneuse, sésame qui me conduisait dans un espace de délices, n'eut pas le même écho aux oreilles de Jeanne. Il eut très vite raison de son équilibre fragile. Ce qui pour moi était une petite musique enchanteresse était pour elle un simple bruit sec, coupant, d'une régularité obsédante, rapidement insupportable et générateur de danger. Comme un château de cartes, tout s'écroula en un instant.

Ce fut un hurlement, un cri sauvage, incompréhensible, un cri qui déchira la lumière, le doux silence. Ce fut l'objet arraché des mains, les couleurs, les dames, les bruits du torrent, les sapins immenses, la neige douce et si blanche qu'on la croyait bleue. La vie dans mes mains, tout disparut. Des bras me serrèrent à me broyer. Ce fut une main sur mes yeux, l'obscurité brutale au creux d'une épaule, l'odeur du tablier de grand-mère Mélie, l'échelle de meunier qu'elle grimpa affolée en me pressant contre elle, le lit de fer où elle voulut m'allonger qui grinça, puis les cris de Jeanne, les pleurs de Louise, les supplications. Jamais aucun mot ne pourra dire cette douleur-là, jamais. Les doigts de grand-mère Mélie écrasaient mes oreilles, elle m'étouffait, je la griffai, je griffai son visage, j'arrachai ses lunettes, elle ne voyait plus. Je courais à ce moment là-haut, sous le toit du grenier, sur les planches chaudes et poussiéreuses. Arrivée tout en haut de l'échelle, je m'apprêtais à descendre.

Je ne sais pas si j'étais assise, debout, en haut des marches, au milieu, je ne pouvais plus avancer. Pétrifiée, comme morte dans le cadre. Jeanne était en bas, sur la chaise de paille, attachée, ficelée les bras dans le dos, Louise dans l'alcôve, repliée, se recroquevillant encore, son corps meurtri par les cris, par les coups. Le Menuisier avait retiré sa ceinture de cuir tressé, frappait avec. La ceinture formait un long serpent dans l'air. On avait fermé les volets, la porte était close, la pendule peut-être arrêtée, plus de bruit de balancier, et la Sainte Vierge, blanc et bleu, serrait entre ses mains jointes un long chapelet qui se déroulait sur sa robe jusqu'aux roses sur ses pieds nus, les yeux au ciel, impuissante sous son globe.

Les poignets attachés de Jeanne, les yeux qui ne voient plus, les cris déchirants de toutes parts. Je ne savais plus qui criait, qui pleurait, qui priait, qui suppliait ou qui se taisait. L'acharnement du Menuisier devenu fou lui-même, puis la bouche qui s'épuisait et qui bavait, et n'en pouvait plus, la bouche muette enfin, la bouche encore ouverte de ma sœur torturée, mon grand pantin, ma poupée désarticulée, ma jumelle, c'était elle qui l'avait dit et sa souffrance était la mienne, ma jumelle achevée après les coups et deux brocs d'eau froide.

Jeanne n'habitait plus son corps dans ces moments, en lutte contre une ombre qui venait guider ses gestes, glissait sa voix dans la sienne, volait les beaux traits de son visage en le forçant à se convulser. Tout vacillait, tout se dérobait jusqu'à ce que l'eau et les coups la ramènent à son corps hurlant au bord du gouffre.

102

Le torrent glacé, la source vive, la cascade de diamants, l'onde fraîche qui jaillit à travers les sapins, il n'y avait rien, plus rien, rien d'autre que l'eau froide de la fontaine qui dégoulinait sur son visage et ses boucles brunes, sur ses bras ballants. La tête qui tombait enfin, vaincue jusqu'à la prochaine fois, et le silence, le gouffre de silence.

Un oiseau chanta. J'entendis le chat de la ferme voisine.

Quand je descendis, je n'entendis plus que les battements de mon cœur affolé. Une forme sortit de l'alcôve, des mains détachèrent Jeanne. La porte claqua, le Menuisier était sorti. Grand-mère Mélie qui avait retrouvé ses lunettes trottait là-haut, me dépassait en claudiquant, je n'existais plus. Je poursuivis ma descente, assise, marche après marche, sans bruit. Je me cachai derrière le rideau, en bas de l'échelle, là où l'on mettait le seau hygiénique en émail, personne ne viendrait me chercher, ils avaient trop à faire. À travers un pan de lumière, je distinguai alors Louise et grand-mère Mélie, traînant Jeanne jusqu'au lit. Louise la prenait contre elle – pantelante, hagarde, pauvre chose déformée au regard de bête traquée. Grand-mère Mélie priait la Sainte Vierge au-dessus de la cheminée, dans la pénombre, le silence oppressant du *penn-ti* devenu boîte sombre et close.

Le Menuisier avait fui à l'église implorer le pardon auprès de sainte Thérèse ou Bernadette Soubirous.

J'étais assise sur le sol en ciment qui glaçait mes jambes. Des odeurs d'urine tiède remontaient du seau. L'ampleur du silence ne ressemblait à rien d'autre qu'à l'effroi. Il ne restait ici qu'un vide et quatre solitudes. Nous étions dans la boîte grise, enfermées. L'extérieur n'avait plus de prise sur nous, nous n'en faisions plus partie.

J'étais absente à tout, plus rien n'existait. C'était le vide dans lequel grondait dès lors ce silence, celui qui succédait à la fureur et ne laissait que des épaves, une femme en prière, deux êtres disloqués encore convulsés de douleur. Moi, immobile, muette.

Il n'y aurait plus de paroles, jamais. À mes pieds, j'aperçus la visionneuse intacte avec sa fiche cartonnée, prisonnière de la fente étroite sur le dessus. Ma main aurait pu l'attraper mais je ne la touchai pas, je la regardai comme un objet incandescent que l'on doit tenir à distance. Atteinte par ricochets, effleurée et pourtant brûlée, je participai, muette, à la folie de ce corps encore secoué de soubresauts. Et puis je me calmai à mon tour, je ne bougeai plus, je laissai là la VIE.

Je suis née dans un face-à-face avec un enfant mort. Sans doute ce jour-là, cet été-là, suis-je morte pour la première fois.

Le temps ne m'a pas fixée dans le cadre, j'ai grandi, passant à travers les mailles de l'existence pour devenir inaccessible, donc invulnérable. J'ai avancé comme j'ai marché puis descendu chaque marche de l'échelle, à tâtons, quelquefois en apnée, d'autres tous les sens en éveil. Je porte les blessures de Jeanne dans ma chair. Elle avait raison de me croire sa jumelle. J'avais déjà les morts auxquels je m'étais habituée, le silence du Menuisier. Désormais il y avait la peur et je continuais mon chemin, non par désir de vivre, ni même de survivre, seulement poussée par la panique.

*

Ce fut sans doute un jour comme celui-là que le docteur qui effectuait une visite au Landais me vit, assise, cachée plutôt, près du buffet de la cuisine, dans un coin, n'osant pas exister, ne disant rien, écoutant tout. Les plaintes de Louise, « je n'en peux plus », appelant la mort – c'est vrai qu'elle était maigre et pâle, et ses grands yeux verts semblaient toujours plus tristes. Elle disait : « Je vais attraper la mort. Et la p'tite, qu'est-ce qu'elle va devenir ? »

Le docteur dit qu'il fallait se séparer de Jeanne. Elle partit. Grand-mère Mélie, qui l'emmenait régulièrement au Secours catholique, continua les bonnes œuvres toute seule. Le Menuisier alla à l'arsenal chaque jour sans se poser de questions. Faire son travail et c'est tout, rapporter les sous à la fin du mois. Louise n'avait plus que moi. On avait trouvé un hôpital pour Jeanne. On disait une maison de retraite mais il y avait de tout, là-dedans. Des vieux surtout, des jeunes aussi, dont on ne savait que faire. On ne disait pas des handicapés. Louise disait « des innocents », mot pudique et douloureux qui renvoyait à l'enfance et à la volonté de Dieu. « Innocents », c'était le mot juste, peut-être le plus juste de tous. On ne disait pas qu'ils étaient différents. Pas d'hypocrisie, les euphémismes n'étaient pas dans l'air du temps.

L'hôpital, l'hospice plutôt, était une grande maison blanche, située pas très loin du *penn-ti*, dans le village voisin où l'on pouvait se rendre en car ou à pied en marchant plusieurs heures.

Jeanne partit en été. Elle avait vingt-quatre ans. On lui a dit qu'elle allait se soigner, qu'elle allait guérir, que la Sainte Vierge faisait des miracles.

Ce jour-là, elle s'était éloignée mais je ne l'avais pas vue se détacher de moi, ni de Louise. Nous étions seules toutes les trois. Mon regard s'arrêta sur la religieuse qui l'attendait dans la cour, une apparition toute blanche, d'une blancheur lumineuse comme les murs. Comme la Sainte Vierge sur la cheminée du *penn-ti*, elle portait un très long chapelet à la ceinture, enfilade de gros grains bruns ronds, réguliers et lisses. Et la croix, rassurante, dans les plis du tissu.

La Sainte Vierge venait chercher Jeanne. Elle existait vraiment et prenait les traits de sœur Claudine pour marcher sur la terre. Elle se cachait derrière ce prénom si banal, un peu enfantin, musical et qui n'intimidait pas. La sœur accueillait ma sœur. Sœur Claudine me remplaçait et allait apporter à Jeanne le soulagement que nous ne pouvions plus lui donner.

On la confiait en toute sécurité à cette blanche et pure apparition. Le mot « immaculée » que je connaissais bien prit tout son sens et l'amour du bon Dieu me sembla infini.

Une apparition, c'est un miracle, et le soleil brûlait au milieu de toute cette blancheur.

Quelque temps plus tard, je découvrirais une réalité moins séduisante, l'envers du décor derrière les murs blancs. Des salles tout en longueur, loin de l'intimité chaude et poussiéreuse du grenier des vacances où Jeanne dormait avec grand-mère Mélie, des lits individuels à barreaux, des couvertures grises ou brunes en laine qui gratte, des draps propres et bien tirés, des traversins blancs. Et la lumière encore, entrant par une très haute fenêtre fermée, écran entre la campagne, le village et les tristes habitantes de la maison.

Le calme, la douceur, la lenteur, la paix peut-être qui imprégnaient les lieux ne parvenaient pas à masquer que les pensionnaires, qui s'appelaient entre elles les copines, partageaient une vie quotidienne qui n'était qu'une interminable errance.

Il y avait Josée, aux cheveux noirs coupés à la Jeanne d'Arc, au faciès grimaçant qui me faisait un peu peur, au pauvre regard qui semblait parfois vicieux ; Émilienne la naine, la seule normale et plus âgée qui préférait l'hospice à la solitude ; la grande muette, sa protégée, toujours accrochée à son bras, et la petite grosse avec des yeux comme des billes de loto qui louchaient un peu, et dont l'unique tenue était composée d'un sarrau en coton écossais bleu marine et d'une ceinture de cuir qui marquait une taille qu'elle n'avait plus. Sa poitrine lourde me paraissait déjà une infirmité, et ses cheveux bruns étaient maintenus par une petite barrette plate sur le côté, comme chez les petites filles.

Émilienne exceptée, ces « innocentes » n'avaient pas vingt-cinq ans.

*

Jeanne était entrée sans moi. Sans doute avais-je fermé les yeux, éblouie par la blancheur d'une Sainte Vierge et la lumière vive de cet été. Elle avait disparu par ce portail gris peu amène et qui grinçait à coup sûr, sans se retourner, sans un cri, courbant un peu les épaules, le dos arrondi par une scoliose ancienne et la terreur quotidienne d'exister. Elle était fine alors et portait souvent de jolies robes fleuries en coton souple et soyeux. C'était avant le Nylon qui allait bientôt devenir une institution et dont toutes les femmes feraient leurs sarraus. Elle aimait les colliers, les bijoux, tous les bijoux, et le clinquant comme dans les rêves de contes de fées ou de princesses des petites filles. Elle était jolie.

Jeanne était entrée pour ne plus ressortir. Par le portail, puis la petite porte au fond de la cour, la porte étroite, celle qui, dit-on, mène au paradis. Je n'étais pas triste, je croyais ce qu'on lui disait, qu'elle allait être soignée, qu'elle allait prier pour guérir. Et puis j'avais vu la Sainte Vierge dans la cour. Curieusement, j'étais fière. Enfin seule avec Louise, je tortillais le bas de ma robe, je dansais sur un pied. On faisait de la place pour moi. Je n'avais pas de visage grimaçant, moi, mais de belles boucles autour de mes joues rondes, des anglaises retenues par un gros nœud blanc à pois bleus sur le sommet de la tête. J'étais coquette et mignonne à voir, intéressante.

On me protégeait, on m'admirait, on nous séparait. Il y eut un instant, seulement un instant de vanité.

Quand on lui coupa ses beaux cheveux bruns, j'allai à mon tour chez le coiffeur. Assise sur un fauteuil rehaussé, je vis mes boucles tomber une à une et le balai les repousser vers la poubelle. Mes cheveux étaient morts à présent. Alors je me regardai bien en face dans le miroir. Avec ma frange courte et droite au-dessus des sourcils, ma nuque un peu rasée avec la tondeuse qui servait aux garçons, je me détestais. J'avais envie de me tirer la langue. Je pensais : « Je suis moche et c'est très bien. »

Dans la maison du Landais, j'occupai immédiatement la chambre de Jeanne, le cosy-corner qui était le sien, je récupérai la poupée Édith aux longues tresses noires et aux yeux mobiles. Je ne savais rien, surtout pas que ce départ était définitif. Personne ne le savait, ou ne voulait savoir. On n'avait pas le choix. Louise était soulagée, c'était une question de survie. On aimait croire qu'un jour Jeanne guérirait, tairait définitivement ses cris de possédée. On protégeait la petite « jumelle » fragile comme de la porcelaine, arrivée si longtemps après. C'était déjà trop tard. Mon désir de couper mes cheveux n'avait été que celui de me mutiler en lui restant fidèle.

Elle, c'était sa vie que l'on brisait.

Les enfants savent tout. Sans rien dire, souriant même de toutes mes dents, je pressentais le malheur de son terrible avenir, elle serait condamnée à vivre sans cesse séparée d'elle-même, jamais délestée de sa souffrance, comme une coupable enfermée sur la terre sans espoir de rédemption.

On allait souvent la voir dans sa maison. On allait la chercher lors des vacances scolaires. Pendant près de vingt années, ce fut le Menuisier qui prit le plus souvent le car, et ceci jusqu'à sa mort. Il avait l'air de porter à lui seul la responsabilité de ce malheur.

Son silence, tenace et enveloppant, faisait partie intégrante de son être. Il lui appartenait plus que sa propre peau. À partir du jour de l'internement de Jeanne, il devint aussi puissant que celui des morts des cadres. Il se mit à régner en maître, et ce dans chacune de nos vies. Celle de grand-mère Mélie, qui peut-être parlait ailleurs, dans le dévouement absolu et quasi sans repos qu'elle accordait aux pauvres de la paroisse. Celle de Louise, usée par les cris de Jeanne et devenue partiellement sourde. Délivrée d'une certaine manière, elle sombrait souvent dans une forme de mélancolie qui ne la quittait que lorsqu'elle était seule. Je la surprenais parfois qui survivait en chantant. Elle avait conservé une voix cristalline de soprano, ne fréquentait plus les chorales depuis longtemps, mais connaissait par cœur les grands airs du répertoire qu'elle fredonnait dans sa cuisine. Elle avait été soliste dans un passé qui ne m'appartenait pas.

Sans Jeanne, seule parmi mes fantômes, comme la télé et le beau capitaine c'était seulement chez la voisine une fois la semaine, j'entrai peu à peu en lecture comme on entre en religion. J'appris que le langage, ce n'était pas seulement les cris de douleur, l'expression de la démence ou celle plus trouble de la mélancolie – la « neurasthénie », disait Louise, mot mystérieux, désuet et récurrent, de son vocabulaire, qui l'obsédait et me fascinait par la place qu'il semblait prendre dans sa vie.

La femme souvent était neurasthénique. C'était une voisine étrange et solitaire, l'épouse d'un tel qui habitait Saint-Martin ou cette cousine du Menuisier qui ne quittait plus sa maison du bourg, ne sortant que pour nourrir les poules, en robe de chambre ouatinée, avec sur la tête un fichu qui ressemblait à un filet à provisions.

« Une pov' malheureuse ! C'est pas une vie, vaut mieux être mort ! »

Un soir, plongée dans un livre et loin de ce monde tragique, je découvris dès les premières pages un « tombereau », mot inconnu qui immédiatement me séduisit. Sans doute à cause de la racine qui m'était familière. Il résonnait sourdement en moi, je me délectais de ces trois syllabes. Je le trouvais roucoulant et magique, mais j'ignorais sa signification. Je la devinais vaguement, ne la cherchais pas vraiment, le son me suffisait. Les mots étaient beaux, et celui-là en particulier. Peu importait leur dénotation, ils ne possédaient jamais ni le poids ni la violence du silence.

Le tombereau se trouvait près d'une vieille auberge à l'enseigne *Au Sergent de Waterloo*. La première phrase que je lus ne ressemblait pas à celle des contes dont je n'étais pas totalement dupe et que j'envisageais désormais comme de simples divertissements. Ici, je pressentais un réalisme dans la description d'un lieu que je pouvais plus ou moins rapprocher de ma campagne, des *penn-ti* et des fermes des alentours, des charrettes et des paysans qui appartenaient à notre voisinage de vivants.

« Il y avait au début de ce siècle, à Montfermeil près de Paris, une façon de gargote qui n'existe plus aujourd'hui. »

« Gargote » fut pour moi aussi enchanteur que « tombereau » par la part d'inconnu qu'il contenait. Il sentait la poussière, celle de l'ancien temps, le gras de cuisine, la saleté et la promiscuité. Dans la gargote vivait une petite fille, une pauvresse, une servante que la femme aubergiste désignait par un autre mot cinglant, « cette *gueuse* », disait-elle. Le

112

mot bavait de sa bouche épaisse et vulgaire quand la fillette sortait pour puiser de l'eau à la source. L'identification fut immédiate. C'était sa tâche quotidienne, comme la mienne pendant les grandes vacances. Elle n'avait pas de cimetière à traverser, mais son chemin était bien plus terrible, pas de broc en émail non plus mais un seau très lourd et si grand qu'il pouvait la dissimuler tout entière. Oui, un seau aussi grand qu'elle. Et pourtant elle le portait et je ne m'en étonnais pas. Ce fardeau, je savais qu'il existait pour de vrai.

Elle traversait un bois, la source était lointaine. Il faisait froid et c'était la nuit. Les arbres autour d'elle s'animaient dans l'obscurité de plus en plus dense. Il était écrit qu'ils étiraient leurs longs bras secs et puissants pour l'attraper et l'emporter. Elle était en haillons, les villageois l'appelaient « l'Alouette » parce qu'elle ressemblait à un petit oiseau. Servante et martyre, elle était seule au monde, et n'avait pour compagnon qu'un petit sabre emmailloté dans un bout de chiffon qu'elle appelait poupée et qu'elle berçait doucement, assise sous la table de la gargote quand on lui laissait un peu de répit.

J'éprouvais son malheur et sa solitude pour avoir été cachée sous les escaliers, tremblant comme elle, victime innocente de la violence soudaine des grands, de la rage du Menuisier quand il frappait, devenu subitement fou, aussi fou que Jeanne qu'il voulait calmer. Elle, c'étaient des coups de sabots qu'elle prenait – de gros sabots de bois comme ceux que je connaissais, que les hommes et les femmes d'ici portaient, des sabots durs et sales qui lui meurtrissaient les hanches.

Quand elle revenait de la source, elle s'arrêtait devant une vitrine illuminée et elle regardait une poupée rayonnante, habillée en princesse. À cette image se substituait la silhouette de Jeanne, son visage implorant le miracle devant l'Immaculée Conception, encerclée de lumière et des petites flammes vacillantes des cierges. Je fermais les yeux pour mieux imaginer cette poupée et je voyais très nettement *an itron varia Rumengol**, Notre-Dame de tous remèdes à la robe brodée, qui se trouvait dans la chapelle de Rumengol, petit village non loin des monts d'Arrée où chaque année on assistait au pardon. À Rumengol, la Vierge était une vierge poupée, couronnée comme une reine, avec un beau baigneur dans les bras. Elle rayonnait dans la nef de cette chapelle flamboyante aux retables baroques.

L'Alouette rêvait et son rêve seul semblait la maintenir en vie. Elle m'était proche, et en même temps appartenait à un autre monde. Proche et inaccessible, comme l'étaient mes encadrés.

Elle était prisonnière et, pour la délivrer, il eût fallu un miracle.

Un jour, un homme entra dans la gargote. Il n'était pas comme les autres voyageurs. Lui était calme, bien habillé et courtois. Il la suivit dans le bois, lui porta son seau, lui donna la main. La main et la poupée. Ce jour-là, l'Alouette cessa d'être pauvre.

L'histoire n'en disait pas plus. Elle me suffisait.

114

L'homme était habillé de noir, c'était une ombre gigantesque, protectrice et enveloppante, un grand chêne silencieux. Il n'avait pas besoin de mots, et son silence à lui délivrait. Son silence était fort, il comblait. Un homme pouvait sauver, donner la main et partir. Dans les livres, ça existait.

De plus en plus loin de mes proches, je rêvais d'être ainsi emportée sur un grand bateau blanc par le beau capitaine de la télé à Dédée.

Quelques pages après, un gamin aux vêtements déchirés, à la casquette trop grande, marchait sur les pavés d'un quartier populaire de Paris. Il arpentait les rues, les passages, les trottoirs, nuit et jour. Quand il s'arrêtait, les deux poings sur les hanches, il souriait. Son sourire était lumineux et douloureux à la fois, si large qu'il lui déchirait le visage. La souffrance dans la bouche, aux coins des lèvres, comme s'il pressentait déjà sa fin et le sang qui coulerait bientôt le long de son menton. Le soir, il rentrait chez lui, dans l'éléphant de la Bastille. La Bastille, c'était là qu'habitait Nini Peau d'chien. Grand-mère Mélie m'avait appris la chanson. L'éléphant, c'était sa cabane, sa cachette. La différence avec les autres enfants, c'était qu'il ne jouait pas. Un dessin sur une page le représentait avec ses vêtements trop grands. C'était une sorte de voyou. Mais moi je l'aimais, ce voyou, et je voyais bien que celui qui avait écrit le livre l'aimait aussi.

Il n'avait pas de vraie maison, pas de foyer. Recroquevillé contre les flancs de la bête, il était au chaud comme dans le ventre d'une mère. Je le savais protégé la nuit, mais continuellement exposé le jour quand il grimpait sur les barricades que des soldats avaient construites avec des pavés. Je pensais à la guerre, j'ignorais le mot « révolution » mais je savais le danger. Ici il n'y avait pas d'avions qui bombardaient mais des fusils et des balles qui pleuvaient. Je lisais « la mitraille », le mot lui-même était déchirant et sonore et je n'avais aucune peine à imaginer qu'il fallait se réfugier, qu'il fallait des abris.

Le gamin mourait à la fin de l'histoire, tué dans la rue, un panier à la main. Il tombait le nez au sol, un filet de sang aux lèvres, en chantant Rousseau et Voltaire, et ces deux-là, je les trouvais bien méchants.

Une petite fille sauvée, reconnue par un homme qui l'avait identifiée, qui était venu la chercher. Reconnue et sauvée. Un petit garçon seul, abandonné, sacrifié.

Ils m'appartenaient tous deux. Leurs destins me parlaient bien au-delà de leur rencontre romanesque. Se superposaient à eux, en plus de quelques images, des sensations étranges, une atmosphère trouble et une douleur profonde, lointaine, inexpliquée.

*

Après le départ de Jeanne, face au mutisme du Menuisier, à la tristesse de Louise, aux occupations de grand-mère Mélie, je ne posais plus de questions. Désormais presque aussi silencieux que mes encadrés, mes proches ne m'étaient plus d'aucun secours. Tous trois ressemblaient parfois à des ombres errantes, fantômes parmi les images de leurs chambres respectives – images qui étaient à la fois présence et absence, des corps et des visages fixés en même temps qu'effacés. Moi, je voulais les faire sortir de la photo, les incarner, car la vraie mort n'était qu'un mensonge. J'errais dans les chambres où j'étais happée par leurs regards bien plus que par les yeux mobiles des vivants. Les disparus me criaient leur vie mais, contrairement au Menuisier, à Louise, à grand-mère Mélie, il m'était impossible de tourner autour de leurs enveloppes charnelles. Leur épaisseur était une illusion. Ils étaient plats, leurs dos n'existaient pas, mes mains ne pouvaient les modeler, sentir la douceur des étoffes, la tiédeur de leur peau et, derrière le cadre, mon regard impuissant s'arrêtait sur un crochet et une plaque de contreplaqué solidement fixée par des pointes minuscules, comme l'avait été le couvercle de leur cercueil.

Les morts m'appartenaient sur le papier glacé, et leurs contours noir et blanc ondoyaient vers moi. Je savais tout d'eux en les dévisageant. Je m'approchais doucement, collant presque ma figure à la leur, et ils me regardaient bien en face. Leurs yeux, qui n'avaient jamais croisé les miens, les rencontraient enfin. Et ne les quittaient plus. À ce jeu-là, ils étaient les plus forts. Lassée, je finissais par cligner des paupières. Ne manquaient que leurs voix, impossibles à imaginer. Ils étaient le silence dont on m'avait montré qu'il était la normalité. Seuls les cris de Jeanne avaient signifié l'absurdité de l'existence, ces cris sans raison qui venaient du plus profond d'elle et de plus loin qu'elle, qui avaient pris possession de sa vie et qui, pour être aussi déchirants, devaient être restés enfouis dans d'autres êtres avant de jaillir dans le sien, brisant son corps et son âme en mille éclats.

Les photographies avaient imprimé les silhouettes, les formes, les rondeurs, les coiffes, les moustaches et les rictus, le costume blanc à petit col marin et tous ces yeux clairs qui me transperçaient. La photo, toute-puissante, était bien « l'image vivante d'une chose morte ». Mais je n'étais pas en âge de l'accepter.

Je la cherchais, la chose morte, et plus je la cherchais plus elle m'échappait. Je me raidissais, mes épaules se crispaient, et je ne sentais plus qu'une douleur lancinante, toujours la même, au même endroit, entre mes omoplates, à droite de la colonne vertébrale. La douleur s'effaçait assez vite, pouvait disparaître pendant des mois. Jeanne souffrait d'une scoliose très marquée. Pas moi. Il a fallu attendre mon adolescence pour découvrir, à ce point précis du dos, une vertèbre en apparence cassée. « Un accident dans la petite enfance », avait déclaré le docteur. Non, « une malformation congénitale », avait rectifié un second. La douleur finit par disparaître complètement lorsque j'eus dix-neuf ans. Je ne sentais plus rien, mais curieusement, de plus en plus souvent, lorsque je traversais le Grand Pont au-dessus de Laninon, lorgnant vaguement du côté de l'atelier du Menuisier, je sentais à quelques mètres derrière moi une menace invisible, comme une arme qui brutalement pourrait me frapper dans le dos.

*

Depuis que Jeanne ne vivait plus avec nous, le Menuisier prenait l'autocar pendant les vacances scolaires, à Noël et à Pâques. Il rejoignait la gare routière qui surplombait le port de commerce et ses bâtiments flottants, déserts et hideux. La gare était ronde et froide avec un grand préau gris à colonnes massives et lourdes, on y grelottait, même en plein été. Chaque car avait son numéro et sa destination.

Une brume tenace flottait sur ses pensées en ce lieu sinistre. Ou peut-être était-il un peu heureux pour une fois sur le chemin qui le menait à la maison de Jeanne ?

Il revenait avec elle, lentement, comme il était parti, donnant toujours cette impression d'appartenir à un autre espace, à un ailleurs mystérieux, évoluant sur une autre route que celle qu'il venait d'emprunter pour un aller-retour qui avait pris la demi-journée.

Il faisait presque nuit lorsque j'identifiai la joie de Jeanne au bruit sec de la poignée de la porte du rez-de-chaussée, bec de canne soudain malmené, arraché presque, au galop de ses pas qui résonnèrent dans l'escalier, puis à la seconde porte qu'elle claqua avant d'entrer dans la cuisine en hurlant et de me broyer dans ses bras. J'eus à peine le temps d'apercevoir tout son corps trépignant d'impatience, son visage exalté par l'émotion, l'immense bonheur de nous retrouver. J'échappai tant bien que mal à l'étau de son amour. Muette devant tant d'exubérance et me sentant en danger comme devant le silence du Menuisier, je glissai le long du mur et la laissai seule avec Louise qu'elle manqua de renverser par la puissance de son étreinte.

D'un geste las, le Menuisier retira son pardessus des dimanches, le chapeau qui avait remplacé le béret pour la sortie. Je vis malgré moi le regard vide, aveugle, fixé sur d'étranges rêveries à jamais inaccessibles.

*

On allait se promener tous les quatre le dimanche. C'était un jour sinistre. En province, le dimanche est très proche de l'idée que l'on peut se faire du néant.

« Pour la sortir un peu, elle va pas rester là à tourner en rond ! »

Grand-mère Mélie restait préparer le repas sur la cuisinière à charbon, du poulet rôti et des pommes de terre noyées dans le beurre. C'était sûrement pas aussi bon là-bas, dans la maison de Jeanne, même si celle-ci avait l'air de se régaler avec le « riz au gras ».

Tous les quatre, c'est-à-dire deux par deux comme dans les rangs à l'école. Le Menuisier et Jeanne devant. Moi et Louise derrière. Les couples se formaient suivant une logique immuable. On traversait la ville pour aller au jardin de Kerinou qui se situait dans un vallon boisé où le soleil ne venait jamais.

Quelques mètres devant moi, les contours de ces deux silhouettes naturellement se retrouvaient. Sur un pont immense qu'il nous fallait emprunter à l'aller et au retour, le Menuisier, errant et sombre, évoluant toujours dans une autre réalité que celle tristement grise d'une journée d'hiver, ne me surprenait pas. Son appartenance obstinée à un autre temps, à un autre lieu faisait partie intégrante de son identité qui m'échappait, et c'était ainsi. Jeanne me semblait encore plus inaccessible car liée, soudée à cet espace indéfinissable, à ce corps qu'elle touchait, répondant à une évidence, une nécessité. Engoncée dans son manteau de laine marron, un peu démodé, à petit col de fourrure, son fichu soyeux aux couleurs d'automne noué sous le menton, elle se penchait sur la gauche, son dos rond déformé par la scoliose, ses épaules rentrées qui semblaient à elles seules crier de douleur, et sa tête caressait doucement l'épaule de celui que, de tout temps, elle avait su nommer.

Image d'un couple avançant dans une cadence étrange, toujours la même, une sorte de roulis, de bercement régulier. On aurait dit qu'ils marchaient sur l'eau. Ils traversaient ainsi le pont, atteignant l'autre rive sans un mot échangé, sans un regard en arrière, comme si Louise et moi n'existions plus.

Un homme et sa fille, arrimés l'un à l'autre par une histoire, un passé auquel je serais pour toujours étrangère. Trop d'années nous séparaient, trop de traces de vie, tout un monde où ils avaient côtoyé des êtres proches qui n'avaient jamais été pour moi que des morts dans des cadres et qui, pour eux, étaient plus importants que les vivants, un univers dont ils paraissaient plus proches que le décor tangible dans lequel ils avançaient, leurs deux silhouettes naturellement emboîtées.

Couple d'errants, mais couple avant tout, le seul qu'il m'eût jamais été donné de considérer avec la certitude absolue qu'il demeurerait l'image de l'homme et de la femme que je ne pourrais jamais séparer.

Aujourd'hui, près de quarante ans après, c'est ainsi que je les vois, cheminant dans l'éternité.

*

À Noël, on fit une crèche sur le buffet en coin de la cuisine pendant au moins une dizaine d'années. On éteignait tout le soir. Jeanne et moi disions le Notre Père devant nos deux anges posés à même la mousse comme deux gardiens. On allumait les bougies d'un minuscule sapin derrière la crèche, dans l'angle du mur. En plus des personnages traditionnels de la Nativité, il y avait un petit ange différent des nôtres, le bleu et le rose qui déployaient leurs ailes blanches et rassurantes. Plus petit, plus mystérieux, il se trouvait au sommet de la crèche. Il n'appartenait pas à la terre, il donnait l'impression de voler près de l'inscription en lettres d'or « Gloria in excelsis Deo ». C'était une créature gracile et pâle, légère, une petite poupée en biscuit, ceinturée d'un linge blanc et à peine plus grande qu'un doigt de la main. Il avait des boucles blondes et tendait ses deux mains innocentes vers le ciel.

À ma question sur sa présence ici, la réponse tombait comme un couperet.

« Il était sur la couronne mortuaire de mon frère », disait Louise.

La mort, compagne fidèle, était décidément toujours là. Même en ce moment de grande joie où l'on célébrait la naissance d'un enfant que l'on appelait « petit Jésus » ou « Sauveur ». La mort avait enlevé René-Paul depuis plus de quarante ans, et ce n'était pas un poupon joufflu et souriant sur un lit de paille qui le remplacerait.

J'imaginais l'enfant blond du cadre de grand-mère Mélie, ses beaux yeux pers clos à jamais, ses mèches blondes couronnées, comme un petit prince et comme l'ange. Je ne pensais pas alors à ces fils de fer emperlés en forme de fleurs, autrefois nacrés, désormais gris et sales, malmenés par les intempéries et qui exhibaient leurs pauvres squelettes sur des tombes très anciennes dont certaines ressemblaient à des berceaux en fer forgé. Je ne savais peut-être pas que l'on appelait ces tristes décors des couronnes.

J'avais des cadeaux le jour de Noël. Jamais le 24, nous ne faisions pas de réveillon. Pas de dinde aux marrons ou d'oie dodue comme dans les livres d'images. Seulement la messe de minuit où l'on avait froid et le lit réchauffé par la bouteille en terre cuite remplie d'eau bouillante que Louise glissait dans une chaussette puis sous mes draps.

Une dînette, pourtant bien légère, alourdit mes pensées et me hante encore tel un très vieux fantôme. Elle était en plastique blanc orné d'une frise de fleurs roses et rouges. Le fabricant de jouets avait planté les quatre assiettes dans le fond d'une boîte en carton. Elles étaient munies d'une petite pointe de plastique en leur centre et, quand on voulait les faire tenir sur la table, elles s'échouaient comme des toupies immobiles. Casser leur pointe, c'était prendre trop de risques, elles auraient pu se briser.

Je restais perplexe, silencieuse et déçue. Aussi silencieuse que le Menuisier qui sentit mon désarroi et mon impuissance. Comme toujours, il ne dit rien. Ou plutôt, il n'eut pas besoin de mots. Dans un bouchon de liège, il coupa quatre petits cercles, puis piqua les assiettes sur chacun d'entre eux. Mes assiettes miniatures se tenaient désormais bien plates, comme des vraies. Pierrette, ma poupée, et Édith, celle de Jeanne, pouvaient déjeuner.

Il n'y avait eu ni merci, ni baiser. Il n'y avait pas eu de demande non plus mais la preuve que le fil impalpable de notre relation vibrait sans cesse, que le Menuisier me voyait, entendait aussi l'ampleur de mon mutisme comme je pouvais entendre le sien, venait à mon secours et remettait les choses à leur place. Il construisait et tout ce qu'il construisait tenait debout.

Les mots n'étaient pas pour nous. Et quand parfois ils existaient, nous savions que ce n'était que de pauvres écrans. Les vibrations du silence étaient toujours les plus fortes. C'était quand je ne l'entendais pas que je l'entendais le plus, et lui de même. C'est-à-dire tout le temps. Nous avancions dans un silence assourdissant.

Un tableau de bois, rectangulaire, soigneusement peint en vert, écorche tout autant la plaie ouverte de la mémoire. C'était pour moi qu'il l'avait fabriqué. Je l'avais reçu pour un autre Noël, trouvé posé comme ça, sans papier cadeau. On n'enveloppait pas. Il n'y avait pas de bolduc doré comme celui qui faisait des boucles sur les paquets des voisins.

Combien d'heures avait-il passé dans son atelier, sans que je le voie, sans que me parvienne le bruit des outils ? Il posait le tableau sur un chevalet et je pouvais écrire dessus, dessiner avec des craies de toutes les couleurs. Il prenait toute la place entre l'évier, la cuisinière et la table de la cuisine. Il n'aurait pas pu entrer dans ma chambre, trop étroite. Ma chambre n'était pas une vraie pièce, plutôt une sorte de corridor avec une fenêtre très haute qui donnait sur la rue. On y trouvait le cosy de Jeanne, devenu le mien, mes livres Rouge et Or ou ceux de la Bibliothèque Rose, mes poupées, quelques objets. Ça, c'était avant l'arrivée du secrétaire, massif, en chêne blond, en décembre aussi, vraisemblablement. On le cala à gauche près de la porte.

À l'école, il fallait apprendre.

On disait : « Celle-là apprend bien ! Elle est première ! »

J'apprenais, j'écrivais. Il fallait bien former les lettres, avoir une belle écriture calligraphique, ne pas faire de fautes. C'était pour ça, le secrétaire, avec son tiroir à droite sous l'étagère, pour les stylos, la gomme, la règle, et sa tablette recouverte d'une toile cirée épaisse comme du linoléum, d'un rouge lumineux, profond, aux reflets bruns. À côté, le tableau c'était peu de chose. Tout en chêne, le bois noble. Le Menuisier pensait sans doute que je le méritais.

Je ne sais pas quand il commença, ni termina le secrétaire, cadeau probable d'un autre Noël. Comment, ni avec qui il le monta dans ma chambre. Je ne me souviens pas de ma surprise. D'ailleurs, c'était sûrement un présent attendu. Je ne sais rien, je ne vois rien, je n'entends rien. Ma mémoire orpheline d'images et de sons reconstitue péniblement un puzzle dont certaines pièces sont définitivement égarées.

Le secrétaire s'imposa un jour, c'est tout. Il prit une immense place, imposa son indicible toute-puissance dans ma vie. Je n'avais pas le choix, j'étudierai, je lirai, j'écrirai, j'apprendrai, moi qui aimais tant la rue, la campagne et sauter à la corde en chantant *Le Marin que j'aime* – celui qui navigue du côté de Marseille ou en Italie et qu'il faut attendre en restant fidèle.

J'apprendrai. On ne disait pas « une intellectuelle ». On me faisait seulement comprendre que le travail passerait avant tout par la tête, le cerveau, loin des besognes pénibles des champs, de la pauvre condition paysanne, loin des mots bretons, des ateliers de Laninon, loin, très loin aussi du cerveau fou de Jeanne qu'il fallait peut-être venger.

*

Les voisins de la maison du Landais avaient un sapin immense, un « roi des forêts » croulant sous les boules lumineuses et les guirlandes pétillantes et dorées, la télé, cinq enfants bruyants, une Cocotte-Minute, des beignets au sucre qu'ils faisaient eux-mêmes en se disputant au-dessus de la friteuse, pas de salle de bains, juste l'évier de la cuisine, seul point commun avec nous.

À Noël, ils buvaient encore plus que d'habitude. Dédée avait le teint rouge violacé, des vaisseaux minuscules sur les pommettes, des yeux larmoyants aux paupières d'un rose presque rouge et asséchées comme si elle les avait trop frottées. Totor circulait en Mobylette grise. Il portait un casque tout rond avec une lanière de cuir et une canadienne fourrée. Quelquefois, il sortait en charentaises, un panier à bouteilles dans chaque main. Je guettais son retour de l'épicerie par le carreau pour apercevoir les douze étoilées et leurs capsules qui scintillaient. On voyait bien que, chez eux, c'était la fête.

Ils allaient à la messe aussi. Les enfants, au caté. Ils rencontraient quelquefois les prêtres mais ne fréquentaient pas les bonnes sœurs, nos voisines. Le couvent était juste en face des nouveaux immeubles du boulevard où vivaient de nombreux ouvriers de l'arsenal, à peu près tous aussi rouges que Dédée et Totor, certains par la boisson, d'autres par les idées. Le Parti avait fait son apparition et les fenêtres de la cellule donnaient sur la croix géante fixée sur la façade du couvent.

Aux murs des voisins, pas de croix, pas de Jésus. De morts non plus, il n'y en avait pas. Il y avait seulement des vieux en vie. La mère Tranvouez et mémé Coz, l'aïeule qui portait une coiffe et vivait au dernier étage de la maison commune, dans une petite pièce tout en longueur comme ma chambre.

Même au Jour de l'an, ils réveillonnaient. Nous, on était invités le 1er. Jamais la veille au soir. D'ailleurs le Menuisier n'aurait pas voulu.

Il acceptait l'invitation à déjeuner chez Raymonde, ma marraine, cousine de Louise. Elle habitait en ville. On disait aller à « Brest même » pour marquer la différence entre le centre-ville et les

128

quartiers plus populaires. On passait le Grand Pont, laissant derrière nous Saint-Pierre et Recouvrance, respectivement quartiers des *Cornards** et des *Yan-nicks**. On arrivait à « Brest même » dans un immeuble qui dominait la Penfeld, dans une rue qui portait un joli nom : Michelet. Reconstruits après les derniers bombardements, les immeubles se ressemblaient tous dans le centre. Ils étaient gris et froids, mais ne manquaient pas de majesté quand on les comparait aux *buildings* ou aux cités d'urgence de Queliverzan près du Landais, qui eux-mêmes étaient élégants en comparaison des baraques du Point-du-Jour où s'entassaient, parmi les « gensses bien », disait grand-mère Mélie, quelques éléments de la « voyoucratie brestoise », ceux qui depuis toujours avaient « goûté au sirop d'rue ».

« Moi aussi je veux goûter au sirop d'rue et avoir un vélo ! »

Je n'ai jamais eu de vélo. Trop dangereux ! C'était le Menuisier qui l'avait interdit et Louise me l'avait répété. Mais je pouvais jouer devant la maison, sur le trottoir, à *troadikam** avec Marie-Cécile Abhervéguéguen. Une fois seulement, elle m'avait entraînée chez sa tante aux *buildings*, et ce fut cette fois-là que je rencontrai le dégoûtant dans le bois tout proche où je m'étais aventurée avec Jeanine Dévédec, une voyouse, la dernière de la classe qui habitait la cité d'urgence.

La ville, c'était pour les gens chics et beaux, et riches. Ceux qui s'habillaient chez *Jean* ou chez *Sigrand* et qui allaient à la messe à Saint-Louis. Saint-Louis aussi était reconstruite et manquait singulièrement de chaleur : des murs gris, des angles aigus, un clocher comme une immense cheminée rectangulaire surmontée d'une croix minuscule, il n'y avait même pas l'odeur enivrante de l'encens. Il en fallait, de la foi, pour prier là-dedans. Seule l'église Saint-Martin avait été complètement épargnée. C'était là que l'on allait voir la crèche. À l'entrée, un ange gardien attendait, assis. Paisible comme tous les anges, il s'en distinguait par le balancement régulier de sa tête pour dire merci à chaque fois que l'on glissait une pièce dans la fente de la boîte placée sur ses genoux. Et puis Saint-Martin était près du cimetière. On y passait avant de descendre rue Michelet.

Un jour, des Pères Noël, tous musiciens, défilèrent dans une rue voisine. Se bousculant, ils s'engouffraient dans une salle des fêtes où ils donnaient une représentation. Je ne connaissais que le Père Noël encapuchonné au long manteau rouge et à la barbe blanche, qui revenait chaque année au coin de la rue de Siam. En réalité, il existait un rassemblement, le Père Noël pouvait se multiplier comme les pains et les poissons de Jésus. Je fus saisie d'une inquiétude soudaine qui ne fit que grandir quand je m'aperçus que beaucoup étaient vêtus de bleu, d'autres de vert. Des Pères Noël multiples et multicolores envahissaient le trottoir et anéantissaient mon rêve d'un seul et unique, à l'image du bon Dieu qui lui aussi avait une barbe blanche et mousseuse comme son nuage.

Pour me rassurer, je récapitulais : il y avait un ange bleu, un ange rose, un angelot, une crèche, un Jésus sur une paillasse, un très petit sapin, une tombe, un cor de chasse, une visionneuse qui avait résisté au choc, une seule Édith, une Pierrette, une dînette réparée, et un seul Père Noël !

C'était comme si un rideau s'était levé sur un autre monde, une trouée de couleurs gaies mais criardes. Tous ces éléments se multipliaient et changeaient. J'avais le vertige, mes limites n'existaient plus et l'au-delà des vivants déguisés et claironnant, qui n'avaient pas de hottes mais des trompettes et des trombones, constituait une véritable trahison. Je me heurtais à un espace inconnu aux repères absents. Les travestissements, les libertés prises avec la couleur du costume m'effrayaient bien plus que la stabilité de mes encadrés, la tranquille éternité que leur visage ou leur corps m'imposait, au repos sur les murs.

Ce jour-là, la main dans celle de Louise à la porte de l'appartement de Raymonde, cousine de Louise, je retrouvais le chemin, les traces. La raison en était simple. Dès l'entrée, mon regard s'accrochait aux contours d'un meuble de la salle de bains dont la porte était toujours ouverte et qui se trouvait juste en face du corridor.

Dans cet appartement, il n'y avait pas de sapin, pas de crèche ni de cadeau. Pas de Noël non plus parce qu'il n'y avait plus d'enfant. On me donnait ce que l'on appelait « mes étrennes » ce 1er janvier. Jamais de jouet. Une paire de gants de cuir, ou un porte-monnaie, ou un manteau de lainage jaune pâle au col et aux revers des manches en velours noir. À porter le dimanche pour aller à la messe. On disait : « Elle n'est pas démonstrative » sur un ton de reproche qui ne m'échappait pas, quand mes lèvres murmuraient un « merci » à peine audible ou qu'elles s'approchaient d'une joue, pressées d'en finir.

« J'veux pas d'cadeau, j'veux pas qu'on m'touche, j'veux pas embrasser des peaux », aurais-je dit si j'avais pu parler.

J'avais toujours l'air gêné et penaud de celle qui s'excusait d'exister. Ici, j'éprouvais le sentiment d'usurper une place qui n'était pas la mienne, d'autant que je portais après mon prénom, Marie-Yvonne, celui de Nicole, lointaine cousine disparue quinze ans avant ma naissance, la veille de Noël. Asphyxiée à six ans alors qu'elle revenait de l'école, tombée au sol en voulant relever sa grand-mère elle-même évanouie à cause d'une fuite de gaz. Si elle était encore de ce monde, elle aurait eu l'âge de Jeanne. Et moi qui étais arrivée dix-neuf ans après, on n'a pas idée non plus ! C'est sûr, je ne remplaçais personne, j'aurais peut-être mieux fait de rester ange.

C'était comme si j'avais volé ce prénom à ma petite parente, fille de Raymonde, que je n'avais jamais connue et dont j'ignorais tout, mis à part son année de naissance et la fin de sa vie. Pas de visage, pas de portrait, pas de traits, pas de photos sur les murs. Elle était vraiment partie.

Seul le petit chiffonnier de la salle de bains, aux tiroirs minuscules pleins de secrets, rose, d'une douceur anachronique, fixait dans l'ombre une présence enfantine. L'objet était plus inquiétant qu'un portrait parce que l'on devinait, on cherchait, on sentait parfois l'absence de toute vie et, en même temps, la permanence d'un souffle, d'une respiration, la dernière peut-être qui persistait dans un recoin. Le bois en devenait insolent, la couleur claire soudain hurlante et déplacée. Son inutilité était insoutenable. Le chiffonnier semblait dire : « Je reste » quoi qu'il arrive. Il survivait, effrayant, fabriqué par des mains inconnues, caressé et bousculé par d'autres petites mains disparues. Immobile alors, immobile et muet comme une tombe en appartement.

De nouveau déstabilisée, sans cadre auquel m'accrocher, je me taisais à table, entourée de mes vieux aînés qui parlaient de l'ancien temps après s'être souhaité la bonne année en français et quelquefois en breton, « *bloavez mad** ». Ce jour-là le Menuisier parla un peu.

Quand arrivait la bûche crémeuse et vanillée, je retrouvais ma joie face au petit Père Noël piqué près d'un champignon en meringue, rouge toujours, jamais il n'aurait trahi ou tranché avec sa hache inoffensive, dorée comme un bijou.

Après le café, vers trois heures, il était temps de rentrer. Tout le monde enfilait son manteau des dimanches et ses gants. Le Menuisier portait un pardessus comme les gens de la ville, un chapeau qui remplaçait le béret, et des gants de cuir faisaient oublier ses mains de travailleur. Il ne se ressemblait plus tout à fait. Je crois qu'il était beau.

On quittait cet appartement où la mort guettait, tapie dans un coin d'ombre, la mort sans photo, sans portrait. Il y avait un seul cadre au mur qui représentait une scène de chasse à courre, avec biches, cerfs et cavaliers encerclés dans leurs cors rutilants, soigneusement brodés point par point.

Je retournais aux miens. Leur présence était tout compte fait moins obsédante. Chez moi au moins, René-Paul assistait aussi à notre Noël, dans sa tenue d'enfant sage, sa rassurante immobilité.

Je retrouvais le cadre immense, le visage grandeur nature, le garçonnet de papier. Le rayon de son regard me fixait alors. J'étais debout sur une chaise, au même niveau que lui mais à bonne distance. Il m'envoûtait, je cherchais son mystère et restais sans réponse devant le pâle sourire, les yeux clairs habités d'une douce mélancolie. Sa trop grande gravité, qui ne correspondait pas à l'enfant espiègle qu'il avait été, me laissait penser qu'il pressentait son destin. Louise ne m'avait livré à son sujet que deux ou trois anecdotes, guère plus, car l'évoquer la faisait pleurer. Je restais immobile, arrêtais de respirer, ne clignais plus des yeux, statufiée devant cette énigme. Puis, reprenant mon souffle parce qu'il le fallait bien, je cherchais de nouveau quelque chose qui finirait bien par apparaître. J'entendais le son du vieux cor rouillé semblable au cor de chasse de Roland à Roncevaux dont la longue plainte, l'écho se perdaient dans les montagnes. Il y avait une affiche le représentant sur le mur de la classe. L'oncle n'entendait pas, Charles le Grand, petit homme ce jour-là, n'écoutait qu'une voix qui sifflait à son oreille, le dard du félon. Roland sonnait du cor sur le grand panneau aux couleurs naïves.

Sonner du cor pour appeler au secours. Je retournais au seul jouet que René-Paul avait laissé, inutile et muet, ou tout à coup trop criard quand, après avoir fouillé dans les cartons ramollis, je soufflai dans l'instrument, posant ma bouche où René-Paul avait posé la sienne. J'étais au fond de la cave, sous le soupirail à travers lequel on ne voyait même pas le ciel.

Une mèche blonde était cachée quelque part, probablement tout au fond de l'armoire de grand-mère Mélie.

Ah ! si j'avais su hurler : « Donnez-moi cette mèche, donnez-moi cette mèche, je veux la voir, je veux toucher René-Paul ! »

On ne la sortait jamais et je ne fouillais pas dans les affaires de ma grand-mère. Pour moi, c'était déjà terrible d'entrer dans le sanctuaire qui lui servait de chambre. J'aurais voulu la contempler, ou l'effleurer du bout des doigts, dorée et brillante qu'elle était, sentir ce morceau de vie. Mais elle était dissimulée comme un trésor, inatteignable, loin de mes yeux, de mes mains.

Il fallait me contenter de l'angelot qui surgissait chaque Noël.

Je comprenais alors que ce que l'on veut véritablement cacher est toujours, on ne sait par quel mystère, parfaitement introuvable.

*

Il m'a fallu du temps, des dizaines et des dizaines d'années, pour associer ces tristes reliques à des larmes enfouies, à des cris inaudibles, à l'affolement de deux femmes, jeunes alors, grand-mère Mélie dont la vie soudain basculait et sa sœur avec laquelle elle vivait depuis son veuvage, à la terreur de Louise alors âgée de dix ans, exposée au danger, privée de la protection d'un père mort à la Grande Guerre cinq ans plus tôt, seule à la porte de la chambre et à qui, sans parler, on demandait de l'aide.

On ne prit pas le temps de l'écouter, comment l'aurait-on fait ? Elle demandait ce qui se passait, parce qu'à dix ans on ne saisit pas tout de suite.

On la laissa seule dans la salle à manger et là, ça devint insupportable parce que gisaient sur le plancher le cor de chasse rouge flamboyant et une poupée oubliée. Entourant René-Paul en pleine agonie, on ne la vit peut-être pas entrer tout doucement. Elle s'était dissimulée derrière la porte mais ne pouvait rester là. Elle devait reprendre sa place auprès de son bien-aimé de six ans dont elle tenait si souvent la main et qui l'appelait alors au bord du gouffre noir – même sans voix, c'était elle qu'il appelait.

Louise resta jusqu'au bout. Il fallut quarante-huit heures au monstre pour s'emparer définitivement du petit corps, tremblant d'abord, puis de plus en plus enfiévré. Une fièvre si forte qu'elle l'emporterait bientôt, un délire dû à une méningite foudroyante, du sang partout.

On ne peut pas toujours protéger les enfants du loup. Louise venait de l'apprendre.

« Le sang », disait-elle quelquefois, longtemps après. Et elle touchait ses lèvres, comme pour laver encore une bouche devenue plaie, comme pour arrêter la douleur qui ne cessait de vivre en elle. Je restais figée et muette. Puis je fuyais. Je fuyais, sans doute pour me heurter à d'autres morts sur les murs.

*

Le sang.

Le sang coulait, la bouche, le nez. Le sang coulait. La mère, la tante épongeaient. Louise passait les serviettes blanches en coton. Le sang partout, sur le visage et sur les draps. Elle ouvrait ses grands yeux clairs et doux, dévisageait le petit frère qui s'en allait. Elle ne pouvait plus les fermer dès lors. Figée près du lit et des deux veuves qui essuyaient les joues, le nez, la bouche qui ne parlerait plus jamais. René-Paul n'était plus.

Il n'y avait plus de boucles blondes, de regard clair si ce n'était son souvenir dans celui de Louise. Il n'y avait plus de bêtises, de pleurs, de cris de joie. L'enfant s'était tu. Elles restèrent toutes les trois, hébétées. Ensuite, chaque dimanche, elles se rendirent sur la tombe.

René-Paul venait d'avoir six ans pour toujours.

Louise disait : « Quand grand-mère Mélie voyait des petits garçons dans la rue, elle se retournait... » Et sa phrase restait suspendue. Et il y avait un vide immense, une attente durant laquelle on imaginait que, tout à coup, un petit garçon de la rue serait René-Paul revenu, René-Paul au caractère si farceur qui aurait juste fait semblant de disparaître.

Elles étaient trois femmes seules au monde. Plus de petit guerrier. Grand-mère Mélie l'appelait « René le Poilu » en hommage aux héros de la Grande Guerre. Je découvrirais cela bien plus tard, en fouillant, sur une vieille carte postale qu'elle adressait à ses enfants – des mots de maman débordant d'amour.

Elles astiquaient les cuivres le dimanche après le repas. Il fallait bien vivre ! Le matin, elles allaient à la messe, à quinze heures aux vêpres. Après, au cimetière. À pied, à travers les rues de la ville, le vieux Brest, celui d'avant la Deuxième Guerre. Elles traversaient la rue du Petit-Moulin, la rue de la Mairie, le quartier de l'Harteloire. C'était là qu'elles habitaient.

Un jour, l'ange blanc de la tombe eut la tête brisée par une tempête. Il resta longtemps près du vieux lavoir, dans le jardin de la maison du Landais. On finit par ne pas le recoller. L'angelot lui aussi disparut, enfoui quelque part au fond de la boîte qui contenait précieusement tous les santons, récupérée par mes mains d'adulte, puis – volontairement ou non – abandonnée dans la cave d'un de mes nombreux appartements de location où, tant d'années après, je tentais vainement d'arrêter mon errance.

*

L'été de mes neuf ans fut le dernier au *penn-ti*, et précéda le départ de grand-mère Mélie pour la maison de retraite. J'allais quitter les vieux, leurs champs, leurs fermes, les talus où je m'écorchais les genoux, la route grise, lisse et chaude qui conduisait à la grève de Rostiviec, traversant la campagne comme un long ruban, la gare de Dirinon et sa micheline rouge et blanc, le vieux pigeonnier dévoré par le lierre, l'abbaye de Daoulas, la fraîcheur qui montait des dalles, son odeur d'encens, son parfum

139

d'éternité. La porte d'un monde clos allait s'ouvrir subitement.

Cet été-là, je regardai pour la dernière fois la grosse pendule aux aiguilles noires et aux chiffres romains plaquée sur le clocher carré de l'église. En fait de clocher, il s'agissait d'une sorte de tour surmontée d'un petit toit composé de quatre triangles zingués. La foudre avait une nuit tout détruit, on l'avait remplacé au plus vite. L'église semblait plus massive, curieusement plus imposante ainsi décapitée. Ce matin-là, les dix coups ne sonnaient que pour moi. Je courus comme chaque année à l'épicerie au coin de la venelle, derrière le *penn-ti*. On y trouvait de tout : des bonbons que l'on achetait le dimanche après la messe, des souvenirs bretons, le « rouge lim » sur un coin de comptoir en chêne qui occupait presque la moitié de la pièce. On entrait par une porte vitrée dont la peinture verte et délavée craquelait dans le bas. Souvent ouverte à cette heure de la journée, elle laissait la place à de longs rubans de plastique aux couleurs vives qui pendaient jusqu'au sol. En ce temps-là, on commençait à ne plus aimer le « vieux », il était de bon ton de bannir l'ancien de sa vie, on délaissait même le bois. Certains villageois rêvaient de modernité, ils voulaient le plastique et le Nylon, le Formica pour les plus aisés d'entre eux, le Frigidaire, le gaz et l'eau courante au robinet. Mais on ne pouvait pas tout avoir, c'était trop cher, l'époque n'était pas encore au crédit. Il n'y avait pas de chèque, pas de carte, seulement des sous. Et on savait la valeur de chaque pièce, de chaque billet. J'en froissais un dans ma poche, celui avec la tête de Victor Hugo que j'identifiais comme le père de l'Alouette.

Le comptoir sentait le coup de chiffon et l'eau de Javel, le vin ordinaire, le tabac, le café bouilli. Derrière, les bouteilles de limonade scintillaient dans la pénombre. Le plus souvent un paysan était accoudé près d'un petit verre à pied. Jamais le Menuisier n'allait au café. Il ne buvait pas, ne fumait pas non plus, sans doute à cause de ses poumons malades. Il me semblait qu'il ne faisait rien comme les autres.

En face de l'entrée, sur de vieilles étagères, les bocaux transparents dévoilaient toutes les sucreries, récompenses des dimanches matin, et une tête de Pierrot hilare proposait des sucettes au caramel. On pouvait également acheter des sucres d'orge qui collaient aux doigts, les Chocorêve dans leur rouleau de papier violet, de la poudre de coco qu'on léchait à même la boîte au couvercle verni, rouge, vert ou doré, des Carambar trop durs qu'il fallait mâcher longuement avant d'éprouver toute leur onctuosité. Les tirelires, sabots-baromètres ou pique-aiguilles, toutes sortes de souvenirs bretons voisinaient avec les savonnettes Lux qui sentaient la rose ou les nouvelles lessives en paillettes.

Et tout cela était rangé méticuleusement sur ces étagères recouvertes – « comme ça, c'est pas salissant ! » – de toile cirée devenue mate à force de coups d'éponge gorgée d'Ajax.

Un escalier derrière le comptoir grimpait vers l'inconnu. L'épicière avait une autre vie. Ses lèvres fines et pincées esquissaient parfois un pâle sourire qui ne parvenait pas à éclairer son visage, toujours un peu penché sur le côté, résigné. Mes yeux s'égaraient au bord des marches, de la rampe déjà prisonnière de l'obscurité parce que je savais que là-haut, au sommet de cet escalier, il y avait un grand lit quelque part, avec un crucifix et un brin de buis au-dessus, un gros oreiller gonflant, un seul, posé au milieu du traversin, et au mur le portrait d'un soldat avec un casque et une moustache, un fusil, une veste de drap fermée par un gros ceinturon, et à côté une petite médaille au bout d'un ruban. J'avais vu le nom de l'homme gravé en lettres d'or sur la liste du monument aux morts.

L'épicière aussi vivait avec son encadré de la Grande Guerre depuis près de cinquante ans. En vrai, elle l'avait peut-être connu deux ou trois ans, le temps d'une noce et d'un baptême.

En passant la porte, mon regard était attiré par un bateau gonflable et triangulaire où j'aurais pu prendre place, assise en tailleur, bien à l'aise pour pagayer dans l'anse de Rostivec.

Ce fut un garçon inconnu qui l'a un jour acheté. Je l'ai vu chanter sur l'eau en faisant des allers-retours tandis que je restais au creux d'un rocher sans même parvenir à l'envier. De toute façon, quand je serai grande, j'aurai le même !

On n'achète pas de canoë gonflable aux enfants, c'est dangereux ! On peut basculer et la mer vous engloutit et vous noie et après vous êtes mort ! Et en route dans la boîte ! Et les parents aussi parce qu'ils meurent de chagrin.

Quand je suis sortie de la boutique, je serrais une tirelire dans les mains. Un cadeau utile, pas comme les bateaux gonflables ! Elle avait la forme d'une ruche minuscule, était dotée d'une trappe sur le dessous que l'on ouvrait grâce à une clef faite pour de très petits doigts. Tout en bois verni, avec une Bretonne en coiffe de Fouesnant gravée sur le toit. Je n'étais pas bien sûre de l'aimer. Avec des sous dedans... peut-être...
Inconsciente, je me réjouissais seulement de quitter le *penn-ti* à la fin de l'été pour ne plus jamais y revenir. Je ne savais pas que ce départ mettrait un terme à mon enfance, que je laissais là un immense jardin, et des odeurs plus que tout, celles de la paille, de la terre sèche ou grasse des fosses du cimetière, de l'encens des dimanches, des feux de septembre en fin de journée, et du silence, non celui qui vous immerge mais celui qui vous comble, un silence royaume, d'une pureté inégalée, que je chercherais durant des années sans jamais parvenir à le retrouver.

J'allais bientôt connaître un autre monde, loin de mes fantômes, des cris incessants de Jeanne, loin des douceurs aussi, et des nuances de la campagne que je quittais. Un monde en couleurs, une vie sans photos, sans cimetières, sans Menuisier ni personne, sans mystères, un monde comme une cour de récréation. Celui de la colo un mois par an.

Je voulais la montagne et la mer, celle des cartes postales, celle que l'on appelle l'océan, loin de tous, au bout du monde, à une centaine de kilomètres de la maison tout au plus la première fois.

Je découvrais les hautes falaises et les bois de pins, l'odeur de résine, l'eau turquoise des plages de la presqu'île de Crozon, les promenades interminables sur le sable froid creusé de rides profondes et l'eau tiède des lacs artificiels à marée basse. J'étais bercée par le bruit régulier des vagues, j'écoutais la lourde respiration de la mer qui chaque nuit devenait noire, le fracas des lames certains jours sur les rochers déchiquetés. À quatre heures, je goûtais d'une tranche de pain sec avec une barre de chocolat Poulain. Un goûter de colo, même pas de beurre, mais qu'importe ! J'étais dans la vraie vie avec des vivants auxquels je finirais bien par ressembler mais qui étaient encore loin, loin…

J'ai longtemps été spectatrice d'une existence où ça grouillait comme sur l'écran de la télé. Je ne suis pas certaine d'avoir cessé.

J'oubliais sans savoir que j'oubliais. Tout s'effectuait à mon insu. Je me débarrassais de mon passé comme d'une vieille robe démodée, sans le moindre intérêt. En vérité, tout était conservé dans le grenier de ma mémoire.

Le clapotis de l'eau et le paysage vaguement lunaire de l'anse de Rostiviec à trois quarts d'heure de marche du *penn-ti*, ma petite crique creusée sous l'à-pic de grottes minuscules où le Menuisier ne venait jamais. Breton de la terre, il préférait les champs de blé, les chemins creux et secrets qui s'enfonçaient sous des tunnels de feuillages jusqu'aux méandres vaseux d'une rivière ou d'un simple cours d'eau, les fermes éparpillées dans le vallonnement du paysage, et les soleils voilés.

En cela, grand-mère Mélie lui ressemblait. Elle restait au *penn-ti*. Seules Louise, moi, et Jeanne quand on la sortait de sa maison, passions les après-midi au bord de l'eau.

On ne disait pas la plage, mais la grève. C'était une étendue de vase et de graviers, de coquillages minuscules écrasés, une surface de sable gris où l'on ne construisait pas de châteaux. On était loin de la mer écumeuse que je n'imaginais même pas. L'eau frissonnait à peine, seulement quelques vaguelettes quand passait une gabare quittant le port pour la rade. En haut des rochers que l'on pouvait escalader sans danger, des chênes courbaient leurs branches et formaient des parasols naturels, à l'ombre desquels Louise lisait, toujours en robe, les pieds nus près des espadrilles décolorées par le soleil. Elle ne se baignait pas, ne portait jamais de maillot. On passait des après-midi entiers dans l'anse de Porz Donn, ne reprenant la route qu'à la tombée du soir. On marchait alors sur le sentier qui longeait le port où pourrissait une énorme carène, grand squelette noir couché sur son flanc. Quelques plates gisaient, échouées sur la vase brune, crémeuse et infiniment plus douce que le sable ocré que je ne connaissais pas. J'y enfouissais voluptueusement mes pieds et gardais longtemps une frange noirâtre autour des orteils. Notre retour s'effectuait en plusieurs étapes. On s'arrêtait un peu plus loin, là où la mer s'enfonçait dans les terres, au bord d'une anse putride envahie par les herbes folles, une sorte de fin du monde appelée « Penfoul ». Dans cette retraite l'odeur puissante du poisson, des algues noires nous assaillait sans que nous en éprouvions la moindre gêne. Quelques mouettes lançaient des appels furieux en tournoyant au-dessus de nos têtes, puis elles s'envolaient. Je reconnaissais ce silence qui m'avait construite, dans lequel je pouvais me perdre, mais aussi me retrouver comme à cet instant, le silence des grèves de midi, de la brûlure des graviers, celui des fins d'après-midi et de la lumière argentée sur la surface liquide qui reflétait le ciel. Je restais longtemps immobile, fixant les ricochets du soleil sur l'eau, un soleil qui inondait la nature et dont les rayons cuivraient les herbes sèches au bord des champs, tout près. La lumière rebondissait sur l'écorce des arbres puis glissait, moirée, liquide sur le bras de mer. Il faisait encore chaud, une chaleur douce et enveloppante qui arrêtait les gestes, suspendait tout mouvement et le temps lui-même, jusqu'à ce que quelque chose bascule. Un oiseau peut-être, la vision soudaine de pièces d'or sur les fougères dans les talus tout proches, derniers signes d'un soleil doux et rasant. On entendait de nouveau le chuchotement du ressac. Alors la surface de l'eau se ridait sous l'effet du souffle de la brise qui faisait renaître l'odeur fade et forte du sol. Une longue écharpe d'air sentait soudain le sel. Tout redevenait frottements, bruissements, clapotis, respiration d'un monde qui s'était pour quelques instants endormi.

Longtemps après, il me semble comprendre ce que communier signifie : la connivence, la correspondance que cela suppose avec le monde.

Je sortais d'un silence avec lequel rien ne pouvait rivaliser, un silence de plénitude, pur, celui d'un royaume ouvert sur la vie, loin, très loin du mystère et de l'enfermement du Menuisier.

On marchait des kilomètres. L'air sentait la poussière chaude, le bitume fondait doucement et formait de petites flaques de réglisse d'un noir lumineux sur cette route que l'on remontait et qui ressemblait à un long fleuve paisible et sans danger. C'était l'autre côté de la vie, celui du calme et de la douceur, de la nature bienveillante. Parfois un grondement de batteuse, le ronflement d'un tracteur à l'entrée d'un chemin nous surprenait. Le travail de la terre continuait tandis que nous nous promenions. Partir au sud, au nord, à l'est ou à l'ouest du *penn-ti*, à Daoulas, à Dirinon, ou vers les grèves tout au bout, Landrévézen, ses eaux calmes et ses roseaux, Rostiviec ou Porz Gwenn, tout était promenade. On n'était pas pressé. On pouvait vivre lentement, levé tôt, couché avec le soleil, suivant le rythme qu'une journée d'été imposait, sans ennui jamais, toujours occupé à contempler, sans rien demander, ni le nom des fleurs, ni celui des poissons ou des coquillages, seulement entendre quelques-uns prononcés par Louise, boutons-d'or, *brenig**, bigorneaux, digitales, maquereaux luisants dans les casiers. Quelle que soit la promenade, le point de repère de son retour était la vue soudaine du clocher carré et, tout de suite après, les croix du cimetière de hauteurs inégales qui se détachaient sur le ciel.

Toutes dépassaient du mur de pierres sèches et ses créneaux de lilas sauvages. Quelques pas encore et l'on apercevait le *penn-ti*, centre des quatre points cardinaux de nos balades, centre du monde qui, plus encore que la maison du Landais, nous réunissait et apaisait Jeanne, un peu.

Les fougères des chemins, l'odeur de la terre sèche de l'été, les reflets dorés du goémon, l'eau quelquefois grise et lisse sur mon corps salé, les chardons bleus, le foin chaud, la petite place du *penn-ti* écrasée de soleil, ou le soleil voilé d'un jour de tristesse, les nuages diffus ou le ciel d'un bleu profond, Loperhet, Daoulas, Dirinon, Rostiviec, tout demeure en moi, dans le reflet de mes yeux.

Deux mois après cet été de mes neuf ans, grand-mère Mélie quittait la maison du Landais pour ne jamais y revenir ; elle n'emporta pas le cadre. La place de René-Paul était au-dessus de la cheminée.

Une place immuable, celle d'un mort, et un mort ne bouge pas. Parce qu'il était imprimé au fond de ses yeux, inscrit à jamais dans son corps et son cœur meurtris, dans ses souvenirs muets, elle le laissa. Elle a tout laissé, peut-être pour mieux se préparer au dernier voyage qu'elle pressentait. Tout, c'est-à-dire si peu de chose. Sa chambre Henri II, un lit, une armoire, une table de chevet. Je n'ai jamais connu la deuxième, peut-être qu'à la mort de grand-père Prosper elle ne l'avait pas gardée ? Elle n'emporta que quelques vêtements noirs, robes et tabliers, son gilet mauve, son chapelet et son missel. Elle était toujours vêtue de noir avec quelques touches de mauve. Veuve à vingt-huit ans.

Mais était-ce vraiment d'un époux qu'elle porta le deuil toute sa vie ?

Elle emporta aussi son fauteuil en osier aux accoudoirs tressés rouge et jaune, couleurs de scoubidou. Son seul luxe de vieille femme.

Comme Jeanne, elle partit dans une maison. De sa douleur je n'ai rien su, ni de son dernier regard au portrait, de ses confidences à Louise. Une amie vint avec une 4 CV. On installa le fauteuil sur le toit dans sa position de fauteuil, bien posé sur ses quatre pattes. Il était aussi grand que l'auto. Grand-mère Mélie aurait pu y prendre place comme la reine sur le char de la fête des écoles. Elle serait partie comme ça vers son nouveau village, en conquérante. Elle aurait filé, droite et fière, vers la mer, dans cette région sinistre du Finistère nord, près de l'Aber-Wrach, là où même quand il fait chaud on a froid, où la mer est glacée en juillet, où les dunes n'en finissent pas d'ensabler le paysage à Sainte-Marguerite. D'immenses dunes de sable fin et froid dont les grains minuscules s'infiltrent partout, imprégnant les vêtements, collant aux chaussures de toile, tapissant sournoisement l'intérieur des semelles et poudrant les cheveux emmêlés parce qu'il y a du vent, trop de vent dans tous les sens.

Le fauteuil ne faisait plus qu'un avec la voiture. Cet enlèvement le rendait triste et déjà inutile, terriblement vivant et souffrant d'être ainsi maintenu, prisonnier de cordelettes tendues aux quatre coins du toit sur la galerie, lui qui savait si bien tenir debout tout seul.

Il était vide, vide et seul, attaché comme un coupable, un fuyard, écartelé, symbole atroce de souffrances contenues sans la présence tiède et palpitante de grand-mère Mélie, fantôme déjà, pas encore encadrée.

Elle allait s'y asseoir bientôt, loin de nous, dans une petite chambre sombre comme une caverne avec juste le nécessaire et une affreuse chaise percée dans un coin, une table de nuit et cette odeur aigre de médicament, d'Algipan pour ses rhumatismes, de poussière des vieux endroits qui flottait dans la pénombre. À gauche du lit, une minuscule fenêtre à quatre carreaux laissait filtrer, à travers les rideaux au crochet, une petite aile de lumière qui se glissait et venait frapper par pulsations inégales la table où grand-mère Mélie avait posé sa trousse à couture et son papier à lettres. Assis dans le fauteuil, on apercevait le clocher derrière les branches des pommiers. L'église était toute proche et grand-mère Mélie pourrait aller user ses genoux et ses dernières robes sur les prie-Dieu paillés chaque jour de la semaine et le dimanche à la grand-messe.

Louise prenait l'autocar du nord pour aller la voir. Le Menuisier, c'était l'autocar du sud, pour Jeanne. Moi, je le prenais dans les deux sens. Louise aussi allait voir Jeanne, mais moins souvent que le Menuisier. Donc, j'allais plus souvent au nord. Louise, comme une fillette abandonnée, rendait visite chaque semaine à celle dont les forces déclinaient et qui n'avait pas voulu devenir un fardeau.

À cette époque, on pouvait choisir sa dernière maison même si l'on n'avait pas beaucoup d'argent, et les petites chambres, si sombres fussent-elles, avaient encore une âme.

Cinq ans plus tard, grand-mère Mélie faisait le voyage en sens inverse. Elle allait rejoindre René-Paul et Augustine sa sœur au bout de la grande allée à droite, carré 26, première tombe. Le fauteuil revint aussi. Louise l'installait dans le jardin en été. Il restait inoccupé, elle préférait la chaise longue. Puis on le mit dans la cabane en face du tas de fumier. Les poules en liberté pouvaient lui rendre visite et ne s'en privaient pas. Devenu perchoir, il a duré sous la poussière et les coups de bec. Il a résisté, persisté de toute sa force, squelette indestructible de fauteuil, tout juste décoloré. Non plus blond, mais grisâtre, sec malgré l'humidité du climat. Bien des années après, alors que grand-mère Mélie n'était plus, réduite en poussière, lui résistait encore sans raison, sans arrogance non plus, sans majesté, avec la tristesse infinie des objets abandonnés dont on ne sait que faire, incapable de disparaître tout à fait, livré au temps qui avait si peu de prise sur lui.

Grand-mère Mélie est revenue dans un petit cadre discret sur la cheminée de marbre de la salle à manger. Tout en noir, des pieds à la tête, y compris son canotier ! Et son petit ruban de velours que je lui ai toujours connu autour du cou. Sa seule coquetterie : ce ruban comme un petit collier, que l'on met à un animal domestique. Elle ne le quittait que pour dormir et je n'ai évidemment jamais su la signification de cet accessoire indispensable que je ne voyais sur aucune autre femme.

Je n'ai pas pleuré grand-mère Mélie. Je n'ai pas mesuré le chagrin de Louise. Je l'ai regardée deux jours durant sur le lit que l'on avait installé dans la salle à manger après avoir poussé la table. Tout en blanc pour une fois, avec le traditionnel chapelet et un petit bouquet de violettes dans les mains. Elle dormait grand-mère Mélie, c'était tout.

Louise était heureuse dans sa détresse. Elle avait trouvé un cercueil entièrement tapissé de satin d'un mauve très pâle et très doux, avec l'oreiller assorti. On faisait correctement les choses dans ces années-là !

« Elle va être bien là-dedans ! » disait-elle, soulagée de porter sa mère en terre dans un véritable écrin. Être bien, au chaud entre les planches, en attendant. Je pensais qu'elle avait raison. Puis je posai mes lèvres sur le front de grand-mère Mélie pour lui dire adieu. Et le froid me saisit, un froid inconnu, immense. Grand-mère Mélie n'aurait plus jamais chaud, même là, protégée, loin de tous les dangers de la vie, loin, très loin des méchants, de la peur, de la folie de Jeanne.

Et puis dans la pièce, une odeur qui flottait, persistante, inconnue comme ce froid-là. Toutes ces fleurs, ces gerbes sans doute...

Il y a eu un drapeau à l'enterrement, au-dessus du cercueil, ainsi que dans les cérémonies au monument aux morts. C'était le monsieur des Anciens Combattants qui était là. Grand-mère Mélie avait soigné des blessés pendant la guerre. Elle était aussi veuve de guerre. Et puis quoi encore ? Je ne sais pas. Je sais si peu de chose. Il y avait une sorte de grand diplôme encadré sur le mur de la cuisine : « Pour ceux qui mettent leur honneur à bien servir. » Et une signature : « Poincaré ».

*

Cette année, qui avait suivi le départ de grand-mère Mélie pour la maison de retraite, Louise était tombée malade pour la première fois. Je n'avais pas eu peur, j'avais la certitude de ne pas la perdre. Il n'y avait pas de place pour elle dans le cadre. Ma toute-puissance la ferait vivre. Ma confiance était absolue. Je ne pouvais vivre sans elle, je régnais sur sa vie comme sur celle de mes encadrés.

Elle avait été hospitalisée, opérée, soignée, mise au repos dans une maison, mais de passage seulement. Elle était revenue deux mois plus tard.

Je suis seule pendant ces deux mois d'hiver, seule dans la trop grande maison du Landais. Seule, avec le Menuisier.

Margot l'autoritaire vient quelques soirs pour préparer le repas. Margot, c'est la tante de Louise, et la belle-sœur de grand-mère Mélie même si elle est beaucoup plus jeune qu'elle. Elle est un peu la remplaçante pour Louise depuis que sa mère est partie. Pour moi, elle reste une étrangère, je n'ai rien à lui dire. Tout ce qui m'intéresse dans son petit deux-pièces du quartier Saint-Martin tout en haut de la ville, c'est la photo de sa fille.

Elle est à ma gauche et je la dévisage du coin de l'œil quand on ne me regarde pas. Elle porte un bonnet de coton blanc noué sous le menton, une petite robe à manches ballon, des sandales à barrettes. Elle regarde fixement l'objectif. Elle a de grands yeux tristes, un peu creux. On distingue l'ombre légère des cernes. Elle a environ quatre ans. Elle tient un petit seau et une pelle dans la main droite, debout sur les galets de la grève. Dernière photo, dernier été. Elle s'éteint à cinq ans. Méningite foudroyante comme René-Paul.

154

Margot parle quelquefois de Marie-Thérèse d'une manière très naturelle. On ne voit pas qu'elle a pleuré sa fille. Ses trois garçons l'ont peut-être aidée à oublier.

J'essaie d'avaler ma soupe au vermicelle dans un face-à-face douloureux avec mon assiette, les larmes retenues au bord des yeux. On ne me dit rien. Et puis on s'aperçoit de quelque chose. Je dis d'une voix étranglée que c'est à cause de la télé à Dédée, j'ai passé la fin de l'après-midi chez elle, le Menuisier acquiesce, la télévision, « ça abîme les yeux à force, si on reste trop longtemps, trop près de l'écran ».

Margot dit : « Et ton calcul ? »

Je travaille, je suis première pour la première fois, plus jamais deuxième, ni troisième parce que je me suis trompée dans les problèmes, je suis première pour plaire au bon Dieu afin qu'il sauve Louise, parce qu'il est encore plus tout-puissant que moi, et je mange à la cantine le midi, c'est pas bon, et pour le dessert, on retourne son assiette après avoir saucé et on mange le flan comme ça. Il n'a pas le goût de vanille comme celui de Louise, et je ne peux pas faire couler le caramel de la dosette Alsa. Il n'y a pas de dosette, que des cris et des bouts de pain qui traînent à moitié rongés, et des pâtes grasses qui puent dans de grands plats rectangulaires en fer-blanc.

Il y a aussi une longue récréation entre le repas de midi et le début de la classe. On est dans la cour à jouer à la ronde. Je m'habille seule le matin, et pas de pantalon sous la jupe comme avec Louise qui a toujours peur que j'attrape froid et, après, que je sois malade, et après que je meure. J'ai seulement des collants dans mes chaussons écossais, et les chaussons dans des « caoutchoucs ».

Au « fermier dans son pré », je suis à côté de Colette Timon et de la grosse Gisou. Colette Timon est si blanche qu'elle paraît transparente. Ses yeux aussi sont pâles et sans expression, des yeux d'eau de pluie, dilués, et si on les regarde bien, on perçoit la mélancolie, très loin, perdue comme au fond d'un puits. Même ses cheveux ont une couleur indéfinissable, on dirait qu'ils sont gris, courts et raides avec une pauvre petite frange. Elle est silencieuse, chétive dans sa jupe plissée, ses grosses chaussettes de laine chinée qui tire-bouchonnent et son blazer trop grand. Colette Timon n'est ni une petite fille ni une petite vieille. Un peu des deux. Colette Timon, on se demande pourquoi elle vit. Elle habite aux *buildings*, près de la cité d'urgence. Sa mère est à l'hôpital parce qu'elle est folle.

La grosse Gisou n'a plus de formes, des seins comme des mamelles sous son sarrau noir, des cheveux courts, noirs et gras retenus en haut du front avec une barrette. Son regard est fixe et méchant. Elle a trois ans de plus que nous. C'est une attardée. Elle a un frère et une sœur plus jeunes. Plus de père, et sa mère est morte. Elle a la cantine gratuite.

Colette, dont le prénom et la silhouette font penser à la pauvre Cosette, n'est pas ma copine. Elle est trop frêle, elle ressemble à un petit animal traqué. J'apprendrais bien plus tard que sa mère était dépressive. On disait « neurasthénique ». Pas folle.

Folle, c'était Jeanne mais on ne le disait pas. On disait handicapée mentale ou infirme. Et je ne parlais jamais d'elle.

Seule avec lui, deux mois. Louise reviendra le jour de Noël et repartira dans une maison de repos où j'irai la voir le dimanche.

Derrière la fenêtre de la cuisine, je regarde la nuit de décembre, les vitres noires et la pluie.

Le Menuisier n'a pas encore fermé les volets. Une constellation de gouttelettes sur le carreau, une poudre d'eau infatigable qui ressemble à son humeur soucieuse, des milliers de gouttelettes rythment son inquiétude et bercent mon ennui. La pluie ne s'arrête jamais. Elle trépigne sur le toit et les plaintes du vent l'accompagnent. Nous sommes prisonniers de la pièce envahie par une odeur d'inhalation, face à face, à boire le tilleul. J'ai pris la place de Louise. Je ne le regarde pas, j'écoute la pluie en buvant doucement la tisane sucrée qui me réchauffe le cœur. C'est une idée à lui, la tisane. D'habitude, je n'en prends pas.

Toutes les nuits, je rêve. Et mon corps tendu, mes muscles et mes nerfs comme des cordes de violon se relâchent dans la chaleur du lit. Le matin, je me réveille dans des draps glacés, le corps baignant dans l'humidité. Le souvenir d'un liquide chaud qui m'enveloppe et me berce est effacé jusqu'au soir prochain. Énurésie. On ne disait pas le mot, on ne consultait pas, on n'interprétait rien. La dame qui vient chaque matin pour faire les chambres et un peu de ménage lave aussi les draps. À cette heure, le Menuisier est déjà parti à l'arsenal. On ne me gronde pas. On ne me parle pas.

Peut-être bien qu'elle met le drap devant la cuisinière à charbon et qu'une fois qu'il est sec elle refait mon lit avec ? C'est bien possible.

Un jour, je prends froid dans la cour pendant la récréation de la cantine. Je tousse. Le Menuisier appelle le docteur. Il a peur de la tuberculose. J'entends : « primo-infection... c'était à deux doigts... », je bois le sirop, j'avale les fortifiants en sciant moi-même les ampoules. Et puis c'est la honte d'être au lit, l'ancien de grand-mère Mélie, avec le docteur qui me prend la température et le Menuisier près du docteur. La honte parce que la maladie me rapproche de celui que je tiens de plus en plus à distance, livrant mon corps à son regard, aux mains de ce nouveau médecin inconnu qui vient de s'installer dans le quartier.

Deux hommes à mon chevet. Je veux qu'ils partent !!!

Les mots s'accrochent aux parois de la gorge comme les eaux se fracassent contre celle d'un barrage. Ils s'étouffent peu à peu. Je ne sais plus parler. Statufiée, j'attends que tout ça finisse et qu'on me laisse tranquille, et qu'on ne me parle plus, qu'on ne me touche plus, qu'on ne me regarde plus !

Je guéris tout doucement et je travaille, toujours plus. Première, et encore première.

Le Menuisier est fier. Il va voir la maîtresse pour qu'elle lui dise tout le bien qu'elle pense de moi. Je reste en retrait, je n'entends rien, il l'écoute, je ne sais ce qu'elle dit. Sa fierté est aussi silencieuse mais, d'un coup d'œil furtif, j'ai vu son regard s'illuminer.

J'attends près de la grille de l'école, j'ai hâte que ça finisse. La maîtresse est une vieille fille. Elle a un manteau marron qu'elle ne quitte jamais et des cheveux crépus parce qu'elle ne fait pas d'indéfrisable comme les autres femmes qui vont chez le coiffeur ou mettent des bigoudis sous un filet. Elle n'a personne, peut-être un chat. Elle n'a pas besoin de plaire.

Fier de moi. On rentre sans parler. J'ai les mains dans les poches, les yeux rivés au sol. Le trottoir est luisant de pluie. À quoi pense-t-il ?

Où est-il ? Est-ce qu'il m'aime ?

Je ne veux pas être aimée, je veux qu'on me laisse, je ne veux pas qu'on parle de moi, je ne veux pas qu'on me touche, même avec des mots. Je ne

veux pas de lui. Je suis seulement contente parce
qu'il est fier.

Puis, quelques semaines après, il y eut cette fin
d'après-midi de décembre, il faisait presque nuit.

Qu'est-ce qu'on faisait en ville à cette heure ?
J'étais peut-être allée chez Raymonde ? Il était venu
me chercher en sortant de l'arsenal et puis il avait
eu une course à faire à la quincaillerie centrale ?
Ma tête reste vide. Où sont camouflés les souvenirs et pourquoi ils ont peur ?

Une image, une seule persiste, une voix
aujourd'hui étouffée, lointaine et si claire pourtant,
et qui vibre encore à me faire trembler. Des vibrations sous ma peau, la sueur sur le front, les mains
qui deviennent moites, mon dos qui se raidit, et cet
écho ancré dans ma chair comme une racine profonde et noueuse.
Je suis arrêtée, figée devant la vitrine du *Bon
Marché* à Brest. C'est là que l'on passait avant de
prendre le trolley. J'ai vu quelque chose dans la
vitrine illuminée, c'est bientôt Noël. Qu'est-ce qu'il
y a dans la vitrine ? Je ne sais plus et ça n'a aucune
importance. C'est dans mon dos qu'une voix
résonne et vient se heurter à mon silence buté. Ce
silence, celui qu'il a construit et qui, depuis le
départ de Jeanne, est devenu le mien, un silence
infini avec lequel aucun mot ne peut rivaliser. Une

160

voix, sa voix, vient percuter mes épaules et provoquer le galop de mon cœur.

« Tu veux quelque chose, ma chérie ? »

Le Menuisier m'a parlé. Il s'est adressé à moi comme on s'adresse à son enfant, il a senti mon désir comme il avait senti ma peine devant les assiettes-toupies inutilisables. Je suis seule, sans ma maman, il sait mon chagrin. Ma respiration est retenue, je suis incapable de bouger, immensément lourde soudain, immobile comme un animal qui pressent le danger, je suis une petite bête et je voudrais être invisible ou fixée en noir et blanc dans le cadre. Je voudrais être une poupée de papier, enfermée à jamais entre quatre baguettes de bois et une vitre pour me protéger des doigts qui viendraient m'effleurer. Être sans épaisseur, sans voix.

Des mots doux écorchent mon dos, blessent ma chair, brisent ma colonne.

Hurler si c'est possible, hurler de toutes mes forces contre cette voix dans mon dos !

Je n'ai pas répondu à cet homme en noir derrière moi. J'ai avancé doucement, lourde, comme si je craignais d'être happée par le sol. J'ai décollé lentement mes pieds du trottoir humide et noir, à l'écoute du moindre bruit d'étoffe, de frottement des tissus. Je n'ai pas su, pas voulu, pas pu dire « oui ». Je n'étais pas l'Alouette.

Je l'entends, je l'entends encore. Et je me bouche les oreilles pour ne pas l'entendre. Je n'étais pas

161

l'Alouette. Ce n'est pas vrai ! Est-ce que je mens ? Est-ce que j'ai rêvé ?

Oui c'est ça, j'ai rêvé, j'ai rêvé sans doute, comme le jour des Pères Noël bleus.

Louise est revenue, guérie.

Je ne sais pas ce qui m'a le plus soulagée, son retour ou la fin d'un dialogue muet avec le Menuisier.

Peu à peu je retrouve mes repères. Louise reprend sa place dans la cuisine et le Menuisier n'est plus qu'une ombre.

Quand il rentre le soir de l'arsenal, je suis protégée. Louise a préparé le repas. Il va s'asseoir après avoir murmuré : « Salut » en prononçant le « t », accroché son béret, son baluchon et son veston à la patère derrière la porte de la cuisine. Il va prendre son canif dans sa poche et il va le poser près de son assiette.

Tout rentre dans l'ordre, et je suis loin, de plus en plus loin de lui.

*

Avant, comme après le départ de grand-mère Mélie, il y avait peu de visites dans la maison du Landais, cependant elles étaient régulières. C'étaient toujours les mêmes qui venaient. Margot, un mardi sur deux. L'autre mardi, c'était Louise qui allait la voir. Émile, l'un des frères du Menuisier qui vivait aussi à Brest, et tonton Guy, le cousin de grand-mère Mélie, tous les samedis après-midi.

Pour remplacer les cadres et les morts, j'avais les vieux. Ça changeait.

Séraphine Le Stum, dite Séra, habitait à l'autre bout de la ville dans le quartier Saint-Marc. Elle venait de temps en temps par le trolley pour *blaguer* avec Louise, boire un « jus » et manger des tartines toujours bien beurrées. Pendant la guerre, elles avaient tellement manqué ! Séra était une « connaissance », c'est-à-dire une amie de Louise, très proche d'elle, comme une sœur. Plus proche que Margot qui pourtant recevait bien des confidences. Séra, c'étaient la complicité, la bienveillance, la chaleur et la joie de vivre.

C'était une toute petite femme aux mollets arqués, presque une naine. Toujours élégante malgré ce physique peu avantageux, elle portait le plus souvent un tailleur en Tergal et des talons aiguilles qui faisaient de petits trous réguliers dans le linoléum de la cuisine. Sa bouche était rouge et dessinée comme celles des dames dans les revues, ses beaux yeux démesurément bleus étaient surmontés de grands arcs de cercle bruns tracés au crayon. Presque toutes les femmes s'épilaient ainsi les sourcils et les remplaçaient par un trait de crayon qui était censé agrandir leur regard. Ça leur donnait un air étonné, parfois ahuri, mais c'était la mode et elles voulaient ressembler aux vedettes de cinéma.

Louise ne faisait rien de tout ça. Jamais maquillée et longtemps coiffée à l'ancienne avec des cheveux roulottés en chignon sur la nuque. « C'est ta grand-mère qui vient te chercher ? » m'avait un jour demandé Solange Cueff à la sortie de l'école.

Louise en avait souffert en silence, puis elle était allée chez le coiffeur. Une coiffure courte, plus moderne, pour paraître plus jeune.

Louise avait été belle, plus belle que Séra, mais Séra n'était pas en souffrance et son visage était lumineux. Même quand elle ne disait rien, son regard souriait. Elles étaient tranquilles toutes les deux dans la cuisine, seules, face à face, buvant au bol ou avec des cuillers à soupe, sans le Menuisier, à l'arsenal, sans moi, à l'école.

Un jour de printemps, alors que Louise était bien remise de sa maladie, elles étaient engagées dans une conversation et n'avaient pas vu l'heure qu'affichait la pendule, elles ne m'avaient pas entendue rentrer.

Comme toujours, j'étais arrivée par la cave. Louise ne m'entendait jamais et j'avais pris l'habitude de claquer la porte pour me manifester. Elle ressentait les vibrations du plancher et savait qu'elle allait m'apercevoir quelques secondes plus tard. Ce jour-là, je ne saurai jamais pourquoi, je n'en fis rien. Séra n'était pas sourde mais bien trop occupée à discuter.

« Est-ce que vous lui avez dit ?

– Non, elle est beaucoup trop jeune.

– Mais… plus tard ?

– Je ne sais pas… Non, c'est pas possible, qu'est-ce que vous voulez que je raconte ? Elle n'a pas besoin de savoir… C'est mieux comme ça ! »

Au lieu de remonter les trois marches, celles sur lesquelles j'étais restée statufiée avec mon pot à crayons, je sortis sur la pointe des pieds, la porte du jardin était ouverte et je m'adossai au mur extérieur sous la fenêtre ouverte de la cuisine. J'avais sous les yeux le spectacle éblouissant du cerisier immense, les bourgeons venaient d'éclater en fleur et les branches débordaient de mousse de pétales blancs. Certaines surplombaient l'allée, d'autres agrémentaient le jardin du voisin qui en profitait pour se servir en bigarreaux après avoir chassé les merles. Il était question de cet arbre, de l'année 1944, de la guerre, des bombardements, de « celle de Lambézellec qui normalement faisait ça bien ». Je ne comprenais rien, je savais seulement que l'on me cachait quelque chose d'essentiel. J'entendis une expression inconnue : « faiseuse d'anges ». Je compris assez vite que c'était une sorte de métier qui n'avait rien à voir avec bonne sœur malgré la connotation spirituelle. Le mot était ravissant et l'ange, je le savais depuis longtemps, c'était l'enfant mort. Je compris aussi que la « faiseuse d'anges » n'était pas une fabricante de statues à poser sur la tombe. En quelques secondes, mon imagination prit le relais et je m'absentai, laissant les deux femmes à leurs confidences.

Je la voyais, la « faiseuse d'anges ». C'était elle qui habillait le bébé ou l'enfant mort, tout en blanc pour qu'il fasse ange. C'était elle qui était chargée de ce rôle, on la payait pour ça. Elle lui mettait une belle tenue, un col de dentelle empesé, un turban d'or autour du front, des fleurs entre les petits doigts croisés et deux belles ailes en tulle de chaque côté des épaules. Certainement, on lui apportait des petits morts tous les jours, de six mois à six ans, de toutes les tailles, des deux sexes, des blonds surtout car ce sont plutôt eux qui meurent. Elle vivait dans une pièce, entourée d'anges, elle les posait sur des étagères exprès, et les parents venaient les chercher pour les mettre en boîte. Auparavant, elle prenait des photos. Elle donnait toujours la plus belle, pour mettre dans le missel. Les autres, elle les gardait dans des albums pour les montrer à ceux qui viendraient à leur tour choisir une belle tenue pour leur petit avant de le laisser partir pour toujours.

C'était décidé, moi aussi je ferais « faiseuse d'anges ». En voilà une belle situation !

Les sanglots de Louise me sortirent de ma rêverie macabre et m'en dissuadèrent. L'épisode du pot à crayons me revint en mémoire, j'avançai de la même façon, reprenant ma place sur les trois marches et respirant à peine. J'étais immobile, tendue, mon corps prisonnier d'une raideur étrange me donnait l'impression d'être en trop, de déranger, d'avoir pris une place qui n'était pas la mienne, comme devant le petit chiffonnier rose dans l'appartement de Raymonde.

C'étaient des larmes, des mots incompréhensibles, des lamentations, la voix étranglée de Louise. Seules quelques bribes de paroles me parvenaient.

« Il ne pouvait pas faire autrement… Faut pas lui en vouloir… Vous êtes de bons chrétiens, vous irez au paradis, va ! Sinon, personne n'ira, vous pouvez me croire, tiens ! Rendez-vous compte doncque, vous en auriez eu deux comme Jeanne… Vous seriez entre quat' planches aujourd'hui, ma pov', c'est tout ! »

Le sens des paroles de Séra m'échappait sauf « vous en auriez eu deux comme Jeanne », déclaration qui continua longtemps à me hanter. Et puis j'oubliais, les mots entendus s'effaçaient au fil des années.

« Deux comme Jeanne… » Ils s'effaçaient, puis revenaient quand je ne m'y attendais pas. S'associaient alors à ces mots obscurs des images anciennes, défilé incessant derrière mes yeux le plus souvent clos.

J'ai six ans peut-être, Louise va chez une voisine chercher quelque chose, du sel, un peu de farine, un morceau de beurre… Elle descend par l'escalier de la cave, c'est juste avant le dîner, grand-mère Mélie n'est pas encore rentrée du Secours catholique, je vais rester seule avec le Menuisier ! Je me mets à hurler et je la poursuis, je m'accroche à son tablier, elle me repousse, je bloque la porte de la cave avec un pied, mon dos s'écorche contre le mur cimenté où je prends appui, je m'agrippe à son bras

167

et mes cris sont ceux du cochon de la ferme qu'on égorge. Je ne sais pas ce que fait le Menuisier ni où il est, je ne le vois pas. On était tous les trois dans la cuisine quelques secondes plus tôt. Je n'ai qu'une certitude, je ne resterai pas seule avec lui. Avec lui qui ne m'a jamais rien fait, jamais rien dit. Avec cet homme qui me tient contre lui sur les photos de vacances, j'ai un an, deux, je marche en donnant la main, des photos de vie au *penn-ti*, d'étés ensoleillés et doux dont je n'ai à ce moment-là aucun souvenir. J'ai peur. J'ai peur qu'il me parle, j'ai peur qu'il me touche. S'il me touche, je vais mourir.

Le souvenir s'efface, c'est un rideau noir qui tombe. Il n'y a plus rien si ce n'est la certitude que Louise a fini par céder et que le Menuisier s'est tu, ou a simplement disparu.

Il me faudra attendre des années après la mort du Menuisier, l'âge adulte, pour enfin oser demander. Un jour de printemps, Séra, qui n'avait pas modifié ses habitudes et rendait régulièrement visite à Louise, l'embrassait pour lui dire au revoir.

« Dans un mois alors ?

– C'est ça, bonjour à Marcel ! »

Aussi silencieuse que l'avait été le Menuisier, je parlais peu à Louise, à Jeanne, encore moins aux quelques oncles qui me restaient et vivaient toujours dans la proximité du hameau de Roz Piriou. La surdité de Louise n'arrangeait rien, mais je me décidai pourtant à la questionner.

À propos de ce jour-là, de cet après-midi... Tellement lointain qu'il me semble encore avoir rêvé. « Il y a longtemps... j'avais sept, huit ans... ? » J'avançais à tâtons, coupable de chercher à savoir. Je parlais enfants, bébés.

« Celui de la voisine... Et toi ? Tu as attendu longtemps entre Jeanne et moi... presque vingt ans ! Tu n'as pas eu... un autre... une fausse couche... Jamais ? »

Je rencontrai un visage hostile, fermé, le vide de quelques instants accompagné d'un regard fuyant et d'un changement de conversation bien trop rapide, comme si elle n'avait rien entendu, beau prétexte, un mal de tête soudain. « Je ne sais plus s'il reste de l'aspirine... » Et je savais que ça ne servirait à rien de gueuler, elle se mettrait à grimacer, elle boucherait ses oreilles comme elle l'avait déjà fait pour être bien sûre d'être bien sourde.

Je compris que toute tentative était inutile, que Louise était déterminée à se taire. J'eus, dans une sensation de malaise, de révolte muette et de dégoût, la certitude que l'on me laisserait à jamais dans l'obscurité et que René-Paul, le petit frère tant aimé, n'était pas le seul enfant que Louise pleurait.

Je montai dans ma chambre pour tenter de m'approprier ces mots si lointains, des mots perdus, égarés dans je ne sais quelles régions de la mémoire, des mots que l'on sait essentiels, des sésames dont il me manquait la formule magique. Allongée en silence, les yeux fermés, je me regardais avancer comme une somnambule dans un couloir. Je fis comme Louise, je me bouchai les oreilles avec des boules Quiès. Mais dans mon cas, c'était pour mieux entendre.

J'entendis la voix si lointaine de Séra, les sanglots étouffés dans la gorge de Louise, ses questions, sa tentative pour reconstituer un moment si déterminant de sa vie, ses supplications pour connaître la vérité.

Il a fallu des heures, des mois, des années. Et peu m'importe aujourd'hui le pauvre silence buté de Louise quand je lui demandai : « Un autre... Jamais ? »

Peu m'importe, puisque ici c'est par le mutisme que l'on sait tout.

*

Année 1944... C'était la guerre et les bombardements sur Brest. Un bébé avait pris place dans sa vie, dans son ventre. Lui n'a jamais eu de cadre, de photo, nulle part. Elle ne l'avait même pas vu, seulement senti à coups d'aiguille à tricoter. « Tellement maigre... on voyait pas... Vous aviez souvent du retard ! » Les mots de Séra revenaient, tout s'emmêlait, la faiseuse d'anges, l'aiguille et puis : « On n'avait pas pu descendre à la cave... pas de docteur... le bruit de la sirène... chien du voisin qui hurlait... » Louise finit par le perdre... Au bout de combien de temps ? Cinq mois.

Elle l'expulsa avec le sang et l'eau, un accouchement, un vrai, dans la chambre de grand-mère Mélie sous le portrait de René-Paul et les bombardements qui, ce jour-là, avaient épargné la maison. Séra et le Menuisier étaient restés, grand-mère Mélie avait entraîné Jeanne à la cave. Les bombes tombaient déjà du ciel, Jeanne criait, Louise criait, Séra savait faire, elle avait déjà vu, à la campagne, sur la table de ferme. « Je me suis évanouie… Je me rappelle pas… Séra, dites-moi, après ? » J'entends la voix étranglée de Louise, Séra qui raconte.

Il naquit dans le bruit des sirènes, celui des bombes qui détruisaient les maisons, dans les hurlements des gens qui ne retrouvaient que des ruines, des cadavres d'animaux, des enfants en pleurs au milieu de leurs jouets brisés, des vieux qui tremblaient, croyant à la fin du monde. Il naquit, pauvre chose humaine, à cinq mois, avec un corps, des bras, des jambes, un crâne et un cerveau dedans, un cerveau comme celui de Jeanne ou peut-être pire. C'était un garçon.

« Il ne pouvait pas faire autrement… Vous irez au paradis, sinon personne n'ira… Il ne pouvait pas faire autrement… »

Le Menuisier ne pouvait pas… « faire autrement ».

Voilà sept ans qu'il n'est plus. J'ai une mère sourde depuis toujours et déterminée aujourd'hui à se taire, définitivement.

Ne me reste que la puissance de l'imaginaire parce qu'il me faut à tout prix des mots, des mots puis des phrases qui termineront une histoire qu'il me semble deviner sans rien savoir.

Il est né... vivant ? C'est ça ? Vivant ?

Une question jamais posée, un cri dans ma gorge, un gouffre dans ma vie.

Est-ce qu'il est né vivant ?

Je le vois, le Menuisier, il enveloppe le petit corps dans une taie d'oreiller et avec sa main...

« Il ne pouvait pas faire autrement. » J'entends de nouveau Séra et Louise qui veut tout savoir... « J'avais perdu connaissance... » Tout savoir pour ne plus jamais imaginer. Mais maintenant, c'est moi qui imagine parce qu'il me faut la vérité pour vivre. Séra raconte et je ne sais plus si j'ai entendu ou si j'ai rêvé ce que j'ai entendu.

Le Menuisier va dans le cagibi chercher une boîte à chaussures pour mettre le petit corps et il fait un trou dans le jardin. Le Menuisier dépose un noyau de cerise dans la terre avant de tout recouvrir, rêvant d'un arbre qui monterait jusqu'au ciel. Et il grandit, le cerisier, il s'élance vers le ciel plus haut que le lys qui sortait de la bouche de *Salaün ar Foll**, le bien-heureux. Je ferme les yeux pour mieux le voir, ce cerisier dont les branches aux délicates fleurs blanches ont versé une ombre tiède sur tous les printemps de mon enfance et de mon adolescence, ce cerisier, si grand par rapport à notre petit jardin, qui semblait ne vouloir jamais arrêter son ascension vers le ciel et que le Menuisier, un an avant sa mort, a fait abattre. Il n'a même pas conservé la souche. Je perçois nettement une voix sans pouvoir affirmer qu'il s'agit de la sienne. « ... Creusé, creusé profond... jusqu'au bout des racines... la plus grosse arrivait presque sous l'allée... » Et je me revois, muette, dans un état de stupéfaction et d'inquiétude, me demandant pourquoi. Pourquoi cette décision d'abattre une telle merveille ? Et pourquoi ce terrible effort ensuite pour creuser, ne plus rien laisser, plus une trace, plus rien, lui qui était déjà si malade ? Et si ce sont bien ses mots que je viens de rapporter, pourquoi le dire, pourquoi enfin PARLER ? Parler tant et tant du cerisier ?

S'il l'aimait tant, il fallait le garder.

Revenus d'un passé trop obscur qui oscillait entre souvenir et cauchemar, les mots et les phrases entremêlés, la puissance des images qui se dessinaient devant mes yeux me révéla une histoire dont personne, jamais, ne m'avoua la véracité.

Ce fut ainsi que j'eus un frère, pour toujours fantôme, sans photo, sans cadre, sans nom, que je n'ai jamais cessé d'appeler, hurlant sans mots, sans voix dans un vide immense, sans qu'aucun écho répondît à ma plainte.

Je commençais à comprendre le goût pour les tombes et les cercueils de ma petite enfance, mes vocations de fossoyeur, de faiseuse d'anges puis, plus tard, mon attirance pour la médecine légale. Est-ce que c'était lui que je cherchais ? Ma curiosité charognarde fit peu à peu place à l'inquiétude, bientôt à l'angoisse. La fascination de la mort persistait, mais je n'étais plus en âge de jouer.

Il me semblait aussi avoir compris le silence du Menuisier et la profonde mélancolie de ma mère. Faute d'aveu, je ne pouvais rien pardonner.

Restaient aussi la folie de Jeanne et un questionnement sans cesse recommencé. Jeanne n'était pas la seule infirme de la famille. Deux cousins germains, fils des frères du Menuisier, traversaient douloureusement la vie dans une manière d'autisme qui ne fit que croître avec les années. J'étais encore jeune, je m'interrogeais à peine, je ne demandais rien à leur sujet. La maladie de Jeanne, c'était bien suffisant ! Et pourtant...

*

L'été 1965, je vivais sans Jeanne, sans grand-mère Mélie, et il n'y avait plus de vieux *penn-ti*. J'avais dix ans et je m'en allais seule pour la première fois.

Le Menuisier portait à la main sa petite valise en carton bouilli, comme s'il avait projeté de me suivre. On était là, tous les trois, à attendre le car de la colo. La valise du Menuisier avait deux fonctions. Tantôt remplie de vêtements, juste le nécessaire, quand il allait chez son frère à la Toussaint pour faire la tournée des tombes, tantôt lourde et bruyante d'outils comme ce jour-là, parce qu'il allait rejoindre l'arsenal et l'atelier de Laninon. Il arriverait en retard ce matin-là. Il avait dû demander une permission pour nous accompagner, moi et Louise.

Louise resterait seule toute la journée. Pour elle, plus de Jeanne, plus de grand-mère Mélie, plus de moi. Je pris place dans ce grand car plein d'écoliers remuants qui avaient l'air heureux de partir en vacances. Il flottait une odeur douceâtre, écœurante, de Skaï chaud.

Les enfants embrassent leurs parents quand ils s'en vont. J'embrassai donc les miens, probablement.

Je ne pris conscience de ma solitude que deux jours après. Un arrachement, une brûlure atroce, Louise me manquait, je n'allais jamais la revoir, c'était sûr. Elle allait mourir en mon absence.

Je n'étais plus là pour surveiller la vie de mes proches. Alors je comptais les jours, les heures des jours parce que je savais que dans un mois on devait partir, elle, moi et le Menuisier, dans la famille de celui-ci à Saint-Ségal, voir les oncles, les tantes, les vieux cousins de partout, parce qu'il y a des cousins dans toutes les maisons, toutes les fermes même les plus éloignées, à Keronna ou au Quinquis.

Tous ou presque s'appelaient Jean ceci et Jean cela, et toutes Marie, que l'on prononçait Maï en traînant sur la dernière syllabe, puisque tous et toutes parlaient breton.

Quand je rentrai à la fin du mois, j'étais calme et douce, assagie tant la peur de perdre Louise m'avait ôté mes défenses. On prit l'autocar pour Saint-Ségal et je retrouvai la campagne, semblable à celle qui entourait le *penn-ti*, les routes étroites et sans autos, bordées de talus où crépitaient les insectes,

175

les murmures des champs d'avoine, les vieilles églises et les tombes de la sœur, des parents, des frères et de tous les cousins du Menuisier, mes repères, la paix immense de mes morts.

C'est bien simple, tout le cimetière de Saint-Ségal, c'était nous.

Parmi mes oncles, ceux qui n'appartenaient pas au monde des encadrés, un seul était marié. J'avais deux cousins germains, mais je les connaissais à peine. Je les avais vus une fois pour la communion solennelle du plus âgé, ils habitaient un village éloigné au pied des monts d'Arrée et on n'avait pas d'auto. Jean, mon parrain, était vieux garçon. Il était plus jeune que le Menuisier tandis que Pierre était son aîné de trois ans. Tonton Louis avait été marié à Catherine mais, depuis plusieurs années, il attendait de ressusciter dans le caveau de famille.

On allait mettre des fleurs le dimanche après la messe. Le cimetière était très ancien, il y avait peu de tombes récentes, celles de quelques nouveaux qui n'appartenaient pas à notre famille. En arrivant, on apercevait une foule de croix, de sépultures grises en *kersantite*, certaines penchées dans tous les sens qui ressortaient de la terre comme de vieilles dents, et mimaient sans doute une étrange danse macabre au crépuscule, se confondant avec les bois noirs tout proches.

Ici aussi étaient gravés des noms que le temps et la mousse faisaient disparaître. Quelques lettres, quelques chiffres dévorés par le lichen recomposaient parfois des biographies mystérieuses, à peine déchiffrables. Des familles entières étaient couchées les unes à côté des autres, des corps bien cachés sous la terre, des corps disparus sur lesquels nous marchions, des corps perdus dans une nuit éternelle.

La tombe familiale se composait d'une grande bordure de granit et d'une surface recouverte de graviers, avec au centre un socle massif surmonté d'une simple croix et d'un christ souffrant sous lequel on lisait : « Famille Le Gall de Roz Piriou ». Nous avions l'air d'avoir une particule, nous qui n'étions que des paysans depuis des générations. Disposées çà et là, des fleurs en faïence rose, grenat, violette. C'était une concession pauvre et austère à l'image des vies de ceux qu'elle abritait. Il y avait aussi des plaques de marbre blanc où étaient inscrits des noms en lettres d'or et des dates. Toutes appartenaient aux années 1800, 1860, 1870, 1880... Là encore, un temps d'avant le temps. J'imaginais notre tombe selon mon désir, luxuriante, débordant de massifs de genêts, d'ajoncs flamboyants et de bruyères, de l'herbe à la place des graviers. Des couleurs chaudes et lumineuses en mémoire des parents, de la sœur, des frères qui reposaient en dessous, sur des étagères, rangés, dans une pièce sans fenêtre, muets à jamais, à l'abri de tout, du vent, de la pluie, de la poussière de l'été.

Même quand on est mort, c'est mieux, une jolie tombe. Ici, il y aurait eu assez de place pour faire un vrai jardin, si on avait voulu.

J'avais perdu le *penn-ti*, mais une autre maison entra dans ma vie. Elle était sombre, vide, debout et ouverte, sans volets, sans porte, sans murmure, caressée par les mauvaises herbes, abandonnée au bout d'un chemin. Elle avait été, dans un temps inconnu de moi seule, la maison natale du Menuisier.

Nous allions désormais chaque année dans sa famille et je rencontrai cette maison comme on rencontre un être humain, l'été de mes douze ans. Le face-à-face fut brutal. C'était une ferme qui ne ressemblait pas aux fermes en activité que j'avais connues près du *penn-ti*, mais qui m'avait appartenu tout de suite, par l'ampleur et la turbulence de son silence.

Mon oncle, le frère du Menuisier, dit tonton Pierre, nous avait conduits, Louise, le Menuisier et moi, au lieu-dit Roz Piriou, petit hameau perdu au bord de l'Aulne.

Si l'ossature de sa 2 CV pouvait faire penser à une boîte crânienne de lapin telle qu'elles étaient présentées dans les livres de leçons de choses, l'aspect de la ferme de Roz Piriou était pire encore : une vraie tête de mort. Des ouvertures noires perçant la façade en pierre, des fenêtres cassées ou inexistantes, un trou de porte béant. Les herbes avaient envahi le perron, la crèche disparaissait sous le lierre, il n'y avait plus d'accès. C'était le triste royaume des fougères et des branches fracassées.

Louise se mit à fouiner « pour chercher des fleurs », celles que la sœur du Menuisier avait plantées autrefois, traces de vie improbables dans ce coin perdu, abandonné, bientôt étouffé et qui avait pourtant abrité une nombreuse famille, des fermiers et des domestiques, des bêtes et des enfants. À droite, parmi les ronces, sur ce qui restait de chemin, il y avait à même le sol une plaque ronde et lourde qui bouchait l'entrée de l'ancien puits. Plus d'arbres dans le verger comme sur la vieille photo aux bords crénelés que Louise m'avait montrée, plus de verger mais une lande de bruyères crépues et décolorées qui descendait jusqu'aux berges de l'Aulne.

Piétinant les ronces, les orties me brûlant les mollets, j'entrai seule dans la ferme pleine à craquer de silence. Le froid me saisit. Le Menuisier s'en allait vers un champ de blé, tonton Pierre vers le grand chêne. Louise resta seule, l'air égarée dans ses pensées et ne sachant que faire, immobile, troublée sans doute par des souvenirs inexprimés. Quand elle avait rencontré le Menuisier, la ferme vivait encore. Le Menuisier n'était pas gai pour autant. Il ne l'avait jamais été, même le jour de son mariage où il n'avait pas dansé. Un de ses frères, tonton François, était mort en Guinée. On l'avait appris quelque temps avant. C'était pour ça qu'il n'avait pas dansé.

« J'ai dansé quand même ! Avec tonton Germain ! » me disait Louise.

Germain était le plus jeune de la famille, il avait sans doute peu connu son aîné. Et Louise avait été heureuse, malgré tout.

Dans la ferme, il n'y avait rien. J'étais déçue. Pas de traces de vie, d'objets oubliés. C'était sombre et sale, cependant il me semblait entendre une histoire, celle que nous racontent ces vieilles maisons qui n'ont jamais cessé d'être habitées par des présences impalpables et que nous livre le frôlement des vies passées. Je montai l'escalier en partie défoncé et m'arrêtai devant la porte d'une des deux pièces du premier étage. Le plancher de sapin était troué en son milieu et je n'osai pas m'avancer pour attraper le petit fer à repasser qui gisait sur le sol. Sans comprendre ce que la maison murmurait, je sentais confusément que j'étais entrée dans un tombeau. Tous les corps avaient disparu. Ils n'étaient plus que poussière comme la poussière des murs, celle du plafond, du plancher du premier et du sol en terre battue. Et pourtant, ils étaient là.

En fin d'après-midi, nous sommes allés manger des crêpes chez la voisine, Isabelle Trividic. Sa ferme à elle était toujours en vie, elle prospérait même. Elle parla de Mam', la mère du Menuisier qui l'appelait de sa fenêtre quand elle l'apercevait près du puits. Comme ça, de loin, avant de poursuivre en breton.

« Dame ! Celle-là ne parlait pas français ! »

La voisine, elle, s'exprimait en français, par égard pour Louise qui ne connaissait pas le breton parce qu'elle était de la ville. De sa cuisine, on voyait le toit de la ferme que je ne quittais pas des yeux tout en écoutant les paroles échangées. On évoquait des souvenirs, ceux d'un monde qui ne m'appartenait pas. On disait « dans le temps » on faisait ceci, « dans le temps » c'était comme ça. Dans le temps ! L'expression faisait référence à un passé qui paraissait soudain lumineux, avant ou après la guerre de 39. C'était l'ancien temps, celui où il n'y avait pas de machines dans les fermes, ou peut-être seulement une écrémeuse ventrue, comme celle de la grange à Marie-Thérèse Le Pemp près du *penn-ti*, le temps où l'on coupait le blé à la faux, le temps du fléau et de la faucille. Les animaux étaient en liberté, le coq avait des plumes au derrière, il régnait sur la basse-cour et chantait tous les matins sur son tas de fumier. À cinq heures, il dominait tout, la brume rose qui nappait le canal, les prairies luisantes ondulant dans le lointain et il narguait le clocher de Saint-Ségal qui régnait sur la fin de journée puisqu'il sonnait l'angélus.

« On tuait le cochon sur le banc où tu es assise ! »

J'avais pris place sur un énorme banc de chêne, large et épais. Mes pieds touchaient à peine le sol. J'imaginais le cochon, rose et dodu comme celui de la boîte de pâté Hénaff, pas le vrai, plutôt gris et sale avec ses petits yeux vilains et sa peau recouverte d'une mince pellicule de poils ras. J'écoutais d'une oreille, les histoires « dans le temps » m'intéressaient, mais j'étais fascinée par la ferme dont je distinguais le pignon. J'étais impatiente de rejoindre le lieu de mes ancêtres une seconde fois, ma première visite ne m'ayant rien apporté si ce n'était un questionnement inquiet, une attente. Après le café, au moment de quitter la voisine, je remarquai son regard gris d'acier et son sourire, ses cheveux très blancs. La ressemblance avec tonton Pierre était frappante. Je ne posais pas de questions à Louise. On ne demandait jamais rien. Ce n'était pas sa famille, elle n'aurait rien su. Je savais simplement qu'on était tous « cousins à la mode de Bretagne ». Je ne cherchais pas à en savoir davantage.

Des mois, des années plus tard, une phrase prononcée à plusieurs reprises par une vieille tante du Menuisier me revint souvent en mémoire. Elle me semblait pleine de sous-entendus.

« Mam', ta grand-mère ! Hopalà ! Quand elle était cheune, c'était la plus belle fi' du canton ! »

Et elle rajoutait en me dévisageant :

« Gast* ! Celle-là ressemble à Mam' ! Voui, ma foi ! »

Ce faisant, elle rapprochait ses lèvres en cul-de-poule pour recaler son dentier qui avait tendance à se déplacer, conséquence vraisemblable de sa très grande volubilité. Tante Soaz, comme on l'appelait, était une exception dans la famille. C'était une commère.

Tandis que le Menuisier et son frère s'en allaient vers les champs tout en discutant en breton, que la voisine s'en retournait à sa vaisselle, je me précipitai avec Louise vers l'habitation en ruine et exigeai une photo en agitant mon Kodak Instamatic, cadeau de première communion. Il faisait très chaud et j'avais ôté ma jupe. J'étais en maillot de bain. J'avais un corps de fillette, pas de hanches encore, pas de seins, des muscles fins et longs.

« Celle-ci est grande pour son âge, main'ant faut qu'elle forcisse ! » avait dit Isabelle.

Mon visage restait celui d'une enfant, un vague sourire découvrait deux fossettes qui faisaient ma fierté car elles attendrissaient beaucoup de grandes personnes, quelques boucles caressaient mon cou. Finis les cheveux courts et bruns, je rêvais d'une chevelure de sirène et abusais du shampoing à la camomille.

Un désir profond m'avait poussée à me situer dans l'encadrement de la porte d'entrée de la ferme et à exiger que Louise me tire le portrait.

Puis, poussée par une curiosité grandissante, j'entrai de nouveau, seule toujours, dans le couloir vide et froid. Louise retournait vers la 2 CV, le Menuisier traversait l'ancien verger, les pas dans ceux de son frère, muets tous les deux tandis qu'ils cheminaient en direction de l'Aulne qui serpentait plus bas, au-delà des ronces, des feuilles volubiles et des bruyères crépues de la lande. Assaillie par une odeur d'abandon, j'errai quelques instants dans les pièces sombres et humides. Je montai les marches lentement, comme une intruse, l'escalier gémissait sous mes pas. Les portes crissaient sur leurs gonds, ouvertes et dévorées par les vers. Le vide circulait comme un courant d'air froid dans ce lieu plein à craquer de silence. J'avançais doucement, m'inscrivant définitivement dans cette ruine, j'appartenais à cette lignée désormais, à la vie plus encore qu'à la maison de mes ancêtres dont je foulais le sol en terre battue du rez-de-chaussée et les planches crevassées du premier, marchant sur leurs traces, respirant l'air qu'ils avaient respiré.

Le Menuisier et son frère s'étaient promenés ensemble un moment, puis, tout naturellement, s'étaient éloignés l'un de l'autre comme des chiens qui cherchent des traces, flairent et reviennent, honteux de n'avoir rien trouvé.

Mais décidément, il n'y avait plus rien dans cette ferme, sur cette lande à flanc de coteau où rien ne poussait si ce n'étaient des souvenirs confus, des silhouettes, des visages dont les contours s'effaçaient, des voix éteintes pour toujours. Plus de grange ni d'odeur poussiéreuse de froment, plus de tas de fumier flanqué à la porte de l'étable, plus rien qu'une maison morte où j'étais entrée et que j'arpentais, ne trouvant que toiles d'araignées et branches d'arbres qui traversaient les fenêtres brisées. Il n'y avait plus rien ? Si… Il me semble maintenant qu'une voix lointaine et muette m'avait guidée, une voix plus forte que mon désir, que je n'avais jamais entendue et qui pourtant m'habitait. J'étais lourde d'une mémoire qui n'était pas la mienne, m'envahissait comme une ombre épaisse et dont j'avais l'intuition qu'il me serait impossible de me débarrasser sans la violence d'un aveu.

*

Aujourd'hui, j'effleure la petite photo carrée du bout des doigts. Je dévisage cette presque jeune fille qui fut moi. Elle prend naturellement appui sur sa jambe droite et croise la gauche devant. Légèrement déhanchée, c'est une « Lolita » provocante, naïve et impudique. Bras tendus, mains de chaque côté sur le mur, elle condamne l'entrée de la ferme et semble dire : « Je suis la seule et dernière gardienne de ce temple, je suis ici chez moi. »

Le maillot de Lycra colle à sa peau brune, on peut la croire nue. Elle fixe avec détermination l'objectif, sûre d'elle-même, dans cette position sans retenue, celle d'une enfant pleine de vie au milieu des ruines et d'une nature abandonnée, d'un fouillis de ronces et de lierre qui va bientôt prendre possession de la ferme.

Il était urgent que je fasse partie de ce lieu avant qu'il ne disparaisse.

Un lieu qui ne m'aura pourtant délivré aucun secret, aucune histoire, seulement des murmures confus, ceux que l'on perçoit quand notre oreille s'est longuement exercée au silence.

Je contemple encore et encore la photo et ne m'étonne plus de cette exigence d'inscription dans le cadre de granit. Je songe à René-Paul, le petit frère de Louise, au portrait encadré dans la maison du Landais, debout, vivant, me scrutant de ses grands yeux clairs si longtemps après sa mort. À mon tour, je suis fixée pour l'éternité, dans un lieu où je n'ai pas vécu mais dont l'histoire circule en moi, dans ce corps exhibé, élastique et souple, insolent de jeunesse et de fraîcheur. Je pose en vie, j'ai la peau douce. Derrière moi, le noir. Le trou noir, la tombe, la fosse devant laquelle, toute-puissante, je résiste. Et l'encadrement de la porte figure les quatre planches auxquelles, un jour, je n'échapperai pas.

Dans mon cercueil de granit, ouvert sur le monde, je leur appartiens désormais. Je suis comme eux, ceux que je n'ai pas connus, Tad, Mam', oncles, tante défunts. Je me déploie sur le papier glacé, vivante comme les grandes herbes au bord de l'eau tout en bas du terrain, ployant comme les joncs, les immenses roseaux qui envahissent les berges du canal.

Je m'inscris dans leur vie, eux qui ne sont pas venus dans la mienne. Nous sommes de la même chair, chair grise de papier.

*

Les derniers vivants de la famille du Menuisier vieillissaient, leurs visages étaient ridés, parsemés de taches brunes, leurs cheveux blancs. J'éprouvais le besoin de me rapprocher d'eux, mais ils étaient souvent taciturnes et m'intimidaient. Quelqu'un me parlait pourtant. Oh ! bien peu de mots étaient prononcés, mais son regard disait tout. Il y avait entre nous une véritable communion. C'était Catherine, la veuve de Louis, le frère aîné. Elle vivait seule au rez-de-chaussée d'une maison qu'elle partageait avec tonton Pierre. Lui logeait dans deux pièces au premier. Quand nous arrivions en été, elle nous prêtait son lit de coin et ses draps de lin frais pour quelques jours. Puis elle dépliait son gros fauteuil de cuir qui faisait lit d'appoint. Elle s'y couchait à l'étroit, vêtue de sa chemise blanche d'une simplicité monacale, semblable à celle des condamnés, celle de Marie-Antoinette dans sa charrette avec sa charlotte en coton sur la tête, pathétique et ridicule. Catherine pourtant ne lui ressemblait en rien. C'était juste que mon cœur cognait quand elle me regardait, debout près de son fauteuil déplié ; elle avait l'air d'attendre quelque chose, quelqu'un qui ne venait pas. Je ne sais même pas si j'étais capable de lui rendre un sourire après celui, tout mélancolique, qu'elle m'adressait en silence. Elle avait enlevé une à une les épingles de sa coiffe et ses cheveux interminables se déroulaient mollement jusqu'au bas de son dos. Elle ne connaissait ni le coiffeur ni le shampoing, juste un peu de savon de Marseille et l'eau de pluie pour le rinçage. Elle la recueillait dans une ancienne auge placée sous la gouttière. Ses cheveux n'étaient pas blancs mais un peu jaunes et on pouvait voir les raies du peigne glisser en dessinant des sillons réguliers sur le haut du crâne. Elle les tressait en une mince queue-de-rat pour ne pas

187

avoir à les démêler au réveil. Ses grosses mains de paysanne aux ongles ras, toujours un peu noirs, encroûtées, desséchées par les travaux des champs de toute une vie, s'agitaient comme des papillons malgré les rhumatismes et les doigts enflés s'entre-croisaient avec des mèches qui obéissaient chaque soir au rituel du coucher. Il y avait une lassitude, une tristesse vague et douce dans cette chevelure qui se laissait faire, fatiguée d'avoir été chaque jour d'une existence entière prisonnière d'une coiffe, sagement lissée et maintenue. C'était la même lassi-tude qu'exprimaient ses yeux délavés, ses yeux de pluie qui s'éclairaient et devenaient tendres quand ils me dévisageaient, ses yeux si clairs à la pupille noire comme une petite pierre au fond d'un ruis-seau. J'attendais, dans mon pyjama en cotonnade fleurie, le moment où Louise s'installerait près du mur, la tête bien calée sur le gros oreiller brodé, le corps sous l'édredon de plumes qui sentait le foin chaud.

Catherine, je crois, me trouvait belle.

Un jour, pour me faire une surprise, elle sortit de son armoire à linge à clous dorés un grand paquet rectangulaire enveloppé d'un drap.

C'était son costume de mariée : un tablier de satin blanc, un jupon noir, une camisole de velours et une coiffe ornée de perles. Elle me demanda de le porter pour faire une photo. J'obéis, ignorant alors que cette robe d'épouse serait la seule qui me serait donnée de porter. Par le miracle de la pellicule, je suis immortalisée, mariée solitaire aux longs bras pendants et inutiles qui n'enlacent aucun homme, au visage trop jeune, aux yeux et au sourire tristes, semblable déjà au Menuisier.

Je pose, sans bouquet, devant l'hortensia.

Tonton Louis, aîné de la fratrie et promis de Catherine, était aussi son cousin germain. Ils n'eurent jamais d'enfants. Cette robe me revenait, c'était sans doute le message qu'il fallait entendre. Elle disparaîtrait pourtant, et je ne la reverrais plus jamais. Quand un être meurt, les mains des vivants s'agitent et grouillent dans les armoires, les buffets et les tiroirs, et les maisons meurent aussi, vidées de leur sang.

Pendant ces soirées d'été, ma vieille tante nattait longuement ses cheveux. Son regard tendre parlait et racontait une histoire sans paroles. Tant d'années nous séparaient ! Je communiquais mieux avec mes morts qu'avec mes vieux. Je leur parlais en silence, on se comprenait. J'étais devenue silence moi-même, et si l'on voulait m'atteindre, il fallait calquer son attitude sur la mienne. Catherine savait le faire. Après quelques instants d'une communion mystérieuse mais intense, elle s'allongeait dans le fauteuil déplié qui lui offrait la protection de ses deux gros bras. Il l'enserrait, la maintenait sur le dos dans l'impossibilité du moindre geste, dans cette position tranquille et pieuse, les bras le long du corps, se préparant déjà, attendant, dans une humilité absolue, le moment où le temps et la respiration s'arrêteraient pour toujours. Mes yeux allaient et venaient de la photo de mariage posée sur la table de nuit à cette vieille figure plissée et parsemée de taches brunes. La peau de Catherine me touchait, j'aurais voulu poser ma main sur la sienne, sur ce bras fripé si vivant et si beau. Je ne savais pas le faire et je n'essayai pas. Elle avait été heureuse, ma petite paysanne dont le visage de jeune épouse évoquait terriblement celui d'une adolescente. Son regard un peu absent, elle n'ose sourire dans ce moment si solennel avant la cérémonie, chez le photographe de Châteaulin. Elle pose délicatement la main sur celle de tonton Louis, plus par obligation que par désir, un peu raide, intimidée de se montrer ainsi, bien droite près de son homme joufflu, moustachu, souriant et offrant au monde son faciès de gros fruit frais, sa fierté de jeune marié qui s'évanouirait bientôt dans le Chemin des Dames d'où il reviendrait quatre ans plus tard, les poumons gazés.

Quand tante Catherine, Louise et moi étions couchées et que la lumière était éteinte, je ne m'endormais pas. La nuit était tiède et le clair de lune adoucissait la pénombre. Les yeux grands ouverts dans l'obscurité douce et reposante, je fixais le clair-obscur où les meubles étaient plongés puis, l'oreille soudain anxieuse, j'écoutais. Des bruits étouffés parvenaient du premier étage, une conversation en breton, sorte de ronronnement obsessionnel au-dessus de ma tête et qui semblait ne jamais prendre fin. Dans la chambre du premier, un dialogue se nouait chaque soir entre tonton Pierre et le Menuisier. Ils dormaient ensemble, comme autrefois à la ferme dans le lit clos. Ces soirs-là, le Menuisier parlait. Deux voix se répondaient, deux voix parmi lesquelles il m'était impossible d'identifier la sienne. Je restais muette de stupéfaction, écoutant, immobile et tendue, de toutes mes forces, retenant mon souffle pour ne pas m'entendre respirer. Aucune inquiétude en moi, mais une immense curiosité. Le Menuisier parlait à son frère. À lui, il avait tant de choses à dire ? Et pourquoi cette intimité, cette préférence dans la fratrie ? Ils étaient tous les deux ensemble toujours, et les trois autres frères encore en vie à l'écart de cette union à laquelle je ne comprenais rien.

Tonton Pierre était l'aîné. Ils se ressemblaient, même taille, mêmes traits. Leurs yeux seuls différaient. Quand tonton Pierre me dévisageait, je me sentais radiographiée par son regard perçant d'un bleu électrique. J'étais la dernière fille de son frère préféré, celle qui n'aurait jamais dû naître, venue au monde près de vingt ans après Jeanne. À l'image du Menuisier, il ne savait pas sourire mais, contrairement à lui qui esquissait parfois une sorte de pauvre rictus et se figeait comme s'il lui eût été impossible d'éclairer son visage d'un soupçon de lumière, tonton Pierre étirait les commissures de ses lèvres tel un vieux clown et, tout en gardant les mâchoires serrées, découvrait ses dents comme s'il avait été sur le point de mordre. Une tristesse contenue pour le Menuisier, une grimace de chien de garde pour son frère qui montrait les dents et m'observait en silence. Je me taisais, fidèle à moi-même, incapable de deviner les pensées derrière ce front têtu. Je ne bougeais pas non plus, assise dans cette salle à manger-cuisine derrière la cloison de laquelle se trouvait la chambre que j'appelais la chambre des secrets. La porte en était toujours fermée.

Parfois, tonton Pierre m'adressait quelques mots en français.

« Tu apprends bien à l'école, hein ? Tu préfères le calcul ou la dictée ? C'est toi la première ? » Je murmurais un « oui » inaudible tandis qu'il revenait au Menuisier et au breton. Il alternait ainsi ses répliques, le français pour moi et Louise, les commentaires au Menuisier dans cette langue maternelle que l'école de la République n'avait jamais pu leur retirer.

« Prends une *krampouz**, tiens ! » Et comme je n'osais : « Va d'ssus doncque ! Faut grandir et forcir à ton âge ! (Il prononçait « ache ».) *Gast !* Celle-ci mange rien ! »

Et il continuait en breton, prononçant des mots que j'essayais de graver dans ma mémoire.

C'était interdit pour moi, le breton, la langue des pauvres paysans, de ceux qui n'avaient pas d'instruction. Et il fallait en avoir ! Oublier tout ça, ce parler inutile !

Et puis : « Qu'est-ce que celle-là irait faire avec le breton ? »

Mais pourquoi le parlaient-ils alors ?

Ils revenaient naturellement à leur enfance, à leur terre, à leur identité. La langue était ce lien indéfectible qui les unissait.

J'avais honte à l'école et je dissimulais mes origines paysannes, sans songer un seul instant que le prénom et le nom que je portais les trahissaient inévitablement. Je cachais ce langage qui avait été transmis au Menuiser par ses parents qui ne savaient ni lire ni écrire, pauvres de ce bout du monde en *boutou coat* et chapeau à guides, en coiffe démodée. Et puis les miens étaient tous vieux ! Le Menuisier aussi ! Je voulais être la fille du capitaine, celui qui avait les yeux clairs et un bateau blanc. À douze ans, je ne savais plus vraiment si j'aimais le Menuisier.

Je regardais tonton, qui chaque été semblait me découvrir, aimantée par le rayon bleu de son regard. Peut-être retrouvait-il en moi sa propre mère surtout depuis qu'une vieille tante avait insisté sur ma ressemblance avec Mam' ? Peut-être voyait-il les yeux du Menuisier, ces yeux sombres et tristes que nous avions en commun ? Il était habillé comme son frère, le plus souvent en « bleu » et toujours chaussé de charentaises dans de gros sabots noirs. Il ne portait ni casquette ni béret et découvrait ainsi une belle brosse de cheveux blancs. Sa pièce ressemblait à celle de Catherine : une table, quatre chaises de bois avec des galettes pour ne pas abîmer la paille de l'assise, un buffet pareil à celui de la maison du Landais, peint en jaune pâle avec un renfoncement au centre pour la TSF, un Butagaz et l'évier dans le coin près de la fenêtre. À gauche du carreau, il avait accroché une petite glace ancienne encadrée de bambou. Juste le nécessaire dans cette pièce qui ne disait rien : pas de photo, pas de christ en croix au-dessus de l'entrée, et la porte de la chambre, fermée.

Isolée, sans amis pendant la semaine que nous passions dans la famille du Menuisier, je m'évadais souvent les matins au fond du jardin, dans la cabane en vieilles planches délavées par les pluies et qui tenait lieu de cabinets. À l'intérieur, je m'installais sur la large planche taillée à la hache dans du hêtre et percée d'un cercle parfait d'où sortait une colonie de grosses mouches bourdonnantes dès que l'on soulevait le couvercle en émail ébréché, récupéré sur une vieille marmite qui servait de gamelle pour les chiens de chasse de tonton Pierre. On ne jetait rien. Les planches de la porte étaient disjointes et la lumière filtrait. Il y faisait chaud et, malgré la puanteur, je me sentais en sécurité, seule au monde, je pouvais penser, imaginer des histoires. Je jouais au jeu du secret. J'étais tantôt le Menuisier, tantôt tonton Pierre. Je baragouinais un breton approximatif à voix très basse, inventant des souvenirs auxquels je n'avais pas accès. Il était toujours question de cimetière, de sépultures, de fantômes et d'âmes errantes qui hantaient les endroits anciens, les fermes en ruine environnantes. Quelquefois, des bruits de voix lointaines me sortaient de ma rêverie. Elles arrivaient du jardin d'à côté dont le vieux mur de pierres sèches jouxtait les cabinets. En grimpant sur la planche et me hissant sur la pointe des pieds, j'apercevais par un trou de la cloison deux silhouettes tout au bout de l'allée. Celle du Menuisier et de Marc'han la voisine. Il lui achetait des tomates, des pommes de terre et des échalotes. Ils parlaient, en breton bien sûr, mais j'étais bien trop loin pour saisir ne serait-ce que quelques mots. Je me demandais ce qu'il avait à lui dire, lui, le Menuisier, à cette étrange créature qui me fascinait. Leur conversation durait plusieurs minutes. Marc'han secouait la tête, le Menuisier demeurait immobile. Puis ils se quittaient et, pour échapper à une terrible frustration, je demeurais le nez appuyé contre les planches, et fixais l'interminable allée de la voisine, au-dessus de laquelle séchaient draps, tricots Damart et culottes géantes dans lesquelles j'aurais pu mettre quatre derrières comme le mien. Les unes à côté des autres, elles étaient suivies de longues bandes rectangulaires et immaculées, trop étroites pour être des torchons ou des serviettes de toilette et qui formaient une guirlande que je ne me lassais pas de regarder, intriguée par leur blancheur et leur quantité. Cet instant précieux était le seul où j'apercevais la voisine. Louise m'avait dit un jour que le Menuisier « avait fréquenté » une jeune fille de son canton avant de la rencontrer. Persuadée qu'il s'agissait de Marc'han à cause de ce dialogue mystérieux et quasi quotidien avec le Menuisier, je ne me lassais pas de la guetter, à la fois fascinée et horrifiée par le fait qu'elle aurait pu être ma mère.

Après avoir quitté le Menuisier, elle avançait dans l'allée pour aller nourrir les lapins, ses aisselles posées sur deux béquilles noires presque aussi grandes qu'elle. Elle avait l'air d'une plante soutenue par deux tuteurs. Mystérieusement, elle se mettait en mouvement et sautait sur son unique jambe comme on joue à cloche-pied, mais avec plus d'élan, de vitesse, d'évidence et de rage, frappant régulièrement le sol dans une gestuelle têtue, comme si elle se vengeait ou libérait trop de violence contenue. Elle était restée vieille fille. Sans doute le Menuisier n'avait-il pas voulu d'elle parce qu'elle ne pouvait pas danser la gavotte. Elle aurait fait tapisserie dans les *festou-noz**, et lui avec. Il était déjà bien assez triste comme ça.

Elle n'était pas coiffée comme les autres paysannes d'ici, ses cheveux étaient remontés en rouleau sur sa nuque et elle portait une sorte de galette en dentelle blanche sur l'arrière de sa tête. La jambe en moins et la coiffe inconnue faisaient d'elle une femme encore plus étrange, à laquelle j'attribuais même des pouvoirs maléfiques. Fascinante et terriblement effrayante, elle avançait dans l'allée et je voyais ses yeux bleus, hagards qui, considérant les clapiers, semblaient deviner ma présence muette. Elle n'était plus qu'à quelques mètres de moi lorsque j'entendais sa voix. Elle criait des mots bretons que je ne comprenais pas. Prenant appui sur une seule béquille, les croûtons de pain à la main, elle avait l'air de proférer des injures aux lapins qui attendaient, le museau frémissant derrière les grillages. Quand elle avait fini et qu'elle relevait la tête, elle s'immobilisait quelques instants. Son vieux visage grimaçant était tout près du mien et, tétanisée, je sentais son regard qui me fixait. Elle m'avait flairée, c'était sûr, moi la fille de son ancien galant, comme la sorcière dans Hansel et Gretel. Je ne respirais plus, ne bougeais plus jusqu'au moment où elle se retournait enfin et s'éloignait en direction de sa maison, sautant en cadence régulière et lourde, marmonnant je ne sais quelles obscures formules magiques entre ses dents. Je ne descendais de mon perchoir que lorsque la galette brodée placée sur son crâne n'était plus qu'un point blanc.

À mi-chemin entre mes encadrés muets et mes vivants souvent fantômes, elle me semblait appartenir à un monde de transition et m'aimantait par son mystère, ses conversations avec le Menuisier, sa face de gargouille et sa voix éraillée. Quelquefois, les chiens de tonton Pierre, enfermés dans l'ancien poulailler qui servait de chenil, la sentaient et cessaient d'aboyer, soudainement inquiets, couards, tremblants même, la queue entre les pattes.

J'avais peur d'elle et j'aimais avoir peur, au secret dans ma cachette si proche, protégée par la cloison de planches, délicieusement enfermée. Je pensais qu'elle frapperait peut-être de grands coups avec sa béquille si elle me surprenait, et je calculais que j'aurais le temps de m'enfuir, de me cacher dans la cuisine de tante Catherine avant que la voisine ne détruisît les cabinets et n'apparût, telle une gorgone en furie, juchée sur la planche en équilibre au-dessus du trou et brandissant sa béquille menaçante pour m'exterminer.

On parlait peu d'elle, juste quelques mots étouffés parfois.

On disait qu'elle était folle.

*

Chaque année en novembre, le Menuisier retournait seul chez son frère et je n'étais plus là pour entendre leurs interminables dialogues. Ils allaient dans la vieille église de Saint-Ségal prier leurs morts et saint Isidore, le saint patron des agriculteurs qui portait le *bragou braz** et la gerbe de blé. Puis ils se recueillaient sur les tombes du petit cimetière, l'une après l'autre, celles de leurs ancêtres qu'ils n'avaient peut-être pas connus, et terminaient par le caveau où dormait la confrérie de Roz Piriou. Louise et moi les imitions dans tous les cimetières de Brest que l'on rejoignait en prenant le trolley. On avait des tickets dans un carnet en accordéon et le contrôleur les oblitérait d'un tour de manivelle. On s'asseyait quand on trouvait de la place, l'idée ne me serait pas venue de ne pas respecter le jour des morts et je leur rendais visite dans le même état d'esprit que lorsque j'allais voir les vivants : comme une somnambule, dans les traces de Louise. Une pluie drue faisait des arabesques sur les vitres et trempait les vêtements qui collaient à la peau. C'était le mois de novembre, le mois noir, le *miz du**. Le plus souvent l'averse arrivait de la mer, le ciel se plombait au fond de la rade. La ville finissait par disparaître sous des trombes d'eau, le brouillard de plus en plus dense et les pierres ruisselantes des maisons. Grise sous le soleil, Brest était en novembre chargée d'eau et de tristesse. Aucune lumière ne venait déchirer le rideau permanent qui nous engourdissait peu à peu. Seuls les cris des mouettes à l'arrêt du trolley nous sortaient de la torpeur. Je suivais Louise dans le dédale des allées plus grises encore que les tombes, chaque Toussaint de mon enfance, et même de mon adolescence. L'année de mes treize ans, je portais un manteau de circonstance, gris lui aussi, un peu évasé. C'était la mode des « maxis ». J'avais des bottes moulantes comme des collants et un bonnet enfoncé sur le crâne. Ça me faisait une tête d'œuf et j'avais l'air d'un grand vase tels ceux des sépultures, un vase sans fleurs, sans couleurs. On passait, voyageuses mortifères, on s'arrêtait une fois, deux fois, trois… Et on priait après avoir déposé un plant de bruyères. Je n'aimais pas la bruyère mais les chrysanthèmes, les gros qui ressemblaient à des choux-fleurs jaunes, que l'on voyait de loin et que je trouvais plus décoratifs parce que tout simplement lumineux. La sensibilité de Louise ne s'accordait qu'avec la douceur, la délicatesse et le pastel des bruyères d'un mauve très pâle.

Les chrysanthèmes ostentatoires étaient, tout compte fait, plutôt vulgaires et très communs. Ils devenaient vite envahissants par leur nombre, leur taille, leur pauvre prétention.

J'allais, déchiffrant les noms, les dates mangées par le temps et les pluies sur les plus vieilles pierres fracturées et qui s'enfonçaient dans le sol, que la terre semblait vouloir reprendre, engloutir ainsi qu'elle avait englouti les corps. Mais elles résistaient longtemps et me forçaient, plongée dans une rêverie morbide, à imaginer les contours, les visages, les corps qui avaient un jour existé comme moi, sur ce sol, à cette place, marchant, priant, fleurissant, refusant peut-être leur appartenance fatale, un jour ou l'autre, à cette terre ogresse et noire qu'ils avaient de nombreuses fois piétinée puis quittée, soulagés de retrouver le bitume luisant de pluie après la grille immense que le gardien bientôt refermerait à clef pour que les morts puissent dormir tranquillement la nuit, à l'instar des vivants dans leurs lits chauds.

Gagné ! Encore une fois, j'avais échappé à ce lieu de ténèbres et de silence. La terre ne m'avait pas happée, les morts ne m'avaient pas appelée.

Depuis le départ du *penn-ti*, la vie ressemblait de plus en plus souvent à ces matins de Toussaint sans couleurs, noyés dans une brume tenace. C'est peut-être pour cela que j'aimais les soleils et toutes les

couleurs qui, une fois l'an, transformaient les cimetières en jardins. Je me souviens des matins de
novembre au ciel gris et pesant, où la seule chaleur, la cuisinière à charbon exceptée, était celle du
lit dans lequel je me dissimulais, ma joue contre la
joue tiède de l'oreiller, à l'abri de tous les dangers.
Je n'imaginais pas un instant que la mort pût venir
rôder dans la maison du Landais. Elle habitait seulement les visages sur les murs. J'ignorais alors que
le Menuisier avait failli mourir juste avant ma naissance. Je savais que la mort pouvait entrer sans
prévenir comme une voleuse, que, sans la voir, on
pouvait sentir sa présence toute-puissante et paraly-
sante. Mais ça se passait chez les autres, ou avant
ma vie. À la maison, elle était seulement sur les
murs, c'était sa place, immuable. Nous étions les
gardiens de nos morts. Nous avions été choisis pour
ça, moi surtout qui n'avais pas connu le premier état
de vivant des encadrés, moi pour qui ils étaient
morts depuis toujours. C'était leur seule existence,
la pose sur le papier glacé. Ils m'appartenaient et
sans doute me rassuraient par leur silence et leur
absence totale de mouvement. Figés, ne vieillissant
pas, ayant un âge et un seul, ils étaient inattei-
gnables. Rien ne pouvait les effrayer, rien ne les touchait, ni physiquement ni émotionnellement. Ils
avaient une expression et une seule, sourire pâle,
fierté ou regard triste, une expression de vie. Une
photo se déchire, se brûle. La mort se rit de tout ça.
Mais à partir du moment où l'on a vu les défunts,
en vie ou représentés, ils sont là, définitivement.

Cette Toussaint de mes treize ans, le Menuisier prit la Satos pour aller voir son frère et oublia son missel dans le petit bahut de la salle à manger. C'était un beau livre de cuir à la tranche dorée qu'il avait certainement depuis sa communion solennelle. Le seul livre offert, et le plus inaccessible par la complexité de ses cantiques et de ses prières. D'une valeur inestimable, rien que pour cela. J'effleurai les pages fines comme des ailes de libellule, sentis leur délicatesse, leur fragilité entre mes doigts. Mais ce qui m'intriguait le plus, c'étaient les petites cartes blanches au fin liseré noir et les visages imprimés au centre. Tantes en coiffe, frères, sœur, père et mère me fixaient dans une insupportable immobilité. Sous les visages vivants, on lisait : « Souvenez-vous dans vos prières de l'âme de… » puis, en belles lettres calligraphiées, les prénoms, le nom, la date du décès, le lieu, l'âge… Ne manquait que l'heure, l'instant précis où ces yeux avaient cessé de voir.

Je connaissais ces traditions. Durant sa vie, grand-mère Mélie avait aussi eu un missel recouvert d'un tissu de kabig bleu marine brodé dans un coin d'une croix de Lorraine, et dissimulant son lot de cartes et d'images pieuses.

Ce jour-là, dans le missel du Menuisier, une photo, plus loin, à part, glissée entre les dernières pages, une vraie en couleurs, carrée et prise vraisemblablement par un Instamatic, me fit voir la mort en face, la mort juste avant l'effacement. Ce n'était ni un frère ni un cousin ni un quelconque parent éloigné, mais un jeune homme de dix-neuf ans que j'avais connu et qui vivait près du *penn-ti* que nous avions quitté depuis quelques années. Connu ? Vu seulement, deux ou trois fois. Il ne sortait pas, je le savais handicapé, c'était tout.

Il était là, endormi sous mes yeux, en chemise blanche et cravate grise, les doigts croisés autour d'un chapelet, le teint cireux, les lèvres violacées. Je ne comprenais pas pourquoi un si jeune homme, un simple voisin habitait les pensées et les prières du Menuisier qui l'avait juste côtoyé de temps en temps pendant les vacances. Je l'imaginais priant pour lui, le regardant, le tenant entre ses mains, le chérissant comme un proche, un frère ou un enfant. Avide, je contemplais longtemps le cadavre aux yeux clos qui disait la vérité, lui, puisqu'il ne me voyait pas.

En rentrant de sa visite aux frères vivants et aux enterrés, le Menuisier avait l'air abattu, et Louise ne levait pas les yeux de sa soupe. Elle pensait qu'il était de mauvaise humeur parce que, disait-elle, il avait un sale caractère. « Et on se demande ce qu'ils se sont raconté encore avec tonton Pierre. » Le Menuisier avait sorti les « cadeaux » du filet. Des provisions toujours : un gâteau breton, des crêpes, des bonbons, du pâté de campagne et un lapin de garenne mort qu'il déposa sur la table. Il poussa un soupir qui fit sursauter mon cœur. Il ne se plaignait jamais. Pourtant, le lendemain...

*

Il était sept heures peut-être, il faisait nuit et, au fond de mon lit, je mimais malgré moi la terrible immobilité de mes encadrés. Ce matin-là, j'aurais voulu jaillir de mes couvertures, sentir le froid des murs de ma chambre, apercevoir les lumières des réverbères à travers les persiennes, grelotter en m'habillant à la lueur froide de la lampe de chevet et partir dans l'obscurité, la main crispée sur la poignée de mon cartable, mais j'étais pétrifiée. La mort que je croyais connaître, dont je me faisais une amie ou que je narguais droit dans les yeux, dont j'étais fière parce qu'elle avait donné lieu à un bel ange blanc sur la tombe à Saint-Martin, celle que je contemplais dans les ovales sépia de tous mes cimetières, la mort que j'avais vue un jour sur un lit en un corps raide que je croyais à jamais tiède et souple malgré les yeux clos de tonton Louis ou ceux de Denis, la mort sur la photo du missel qui me rapprochait de sa réalité funeste par la pâleur du cadavre et les lèvres bleues, la mort arrivait chez moi.

J'étais ramassée sous les draps trempés de ma sueur. Je transpirais de peur, je n'osais plus bouger, elle m'entendrait parce qu'elle est là, la mort, tout à côté, derrière la cloison. Il était sept heures peut-être, je tremblais, dépossédée de moi-même et de ma raison par une terreur et une impuissance souveraines. Je la sentais qui se rapprochait, je l'entendais. Chacune de mes inspirations me remplissait de sa présence, chaque expiration la chassait. Mais elle revenait, toute-puissante et déterminée.

Le Menuisier était malade et il délirait à cause de la fièvre. Après ses gémissements, je perçus distinctement les paroles d'une comptine, une chanson de cour de récréation, « ... Laissons-les passer les alouettes... Laissons-les passer, elles vont souper... » Mais Gisou et Colette Timon n'étaient pas là, je ne passais pas sous le pont de leurs bras et la chanson n'appartenait plus au monde insouciant de l'enfance. Ce n'était plus un jeu, un filet de voix poursuivait faiblement et les mots reprirent en déraillant. La mort était entrée dans la chambre du Menuisier, elle était près de son lit et, pour la première fois, j'avais peur. Elle allait s'emparer de son corps et le recouvrir comme une ombre, glisser sur lui, le faire disparaître. Ma raison s'égarait et mon cœur s'affolait. Il battait dans mes tempes, dans mes oreilles, prisonnier de sa cage d'os, on eût dit qu'il galopait. La vraie mort était là, elle n'avait pas de nom, pas de visage, elle s'infiltrait où elle voulait et quand elle voulait, elle pouvait traverser les murs, elle était son propre maître, elle avait le dernier mot. Elle allait emporter le Menuisier sans rien demander à personne. Ma tête était vide, ma pensée n'existait plus, la mort n'était plus ma complice, elle venait de me trahir. Bientôt le Menuisier ne serait plus qu'une photo dans un cadre. Je n'entendrais plus son silence plein de pensées secrètes et son visage au pâle sourire désormais figé ne me dirait rien. La mort me laisserait pour toujours devant une énigme.

J'étais une bête traquée, tapie sous l'édredon. Je ne bougerais plus, je cesserais de trembler, elle le sentirait, elle aimerait ça, elle se délecterait de ma peur et elle frapperait.

Il y a très longtemps, quand Louise avait été enceinte et que la mort était venue tourner autour du Menuisier, les hurlements de Jeanne à qui l'on avait demandé de prier l'avaient chassée. La folie, plus forte que le trépas. Le Menuisier avait ouvert les yeux parce qu'il avait reconnu cet appel déchirant et la vie avait repris son cours. Mais entre lui et moi, pas de mots, pas de noms murmurés. Notre handicap serait ma force ce jour-là. Mon silence souverain, ma respiration suspendue, ma terreur cachée feraient obstacle à la mort. Elle partirait comme elle était venue, sournoise et lâche dès qu'elle aurait flairé une force plus forte qu'elle. Jamais lassée, elle s'en irait et trouverait une autre victime loin de chez nous.

Je l'avais guettée dans la cachette de mes draps, je l'avais maintenue à distance, plus figée que les corps qu'elle capturait dans leurs derniers mouvements, qu'elle transformait en statues de pierre, dont elle fixait le regard.

Ce matin de novembre je la battis, elle fuit devant la puissance de mon silence et l'immobilité absolue de mon corps glacé de sueur.

Quand je rentrai du collège en fin d'après-midi, il faisait déjà nuit. J'arrivais toujours par la cave en courant dans le noir parce que l'interrupteur était tout en haut de l'escalier. Cette fois, je devinai un rabot posé sur l'établi à gauche, les planches bien rangées au-dessus de ma tête et la hache plantée dans le billot. Ce soir, le Menuisier n'était pas là, la cave ne vivait plus. Mon regard fut attiré par le soupirail qui éclairait faiblement le bac à charbon débordant de boulets noirs. Dans le coin gauche, sous l'escalier cimenté, mes yeux ne purent éviter l'endroit le plus obscur et le plus menaçant de toute la maison. C'était de cette nuit que j'avais extrait le petit cor de chasse au milieu de tout un tas d'affaires du passé. Ici l'obscurité sentait la peur et résonnait encore des cris de Jeanne pendant les bombardements de 1944. Le ciel brestois d'habitude si plombé s'était alors étoilé quelques secondes après le retentissement de la sirène. Tout le monde s'était caché. Louise, grand-mère Mélie et le Menuisier avaient attendu, recroquevillés sous les couvertures, terrorisés comme je l'étais ce matin-là dans mon lit. Louise avait serré Jeanne contre elle, grand-mère Mélie lui avait bouché les oreilles. Elles l'avaient étouffée de leurs deux corps enlacés.

Ce soir-là, la cave était plus sombre que jamais, humide et glacée. Je respirais sa poussière, son odeur de moisi. Ce n'était plus une cave. Pour la première fois elle m'apparaissait comme un caveau, celui de la famille du Menuisier. Le soupirail, c'était l'entrée de cette tombe où trois morts vivants avaient attendu la fin de la mitraille pour porter Jeanne sur son lit sans savoir s'il existait encore. Elle avait été prise de convulsions, son corps n'avait plus été que soubresauts, un filet de bave avait coulé le long de son menton. Quand ils étaient remontés, ils n'avaient trouvé que des ruines dans les rues. Ils étaient encore vivants et Jeanne aussi. Vivants dans leur maison aux murs lézardés, au toit crevé, errants, hagards, désespérés. Leur croix était déjà si lourde à porter, que pouvait-il arriver de pire ? Mais la maison n'était pas complètement écroulée. Quelquefois, il faut croire que le malheur protège.

Ce soir de la maladie du Menuisier, je frôlai ce coin maudit et j'éprouvai son souffle froid sur mon corps. La mort que j'avais sentie ce matin s'était peut-être cachée ici. Je courus dans l'escalier, poussai la porte sur le couloir et la claquai violemment. Il n'y avait personne dans la cuisine, tout était calme. Je savais décoder les silences, et celui-ci était bienveillant. La cuisinière à charbon diffusait une chaleur douce et réconfortante, ça sentait le médicament, le camphre. L'inhalateur était dans l'évier près d'un verre Duralex et d'un sachet de tilleul froid. J'entendais des bruits de pas à l'étage, je savais que tout rentrerait dans l'ordre. Je pouvais respirer, le Menuisier était sauvé. Bientôt nous reprendrions notre route, ensemble et séparés. Son errance serait la mienne, je serais dans ses pas sans jamais l'approcher, sans le toucher, sans lui parler. Son silence m'appartiendrait plus que jamais.

*

La mort ne prend que ceux qui sont en vie. Nous ne sommes ni morts, ni vraiment vivants dans notre maison-cimetière. Nous évoluons dans un état intermédiaire. Jeanne seule maintenant dans sa maison, Louise dans sa cuisine, le Menuisier dans un espace inaccessible, une sorte de forteresse. J'avance dans mes rêveries fantastiques et morbides où le réel a de moins en moins de prise sur moi.

Nous sommes hors d'atteinte.

*

Quelques mois après sa maladie, le Menuisier prit sa retraite.

Il reçut un rasoir électrique en cadeau d'adieu de la part de ses collègues. On ne disait pas « camarades », trop politiquement connoté, mais « collègues » que l'on prononçait « collek ». C'étaient les autres ouvriers de l'atelier à l'arsenal. Tout le monde disait « arsenal » aussi sauf les mal élevés qui disaient « l'arsouille ». Le rasoir resta dans sa boîte noire, à gauche au-dessus du lavabo. Le Menuisier préférait son vieux coupe-choux.

On l'avait accompagné ce soir-là dans un restaurant de Recouvrance. Louise, moi et trois ou quatre ouvriers comme lui. Le restaurant s'appelait *La Gueule d'or*. Tout l'arsenal le connaissait parce que c'était aussi un bistrot. On pouvait venir prendre un verre au zinc et jouer au tiercé. C'était le restaurant des pauvres, qui proposait de la macédoine ou du pâté, du poulet rôti ou du *larblaise** et du far pour terminer. Les riches, on dirait aujourd'hui les cadres, allaient au *Goret rose*. Tout se passait comme dans un système très cloisonné de castes, on ne se mélangeait pas. C'était la deuxième fois que j'allais au restaurant. La première fois, deux ans plus tôt, c'était pour ma communion solennelle, un vrai gueuleton dans un restaurant du centre-ville, beaucoup plus chic, parce que c'était moi.

Parmi nos pauvres souvenirs, il y a des sensations plus fortes que tout, des odeurs, des saveurs, des lumières qui ne s'éteignent jamais, des images comme celles de ce soir-là, tremblant sur un petit écran de la mémoire. Des êtres à peine perceptibles se détachent sur de vagues pans de murs tapissés de motifs indistincts jaunes ou beiges, décorés d'ancres de marine, de gouvernails ou de filets de pêche avec des crabes en plastique. Une toile faiblement éclairée représente un chalutier sur une mer démontée. Je devine des silhouettes assises sur des chaises en Formica. Les nappes en papier n'existaient pas et on avait droit au grand rectangle de coton blanc posé sur du Bulgomme, aux verres Duralex avec des serviettes en éventail pour faire joli et à la cuvée du patron en pichet. Pas de photo, pas de chanson, pas de discours. Me reste le souvenir marquant d'un visage qui me sert aujourd'hui de guide dans le labyrinthe de cette soirée, celui du plus jeune des ouvriers qui était arrivé à Laninon au moment où le Menuisier s'en allait. Il croisait les bras et me souriait timidement. Tout le monde était vieux, sauf lui qui avait peut-être

210

vingt ans. Les autres étaient comme le Menuisier, ils se ressemblaient, les « marquis de la p'tite gamelle », sobres, humbles, discrets. Tout le contraire des alcooliques à Mobylette que le Menuisier ne fréquentait pas et qui passaient plusieurs heures au café les jours de paie, ou des syndicalistes qui brandissaient leurs tracts à la porte Cafarelli. Des rouges un peu trop furieux pour des hommes comme le Menuisier et ses collègues qui avaient seulement appris à vivre et à travailler discrètement, et à s'en aller sans bruit le moment venu. J'entendais parfois les mots « syndicat » ou « FO ». Je les associais sans chercher à en savoir davantage. Je ne sais pas si le Menuisier faisait la grève pour gagner plus de sous. Ce terme n'avait pour moi qu'une seule signification. C'était le souvenir de la chaleur douce de la crique de Rostiviec cachée sous les branches des chênes, la brûlure du sable gris, les coquillages écrasés et l'odeur de la vase brune à marée basse. « Bourgeois », « patronat » et « prolétariat » n'appartenaient pas à notre vocabulaire. Il y avait seulement les « gros » et les « petits ». Je les retrouverais beaucoup plus tard en lisant Zola et son monde de « gras » et de « maigres ». L'idée d'inégalité existait et je la comprenais, mais l'abominable notion d'envie n'avait jamais effleuré ces esprits.

Les collègues avaient tous de petites maisons mitoyennes, de petites vies simples qui passaient inaperçues. L'un d'entre eux, Jo Le Meur, construisait son bateau pour aller à la pêche le dimanche. Il nous rapportait des tacauds.

Il n'y avait pas d'effervescence ce soir-là. Ces « petits » savaient se tenir à table. Ils travaillaient, ils mangeaient de la même façon, méticuleusement, comme s'ils avaient depuis longtemps compris l'importance de chacun de nos gestes, la valeur inestimable de chaque instant. Quand ils prenaient la parole, c'était l'un après l'autre. Ils s'écoutaient. Et quand ils sortaient pour une occasion exceptionnelle comme cette soirée, ils s'habillaient en dimanche, le costume de Tergal remplaçait le bleu de chauffe. Ils avaient l'air un peu intimidés. Ils n'étaient pas tout à fait à leur place à *La Gueule d'or*, ils faisaient partie de ceux qui n'allaient jamais au café. Et le restaurant, c'était pour les mariages, plus rarement les baptêmes ou les communions. On était en semaine, le lendemain ils retourneraient à l'arsenal. Il était sept heures du soir. À neuf heures, on aurait terminé. La gêne se lisait sur leurs visages. On voyait qu'ils étaient ouvriers.

Une image décolorée que ce départ à la retraite, tenace pourtant par sa trop grande discrétion, sa pudeur qui me bouleverse encore, ses bouches trop silencieuses ou parlant bas pour ne pas déranger la patronne qui servait les marins dans la salle adjacente. Tout au plus sept à table, on ne se faisait pas remarquer. C'est sans doute de moments comme celui-là que me vient le goût des repas pris dans l'intimité où chacun peut entendre l'autre et sa propre pensée, parler et être écouté, tranquillement, loin des discussions en contrepoint qui virent au chahut, des tablées où se forment des clans, où l'on ne s'entend plus et où la parole appartient à celui qui crie le plus fort.

À l'étroit dans cette salle rien que pour nous, loin des beuveries et de la démesure des fêtes d'aujourd'hui, nous étions à la place exacte qu'il nous avait été donné d'occuper.

*

Le Menuisier ne travaillait plus, on manquait d'argent. Il fallait payer les soins pour Jeanne et une partie de son hébergement dans sa maison. Nous n'avions plus de *penn-ti* et c'était comme si les murs de la maison du Landais se rétrécissaient sur nos trois solitudes. Il fallait survivre et le Menuisier chercha un emploi pour une année. Il devint une sorte de « factotum » dans l'un des plus beaux hôtels de la ville, l'*Hôtel moderne*. Il faisait ce qu'on lui demandait sans jamais se plaindre. Il savait tout bricoler, tout rafistoler. Lui qui n'avait connu que l'arsenal découvrait un monde nouveau qui le faisait parfois sortir de son mutisme à la fin de la journée. Je commençais alors l'anglais et je me souviens l'avoir entendu parler de « bré-ac-fé-ast ». Dans un sentiment de tristesse mêlée de honte, je lui disais que les Anglais prononçaient « bric-feust ». Il ne répondit pas et je ne cherchai pas à savoir comment ce mot était arrivé à ses oreilles. Je pensai qu'il l'avait peut-être lu sur la carte des repas avec les muffins qu'il appelait les « mu-fin ». Il parlait un peu, sans doute parce qu'il côtoyait un monde inconnu. Mais toute tentative de dialogue s'annulait d'elle-même à peine ébauchée. Je refusais la parole, je fuyais.

Quand il s'arrêta définitivement de travailler, il lui restait dix ans à vivre. Il passait ses journées à la cave dans son atelier. Il rendait service aux autres grâce à ses talents de bricoleur. Au jardin, il greffait les arbres. On avait des poules et des lapins en liberté. Les lapins creusaient des terriers. Il allait au marché chaque semaine acheter des produits frais, il disait « trop de produits chimiques, des saletés dans la nourriture, des poulets au Sanders ! » Il était écolo quand on ne parlait pas encore d'écologie. D'une voix tranquille et déterminée, il dit un jour avoir voté René Dumont à la présidentielle. Exceptionnellement il y avait du monde dans la cuisine, des voisins. On se tut. À l'écoute de ceux que l'on appelait pas encore les Verts et dans sa conscience de paysan, il pressentait les problèmes à venir, les désastres qui mettraient en péril l'équilibre du monde. Je levai la tête et je le regardai pour la première fois.

Pour la première fois aussi, je fus fière de lui.

*

214

Il vieillissait quand je commençais seulement à grandir. L'adolescence m'éloigna encore de lui. Pendant quelques années, je ne m'interrogeais plus sur notre absence de communication que je finissais par mettre sur le compte de notre trop grand écart d'âge. Pourtant, des images du passé venaient régulièrement troubler ma vie. Elles arrivaient en rafales, repartaient aussitôt, entraînées dans un coin obscur de ma mémoire par la peur et une force si puissante qu'elles anéantissaient tout effort de volonté. Ce soir où j'avais crié, agrippée à Louise en haut de l'escalier de la cave, bête sauvage prête à griffer ou à mordre, imposant ma loi par ma terreur, sûre que si je restais seule avec le Menuisier un malheur inévitablement arriverait.

Les années passaient, les images anciennes s'imposaient de plus en plus à ma pensée. J'étais démunie, je m'enlisais, je n'avais même plus les mots pour formuler les questions mort-nées qui, une fois en surface du marais de ma conscience, éclataient aussitôt comme des bulles de boue. À ce premier souvenir de terreur s'associaient d'autres images souvent contradictoires. Loin de m'éclairer, elles participaient à mon errance sur les chemins quasi inaccessibles de mon passé.

Je me revoyais à cinq ou six ans jouant dans la cuisine.

Le jeu s'appelait « le paquet de linge sale ».

Je suis dans des bras qui me soulèvent, me transportent et, dans un mouvement de balancier, me lâchent sur le fauteuil de grand-mère Mélie comme un paquet, un paquet de linge sale que l'on jette dans le panier à la blanchisserie. C'est en hiver, je suis à l'abri de tout et j'en redemande, encore, tout entière au bonheur d'être ainsi ballottée. Ni Louise ni grand-mère Mélie ni Jeanne n'aurait pu me porter ainsi. Je ne vois personne. Ces bras n'appartiennent à aucun corps. Il n'y a pas de visage. Ma mémoire est infirme, le souvenir est un importun et je voudrais le chasser. Mais il est ancré trop profondément et c'est une vaine tentative que d'essayer de le neutraliser.

C'est ainsi qu'à partir de quatorze ans et durant toute mon adolescence je commence mon lent travail de destruction. Je découpe soigneusement, sans même m'interroger sur les raisons de mon geste, certaines photos de famille rassemblées dans une boîte à chaussures. D'un geste sec et précis, je sépare deux silhouettes, toujours les mêmes, la mienne et celle du Menuisier. Ensemble sur le vélo, et cette autre où il est accroupi près de moi et me tient par la taille, la pire de toutes car malgré mon habileté à suivre les contours des corps, sa main affectueuse et protectrice reste définitivement posée sur ma hanche. La photo, plus forte que tout. Si je veux ôter sa main, je dois découper une partie de mon corps. Les ciseaux dévoreront ma taille, je ne serai plus moi. Je pourrais aussi brûler l'image, mais alors je me brûlerais moi-même. Je n'existe pas sans lui. Je suis dans ses bras près du *penn-ti* ou dans un champ avec Jeanne, tonton Pierre et grand-mère Mélie ou devant lui, la tête au niveau de ses genoux, sa main sur mon épaule. Sur chacune des photos j'ai trois ans tout au plus. Après, plus rien, plus de poses avec lui, comme si tout s'était arrêté brutalement à cette époque de la très petite enfance.

Je coupais, découpais, séparais sans rien comprendre à ma détermination. Je devais le renier. Je ne pouvais faire autrement.

Pourtant, je ne lui en voulais pas d'avoir été sans paroles. Mon sentiment à son égard était bien plus complexe. Lui donner un peu de bonheur m'importait plus que tout. J'étais coupable de découpages frénétiques, je réparais à ma façon. L'école et l'instruction étaient de la plus haute importance pour lui comme pour tous les paysans de sa génération. Je travaillais, je laissais traîner de temps en temps des copies sur la table de la salle à manger. Surtout quand on pouvait lire « excellent devoir » ou « ensemble très satisfaisant ». Je rôdais dans la cuisine ou le couloir, jetais un coup d'œil furtif, juste pour voir l'expression de son visage un instant alors qu'il tenait le devoir dans ses mains. Je voulais effacer la tristesse de ses yeux. Je le voulais fier et apaisé. Il l'était, ne disait rien, je m'enfuyais. Ça me suffisait. Je n'aimais pas l'école, mais j'aurais tout fait pour lui. Je savais que sa sœur aînée était bonne élève.

« Celle-là avait eu le brevet, elle aurait pu faire une institutrice si Mam' l'avait pas retirée de l'école pour revenir à la ferme élever ses frères ! » disait tonton Pierre.

L'École normale, la fierté des paysans, le but à atteindre. Rien d'autre ne comptait pour le Menuisier. Malgré mes goûts prononcés pour la peinture, le théâtre ou la danse, je me dirigeais sans broncher vers le chemin qu'il ne m'avait pas explicitement montré. Je me rattrapais les dimanches après-midi, je dessinais, je peignais. Le Menuisier s'occupait d'encadrer mes œuvres. Un jour, il rentra de la ville avec un immense carton à dessins sous le bras. Je n'avais rien demandé. Je ne sais pas si je sus dire merci.

Je rêvais de faire de lui un grand-père, je voulais pour lui un petit-fils, persuadée que je ne pourrais jamais réaliser cette ambition. J'en souffrais, j'étais impuissante, je savais qu'il ne m'en laisserait pas le temps.

J'avais dix-sept ans quand je pensai à sa fin pour la première fois. Il en avait soixante-dix. Louise, qui comptait neuf ans de moins que lui, était devenue nourrice à l'âge où elle aurait dû être grand-mère. Elle gardait un petit voisin. Quand Stéphane arriva chez nous, il avait trois mois. Il nous quitta à trois ans pour aller à l'école.

Cette page de la vie du Menuisier ne m'appartient pas et ma mémoire ne me rendra que peu de souvenirs. Je ne cherche pas à les retrouver mais que je le veuille ou non, ils sont là. Stéphane l'appelait pépé. Je suis une intruse pour oser mettre des mots sur leur relation. Ils ont vécu trois ans au quotidien, trois ans dont je devine si peu de chose, comme s'il m'importait plus que tout de ne rien savoir. Ils jouaient ensemble.

« Regarde-le, à quatre pattes sous la table de la salle à manger, jamais autant ! Je ne l'ai jamais vu comme ça », disait Louise.

Ils prenaient le bus pour aller faire le tour de la ville, se promenaient dans le quartier, dans les jardins publics, offrant aux passants l'image d'un grand-père et de son petit garçon.

De ces moments je n'ai rien à dire, ils me laissent tranquille. Seuls quelques sons, des murmures, le timbre d'une voix troublent irrémédiablement ma vie. Le Menuisier parlait, il prononçait des mots secrets à l'oreille de l'enfant, complice ainsi qu'il l'était avec tonton Pierre.

Certaines images sont aussi tenaces que des parfums. Elles vous hantent, vous entêtent et vous essayez en vain de les chasser. C'est peine perdue, elles reviennent avec acharnement comme pour vous forcer à ouvrir les yeux, à regarder la vérité en face.

Mais qu'est-ce que c'est que cette vérité qui m'éblouit comme un soleil trop blanc et ne consiste qu'en un bref instant aperçu par la fenêtre du cagibi ?

Le Menuisier est debout, il regarde le jardin. Stéphane a deux ans à peine, il est encore petit et potelé, il vient de prendre son bain. C'est bientôt l'été, il fait beau, Louise ne l'a pas encore habillé. Le Menuisier le porte sur son bras droit comme saint Joseph et l'enfant Jésus dans la vieille église près du *penn-ti*. Il tient le petit corps nu contre lui. Il lui montre l'hortensia, le sapin tout au fond, il lui caresse le dos, lui tapote les fesses affectueusement. Je n'entends pas ses mots chuchotés mais je comprends qu'il a une longue conversation avec lui. Je ne veux rien savoir, je reviens du lycée et ne fais que passer. Je m'empresse de regagner ma chambre, regrettant de les avoir surpris, d'avoir effleuré par le hasard de ma présence fortuite la tendresse du Menuisier.

Ce n'est pas une photo que j'ai à jamais sous les yeux. Je ne peux pas la découper. Les silhouettes sont précises, seuls les contours sont un peu flous, comme s'ils étaient enveloppés d'un halo de brume légère. Dans les cadres, tout est géométrique. Toutes les photos ont un périmètre strictement limité. C'est ce qui contribue à l'enfermement et à l'immobilité des êtres. Il faut longtemps, très longtemps fixer le portrait vivant du mort pour le voir bouger, pour voir sa bouche, ses yeux s'étirer un instant par la force magique et la puissance de notre volonté à les animer. Plus encore que celle de mes encadrés, l'image frémissante du Menuisier portant un petit garçon s'est imprimée au fond de mes yeux. Je suis impuissante à la chasser, incapable de la transformer, de séparer ces deux corps si étrangement proches. Sa signification m'échappe et pourtant elle appartient à ma vie. Je ne suis passée qu'un instant, je les ai vus de dos, j'ai fui. Je fuis encore, essayant de me débarrasser de cette vision comme d'une trop grande douleur mêlée de honte, d'une étrange et insoutenable culpabilité.

Un jour Stéphane partit, et ce jour-là le Menuisier disparut. Il n'était ni dans la cuisine, ni dans la salle à manger, ni dans son atelier. Sans doute était-il monté au premier, dans sa chambre dont la fenêtre donnait sur le cerisier. C'était au printemps et l'arbre moussait de fleurs blanches. Son chagrin était à ce point insupportable qu'il avait préféré s'isoler, noyer son regard et sa peine dans ces premières fleurs qui caressaient les carreaux. Stéphane fut l'enfant de ses dernières années. Sa présence vive et fraîche et sa douceur turbulente étaient devenues peu à peu indispensables. Fatigué de la vie, le Menuisier ne put supporter l'idée de le perdre. La porte se referma sur sa solitude et son silence plus fort que jamais. La disparition d'un enfant, d'un garçon signifiait dans son destin la fin de sa vie. Quelques mois plus tard, il tombait malade. Pour de bon cette fois. Atteint d'un mal que l'on a coutume d'appeler une longue et cruelle maladie, il allait lutter trois ans avec la même détermination qu'il avait mise à se taire, à travailler et à vivre.

Il effectuait des séjours réguliers à l'hôpital. Le hasard avait voulu qu'il se trouvât dans le service où j'étais née. Ce n'était plus une maternité depuis longtemps mais un étage aménagé pour la chirurgie et les fins de vie. On lui faisait des prises de sang chaque mois au laboratoire des Quatre-Moulins. J'ai appris un jour, comment et par qui je ne sais pas et peu m'importe, qu'il demandait à chaque résultat d'examen s'il avait une leucémie. Je ne sais pas ce qu'on lui répondait. Sa maladie avait un nom étranger : maladie de Kahler, cancer de la colonne, de la moelle des os. Il souffrait sans rien dire. Certains matins Louise se levait exténuée et soupirant. Elle n'avait pas dormi de la nuit tellement il s'était agité par la douleur. Puis il y avait les rémissions. L'été qui précéda sa mort, il décida de repeindre tous les volets de la maison du Landais. Il allait tellement bien, Louise disait : « Ils se sont trompés, regarde ! Il va mieux ! Il est guéri ! »

Elle avait envie d'y croire. Je ne cherchais pas à la détromper.

Il allait bientôt quitter la vie et nous nous serions seulement croisés, tels deux étrangers sur une route qui de temps en temps se jettent un regard timide, hésitent un instant puis rejoignent leur solitude, redoutant qu'une simple parole eût été l'amorce d'une trop longue histoire, d'une prise de risque évidente, d'un inévitable danger. Enfermée dans un mutisme total, je parvenais au degré zéro de la douleur. C'était comme s'il n'avait jamais été là, sa disparition ne changerait rien, en fait. Je me refusais à prendre la mesure de sa souffrance, cette souffrance qui aurait prouvé son existence, je n'étais pas concernée, trop loin de lui depuis trop longtemps. Je ne pensais qu'à fuir sur mon Solex, rejoindre mes copains dans les cafés. Je le laissais. J'avais bien appris à ne plus rien éprouver.

Un dimanche, alors qu'il était alité et que je passais près de sa chambre, je l'entendis m'appeler. Je sais qu'il m'a appelée mais aujourd'hui encore je n'entends ni le son de sa voix ni mon prénom prononcé. Effacé, classé dans les recoins brumeux de ma mémoire, là où l'on n'a jamais plus accès. Il voulait la boîte à photos pour les regarder une à une, revenir sur sa vie, visualiser ses souvenirs une dernière fois, comme s'il pressentait sa mort pour les heures ou les jours à venir. Pauvre Menuisier qui croyait naïvement que l'Ankou* l'enlèverait peut-être la nuit, en douceur. C'était ignorer l'évolution atroce et lente de la maladie qui ronge les os comme les vers le bois, opiniâtrement. Il était prêt et tranquille, les médicaments étaient efficaces et avaient pour un temps endormi la douleur. Il me demanda de rester à la maison, mais j'avais bien trop peur, et prévu une sortie. Je ne sais pas ce que je répondis, je sortis. J'inventai une obligation quelconque, oui c'est ça, le *kig-ha-farz** à surveiller chez Christian qui s'était absenté et comptait sur moi cet après-midi-là, il fallait quelqu'un dans la cuisine, la cuisson durait deux heures et au bout d'une heure et demie il fallait mettre le sac à far dans la préparation. La mort pouvait attendre.

Arrivée chez Christian, j'étais si perturbée que je ne vis pas le sac de lin près de la marmite, tout rond et humide, gonflé d'une pâte liquide de sarrasin. Je pris sur l'évier une sorte de petit sac vide qui traînait et, sans me poser la moindre question, la tête aussi vide que le sac, je le jetai dans le bouillon et plaçai le couvercle par-dessus. C'était le sac à pinces à linge. Je le regardai flotter quelques instants et rien ne me sembla anormal. En rentrant Christian me traita de folle avant d'éclater de rire.

J'étais sortie, je m'étais échappée, effrayée par ce besoin que le Menuisier avait exprimé de me sentir à ses côtés, cette demande timide de ne pas l'abandonner. Je n'avais pas voulu penser qu'il avait sans doute quelque chose à me dire, quelque chose qu'il fallait mettre en mots comme cette fois, peu de temps avant, où, à table, il avait fait allusion à la tentative de suicide de Jeanne à vingt-cinq ans. C'était un jour de printemps, par la fenêtre de sa maison, elle avait voulu en finir avec ce monde de vieux et d'attardés qui l'entouraient. Une main pieuse et charitable l'avait retenue et avait permis son emprisonnement dans la cellule capitonnée de l'hôpital psychiatrique le plus proche, où elle resta de longues années, punie d'avoir voulu mourir et où elle devint totalement folle.

Parler une dernière fois, pour dire l'essentiel avant de se taire pour toujours.

La folie de Jeanne, son désir de mort constituaient les premiers mots d'un dialogue qu'il voulait nouer avec moi. Saisir le premier maillon et tirer sur la chaîne pour arriver au bout, au début, au premier instant de la douleur, probablement à l'aveu. Pressentant le pire et je ne sais quelle culpabilité, je me rendis inaccessible comme j'avais si bien appris à le faire à l'approche du danger. Je m'emmurai, je refusai sa parole sans même répondre non comme cette fois où j'avais refusé de me retrouver seule avec lui, hurlant dans les escaliers de la cave. Une parole, une seule, et qui sait ? Je l'aurais sans doute aimé.

J'appris ces trois années-là à ne plus rien sentir à son contact. Pour ça, j'étais bien préparée. Aucun frisson dans mon corps de jeune fille, aucun sursaut dans mon cœur froid, aucune émotion ne venaient me troubler. Il était passé dans ma vie et ce passage allait prendre fin. Je ne savais pas que l'ombre qu'il fut de son vivant allait devenir pour toujours un fantôme et ne cesserait de me hanter ma vie durant. Impalpable vivant, impalpable mort, il continuerait sa route à mon côté comme une âme sans repos, une *anaon**. Tout ce qui lui avait appartenu parlerait en son nom. Chacun de ses outils soigneusement rangés par Louise au fond de son établi, l'égoïne, le rabot, le ciseau à bois, le mètre pliant jaune aux chiffres noirs, tout était là sous mes yeux quand je passais par la cave, définitivement au repos, enseveli dans des linceuls de papier journal. Seule la hache, plantée dans le billot, témoignait d'une terrible violence au milieu du silence de ce sanctuaire. Je regardais sans voir, je ne touchais jamais rien.

Toute tentative de rencontre était vaine. J'allais pourtant lui rendre visite à l'hôpital ou dans la maison de convalescence, le plus souvent avec Louise. Je la conduisais dans ma 2 CV. Un jour, j'y allai seule. Je savais qu'il lisait le quotidien *Le Télégramme* et je savais aussi que, ce jour-là, mon nom était écrit sur une liste parmi d'autres noms, le tout sous un gros titre en caractères gras : « Résultats du concours d'entrée à l'École normale : une fille sur dix, un garçon sur deux ».

De même que la fois où il était allé voir ma maîtresse quand j'étais première de la classe, je vis son regard à la fois fier et apaisé, et dans ses yeux délavés briller une étincelle de bonheur. Il avait terminé sa sieste et tenait à me raccompagner jusqu'à ma voiture. Nous sortîmes, marchant du même pas, au-delà du jardin. Je crois bien que c'était la première et la dernière fois que nous avancions côte à côte. Ma voiture était un peu loin, à l'autre bout du village. On aurait dit qu'il ne voulait pas me laisser partir, comme ce dimanche où il songeait à sa fin et où il m'avait réclamé ses photos. Mais cette fois il marchait et m'imposait sa présence, son pas lent et tranquille que mimait le mien. Mal à l'aise, j'avais envie de fuir mais il me tenait à sa manière, comme autrefois sur les très anciennes photos découpées. Je l'avais bien vu en maniant ma paire de ciseaux, je l'avais bien vu que cette séparation était inutile. Sa main était là, à jamais sur ma hanche. Et cet après-midi-là, sous un ciel gris et doux, nous avancions ainsi sur un trottoir qui n'en finissait pas de s'étirer le long de la grand-rue.

Il regarda le café-tabac sur notre gauche. Ici, les cafés-tabacs-épiceries sont toujours ouverts. Maladroit, timide comme un adolescent qui invite une jeune fille pour la première fois, il me demanda si… si je voulais quelque chose… m'arrêter un instant… un chocolat ? Il avait donc une idée le Menuisier, et son porte-monnaie dans sa poche ? Tout mon corps se raidit au son de sa voix, comme en ce lointain mois de novembre, devant la vitrine illuminée du magasin de jouets. Et ma main qui s'agitait, affolée, au fond de ma poche pour trouver mon trousseau de clefs ! J'ignore ce que je dis, les balbutiements stupides pour manifester mon refus, quel prétexte a suivi le « non » vraisemblablement murmuré. J'avais toujours mieux à faire, une urgence. L'urgence de m'échapper encore une fois, fuir un probable tête-à-tête, le seul de toute notre vie où nous aurions pu… oui, nous aurions pu, peut-être… parler.

Ce fut sa dernière proposition. Il s'était adressé à moi d'une voix douce, sans supplication aucune. Il m'avait juste tendu la main au coin de la rue, dans ce village sinistre et froid du nord de Brest où les maisons sans âme se ressemblent toutes, posées comme des cubes dans des quartiers aux noms de fleurs. J'étais montée dans ma voiture. Je le laissai là, ne songeant pas un instant à son retour solitaire, à son désarroi, son désespoir peut-être. Je fuyais vers la vie, il cheminait vers la mort. Je courais à bout de souffle, il ralentissait son pas lourd comme l'était sans doute son cœur dans ce rendez-vous manqué avec le mien. J'avais réalisé son désir, bien apprendre à l'école, être reçue au concours de l'École normale, me hisser, petite-fille de bouseux, fille d'ouvrier, grandir dans l'échelle sociale. Ma mission était accomplie, mais le plus dur restait à faire. Il fallait vivre désormais. Consciente des désirs amoureux qui naissaient en moi, de l'envie irrépressible de toucher des corps d'hommes, moi qui n'avais jamais touché personne, de caresser des peaux, de broyer des poitrines dans mes bras, de sentir la douceur des cheveux et des bouches humides, d'atteindre l'autre enfin, avec au plus profond de ma chair la sensation confuse et néanmoins absolue que jamais un homme ne serait à moi, que je n'appartiendrais à personne parce que personne ne voudrait de moi. Chaque jour pourtant je m'accrochais au cou de Benoît, un jeune homme rencontré quelques mois plus tôt, mais malgré mes efforts pour vivre auprès d'un homme, malgré son regard si doux, je savais que toute tentative de relation recèlerait sa fin, et ce dès le tout premier geste de son commencement.

Abandonnant le Menuisier et roulant seule sur la route, je me savais vouée à la solitude.

*

L'été 1978 fut le dernier de sa vie. Personne n'aurait pu s'en douter. Louise ne croyait plus au cancer déclaré depuis bientôt trois ans. Ils s'étaient sûrement trompés dans le diagnostic ! Il allait tellement bien ! Il donnait en effet l'impression de revivre. C'est à cette période-là qu'il avait repeint les volets de la maison du Landais, en juillet, il avait soixante-quatorze ans. J'avais conscience d'une sorte de rémission. Je savais que le cancer était une maladie sournoise qui apparaissait brutalement, se cachait, disparaissait même très loin et revenait quand on ne l'attendait plus pour porter un dernier coup.

J'ai de cet été-là un souvenir d'éternité, celui d'un cadre vivant dans lequel s'était inscrite, légèrement de trois quarts, la silhouette du Menuisier. C'était le rectangle lumineux d'une fenêtre ouverte sur la campagne. Nous étions en visite chez sa nièce, ma cousine Jeanne-Marie.

Il portait un pantalon gris en toile légère, il faisait chaud. On voyait les veines bleues de ses bras maigres à la peau fine et transparente qui dépassaient des manches courtes et trop larges de sa chemisette blanche. Il avait des bretelles, le pantalon aussi était devenu trop grand à la taille.

Il est assis dans la chaleur douce d'un après-midi, tout au bout de la table. Derrière lui, les champs de maïs, de blé et l'Aulne, le canal qu'il avait longé toute son enfance pour aller à l'école. De retour chez lui. La maison de Jeanne-Marie est à quelques centaines de mètres à vol d'oiseau de la ferme natale de Roz Piriou. Les montants de la fenêtre le situent dans ce cadre vivant, inondé d'une lumière éblouissante, je le vois respirer, je le perçois mieux que personne, assise exactement en face de lui, à l'autre extrémité de la longue table, happée par cette vision soudaine, cette attitude sereine, tellement inattendue. Il ne me regarde pas, ne se doute pas qu'il s'imprime pour toujours au fond de mes yeux. Il ne regarde personne d'ailleurs. On dirait que ses yeux apaisés ont tout vu. Il est ici et il est ailleurs, très loin. Sa chemise rayonne de blancheur et de lumière, il est heureux, à sa place dans cette maison néobretonne, propre, briquée, cirée, où il n'y a pas le moindre grain de poussière sur les meubles, pas de traces de doigts sur la porte du frigo ou sur le rebord de l'évier, là, si proche de son enfance. Lui-même, dans le silence qui fut sa vie, il demeure ainsi, image d'un bonheur fugitif, éclatant, souvenir éblouissant et paisible, neuf mois avant sa fin.

Une de mes dernières visites eut lieu à l'hôpital à la mi-février. Il lui restait trois semaines à vivre. Ce n'était plus le Menuisier de ce début de septembre qui m'accompagnait jusqu'à ma voiture, marchant près de moi, lentement mais sans canne comme si son dos était intact, comme si la maladie n'avait plus de prise sur lui. À présent, la colonne vertébrale était entièrement rongée. Les taches noires qui apparaissaient sur les radios que le médecin m'avait montrées n'étaient en réalité que des trous. En ce début d'année, il ne se levait plus et peinait terriblement pour s'asseoir seul contre les oreillers. Personne ne pouvait l'aider. Le moindre geste pour lui permettre de se soulever provoquait des douleurs insupportables. Le traitement à la cortisone qu'il subissait avait des effets désastreux sur son système digestif, sur sa bouche, sa langue en particulier qui était parsemée de cratères et de boursouflures violacées. Il ne pouvait plus se nourrir, une aiguille était plantée dans son bras.

Je revenais d'une semaine de vacances chez une amie en Normandie. Je ne me souviens ni du moindre baiser ni de la banalité des mots que j'ai forcément prononcés. Je restai debout, devant le lit comme un grand pantin immobile et impuissant, incapable du moindre geste de compassion, en retrait, statufiée, absente. Devant mon mutisme et sans même m'adresser un regard, le Menuisier murmura d'une voix atone dans laquelle je perçus pourtant le reproche et l'amertume : « Tu ne m'as pas envoyé de carte postale… »

Ce furent ses derniers mots. Je n'ai pas répondu. Aucune excuse n'eût été recevable. Je ne pense pas avoir souffert, j'étais déjà trop loin. Je sais seulement que j'ai eu honte et que, dans un dernier mouvement de lâcheté, mon regard s'éloigna instantanément de son visage. Mes yeux inutiles, aussi muets que ma bouche, s'attardèrent sur la petite plante verte qui était posée sur la table de nuit. Elle avait des fleurs rouges minuscules et le pot était camouflé par un emballage de papier vert plissé. Une cousine était passée. J'ai appris bien plus tard qu'il lui avait dit qu'il allait bientôt mourir.

« À soixante-quinze ans comme ma mère, et au printemps, comme ma sœur... »

Le mois suivant, pathétique et dérisoire, la plante verte était sur la tombe.

Il est mort le 10 mars, juste avant le printemps. C'était un samedi.

Dans la cuisine, Louise s'affairait. Elle l'avait vu la veille. Il s'était levé. « Tu te rends compte ! Il a marché ! » Les prières peut-être... Dans ma famille on croit aux miracles. Il n'y en avait jamais eu pour Jeanne, mais ce n'était pas une raison. Il existe des guérisons miraculeuses. Des fois, on meurt pas.

Dans son sac à main noir, Louise pliait soigneusement le béret basque, ses doigts tremblaient un peu comme s'il fallait faire vite. Elle était pressée. Il n'allait pas se déplacer sans se couvrir quand même ! Qui dit béret dit bientôt pantalon, pull-over et veston, et chaussures même. Et retour à la maison.

Elle n'avait pas encore refermé le sac, son geste lui avait pris quelques instants. Une seconde, deux peut-être qui avaient suffi pour entendre une voix me chuchoter : « ce n'est pas la peine ». Je savais son attention inutile mais je me suis tue. Avant même de monter dans ma voiture en direction de l'hôpital, je savais que c'était fini.

Quand nous entrâmes dans la chambre, le Menuisier était allongé, la bouche entrouverte, respirant avec peine. Son souffle était saccadé. Une perfusion passait sous la couverture et l'aiguille était plantée dans son pied. Depuis plusieurs jours, il enlevait toutes les perfusions que l'infirmière lui mettait au bras. Une fois, il avait fait le geste du revolver contre sa tempe, une larme avait coulé sur sa joue. Il sentit notre arrivée. Les yeux mi-clos, il nous avait reconnues, Louise à droite, moi à gauche du lit. Je vis son bras se lever lentement, légèrement arrondi avec la grâce d'un danseur. Dans un dernier effort sa main ouverte s'approcha du visage de Louise, du cou qu'il semblait vouloir étreindre une dernière fois. Elle se pencha vers lui, elle l'embrassa sur le front, le bras retomba sur le drap. Seule, la bouche fermée, les dents serrées, je découvrais pour la première et dernière fois de ma vie, dans ce bras si faible qui avait trouvé la force de se déployer comme une aile, l'amour pour Louise jamais exprimé en même temps que l'expression de l'adieu.

Nous restâmes près de lui, il était treize heures. Louise me demanda de téléphoner à Raymonde, sa cousine. Elle arriva avec son mari que j'appelais tonton.

« Pas trop l'cafard, mignonne ? »

Mignonne se taisait ce jour-là plus que jamais. Un monsieur en pyjama assistait à la lente agonie, hébété. Il était là pour une opération de la vésicule biliaire. Il n'y avait rien, pas même un rideau pour préserver l'intimité des malades.

Raymonde, plus énergique que nous, alla voir les infirmières pour réclamer une chambre individuelle. On finit par l'obtenir. On transporta le Menuisier sur un chariot ; son pied nu dépassait du drap et je voyais la perfusion plantée dans la chair.

Il serait bientôt seul, il pourrait mourir.

Il est bientôt seize heures, on entre, on sort, on marche dans le couloir. Puis on s'assoit, on attend. À 16 h 30, je pousse la porte de la chambre, Louise est près de lui depuis au moins cinq minutes. Elle lui a pris la main et, les larmes aux yeux, dans un geste fébrile et maladroit, elle essaie de lui enlever son alliance. Debout, impuissante, plus que jamais muette, je m'entends hurler un « non » qu'elle ne devine même pas. Je ne peux pas arrêter son geste, mes bras sont des chiffons, je n'ai plus de muscles. Je ne suis qu'un cri silencieux. Sans doute a-t-elle réussi, je ne sais pas, je suis de nouveau dans le couloir à faire les cent pas. Des blouses blanches passent, une jeune femme pousse un chariot chargé de goûters. La porte d'une chambre s'ouvre, je vois sur l'écran noir et blanc « Chapeau melon et bottes de cuir ». Dehors il fait beau. Il y a des visites, des gens avec de petits bouquets. Louise est assise près de Raymonde à présent. Tonton est sorti fumer une gauloise dans l'escalier. Il est 16 h 40 quand je rentre dans la chambre. Je m'approche du lit et ne bouge plus. Le visage du Menuisier est maintenant aussi blanc que ses bras. Je voudrais parler, faire un geste, je ne peux pas, je suis une handicapée de l'amour. Dans un dernier effort, il soulève à peine sa paupière droite, le temps pour moi d'apercevoir son œil voilé, d'un gris laiteux qui perd sa couleur, qui ne voit déjà plus.

Je fuis, terrorisée. Je viens de vivre l'instant où l'on bascule dans le néant. Je suis dans le couloir, perdue, l'infirmière pousse la porte qui n'avait même pas eu le temps de se refermer tout à fait. Elle ressort aussitôt et lève son visage vers moi. Son regard dit tout, et par un simple hochement de tête elle répond à ma question murmurée. C'est à mon tour de me tourner vers Louise et de répondre à son interrogation par le même mouvement.

« Je veux le voir ! » crie-t-elle en me bousculant. Ses mots sont entrecoupés de sanglots, elle m'écarte de son chemin, Raymonde la suit, tonton aussi, et je m'en vais comme une somnambule au fond du couloir. En haut d'une porte vitrée je lis « Cobalt » et je pense à ce bleu intense en glissant une pièce dans la fente du gros téléphone mural. J'appelle tonton Pierre, il dira aux autres, à ceux qui restent, aux cousins germains, à ceux « à la mode de... »

Je suis assise quand Louise sort, soutenue par Raymonde et tonton. Ce dernier va l'accompagner au bureau pour les papiers, puis à la maison. Il faut tout préparer. Raymonde vient près de moi. Je n'ai rien demandé, je veux rester seule. Je suis lasse, indifférente, je n'ai pas encore tout à fait réalisé, j'ai vu sa dernière seconde, je ne l'ai pas vu mort, il faut me laisser le temps. Dans son entêtement à rester à mes côtés, elle finit par m'entraîner à la morgue où le Menuisier vient d'être transféré. Il a fallu libérer la chambre. Ma bouche balbutie des refus inaudibles, mais Raymonde me tire et mes pieds suivent, obéissent, mon corps entier livré à sa volonté.

Je n'ai jamais su pourquoi elle avait fait cela. Pour me voir enfin m'effondrer ? C'était mal me connaître. Ou pour s'assurer que j'étais définitivement un être sans cœur puisque je n'exprimais aucune émotion ?

Je suis dans l'incapacité absolue de m'opposer à quoi que ce soit. On aurait pu, dans les minutes qui ont suivi la mort du Menuisier, faire ce que l'on voulait de moi.

C'est ainsi que, précédée d'une femme à la fois larmoyante et agitée, je me suis retrouvée à la porte d'une petite pièce sans fenêtre, dans un bâtiment gris, tout au bout d'une allée.

Il est là, allongé sur un lit contre le mur, les bras le long du corps à moitié recouvert d'un drap. Dans l'encadrement de la porte, aussi immobile que lui, je ne peux faire un pas, mes yeux sont vides comme ma tête qui ne pense plus. Seul mon cœur cogne. Raymonde est entrée, elle piétine, pleurniche et sanglote des « Pauvre Charles » à répétition. Dans un geste de piété aussi absurde que soudain, elle saisit de ses mains chaudes et pleines de vie celles inertes du Menuisier. Elle s'acharne à lui maintenir les doigts croisés. Une fois, deux fois… Les bras retombent. La vie n'est plus là. Il n'y a rien à faire, mais elle continue tandis que mon corps se tétanise. Elle a posé le bras gauche, celui qui est près du mur, sur le ventre mort. Elle fait de même avec le droit. J'assiste à cette manipulation inutile comme j'avais assisté précédemment à l'enlèvement de l'alliance. Je voudrais hurler qu'on le laisse en paix. Hébétée est un pauvre mot qui ne convient même pas. Je ne suis plus rien. Raymonde s'obstine et l'idée lui vient d'attacher les doigts ensemble avec un mouchoir qu'elle sort de son sac. Elle les saucissonne tant bien que mal au niveau de l'estomac.

Les mains obéissent enfin tandis que ma bouche close hurle une dernière fois.

C'est fini, je suis seule, je ne sais pas comment ni pourquoi mais je suis seule dehors, dans l'allée, près des pelouses et des petites fleurs.

Dès que j'ai pu, j'ai sauté dans ma 2 CV en direction de la maison du Landais. J'ai des pensées qui tourbillonnent, insaisissables, affolées, puis des musiques plein la tête, des airs grossiers que les garçons chantaient autrefois, des airs de corps de garde qui m'assaillent, des chansons de carabins qui « vont à la morgue voir les crevés ». À cet instant, rire de la mort est le seul antidote à ma douleur. L'obscénité, un rempart contre le chagrin.

J'ai conduit à travers les rues de Brest, passant le pont de l'Harteloire. Éviter à tout prix le Grand Pont de Recouvrance, ne plus jamais revoir Laninon, l'atelier et les trois portes.

Une nuée de papillons noirs a surgi dans ma tête en délire.

J'aurais voulu leur brûler les ailes.

*

Le Menuisier resta deux jours et deux nuits à la maison dans la pièce préparée pour la veillée funèbre. Je ne pouvais m'approcher de lui, ni même entrer dans cette chambre qui avait été autrefois celle de grand-mère Mélie et demeurait l'écrin de René-Paul. Je passais très vite devant la porte ouverte, sans tourner la tête. La seconde soirée, je pus m'avancer doucement vers le lit et m'asseoir sur l'une des chaises près de la fenêtre. Je n'étais pas seule, Benoît m'accompagnait. Nous nous connaissions depuis près d'une année alors et sa présence m'était indispensable, tout comme sa main dans la mienne, la proximité de son corps, le seul que j'étais capable de toucher.

Le Menuisier était au centre du lit Henri II en bois si noir que l'on eût dit de l'ébène. Il portait une chemise blanche et une cravate de soie grise. Il était habillé en dimanche. Les deux tiers de son corps disparaissaient sous le drap brodé où reposaient enfin ses bras. Ses doigts croisés étaient pour toujours prisonniers du chapelet qui les enserrait. C'était le chapelet aux gros grains de buis, celui des vieux, des vieilles. Tous, toutes ont eu le même, à l'église, à la prière, sur leur lit de mort, à jamais dans leur boîte.

Nous étions aussi immobiles que lui. Nous entendions mais il n'y avait rien à entendre, on ne sentait plus rien, pas même nos mains. Seuls nos yeux aimantés ne pouvaient se détacher du visage aux paupières closes, à la bouche tranquille qui racontait l'immensité d'un silence définitif, le plus serein qui soit, celui sur lequel tout glisse, celui de l'absence de tourments.

Nous restâmes tous les trois ensemble, la notion de temps avait disparu. La respiration de Benoît, saccadée à son entrée dans la chambre, se fit progressivement plus régulière et sa voix chuchota : « tu vois, il dort », puis nous sortîmes timidement comme si nous craignions de déranger.

La mort, nous la connaissions, nous venions de la contempler, nous l'avions partagée, nous l'avions déjà donnée. J'avais été enceinte trois mois plus tôt. Une négligence ou un désir de donner un petit-fils au Menuisier ? Vérifier que j'étais capable de donner la vie. Devant le désarroi de Benoît, j'avais su qu'il n'y avait pas de paternité possible. Trois mois après la mort du Menuisier, je connus un autre instant d'inattention ou plutôt une force d'une grande puissance, comme une urgence qui dépassait ma propre conscience, j'étais enceinte de nouveau.

Dans un même élan de complicité avec celui que je tentais d'aimer, je renouvelais mon geste. Je tuais encore, incapable de vivre mon désir, peut-être seulement de vivre, inapte à donner la vie, seulement capable d'être encore debout à contempler la mort. La vie, la vraie, c'était pour les autres. Il m'eût fallu le désir d'un futur père et je ne l'avais pas. Quatre années plus tard, en toute conscience cette fois, je laissais de nouveau la vie prendre place en moi. Je voulais cet enfant, ce garçon mort deux fois par ma volonté. J'avais la certitude absolue du sexe de ce futur vivant. D'où me venait-elle ? Et d'où me venait aussi la certitude que je l'élèverais seule ?

L'enfant naîtra. Ce sera un garçon. Le couple aimant mais si fragile que je formais avec Benoît n'y survivra pas.

*

C'est ainsi que dans ma vie il y eut trois morts en six mois. Celle du Menuisier, annoncée, précédée d'un geste meurtrier et suivie d'un geste similaire qu'il m'avait fallu réitérer. Une voix me dictait cet acte, une main me poussait et je jure que ce n'était pas la mienne. Habitée par une conscience inconnue, comme une folle qui au moment de donner la vie se serait soudain dédoublée, je tuais avant et après. Ma main portait des traces de meurtre, elle obéissait à une force destructrice, j'étais coupable et je me le

240

prouvais. Donner la mort, je ne savais rien faire d'autre. Je la connaissais plus que la vie.

Le Menuisier ne s'était pas éteint tout seul. Il était parti accompagné de deux âmes. Une voix plus forte que ma volonté avait imposé sa loi.

Louise organisa la messe d'enterrement dans l'église de notre paroisse, Sainte-Thérèse, froide et toute ronde, fantaisie d'un architecte des années soixante, au sol pavé d'ardoises lisses et noires. On mit le Menuisier dans la tombe avec René-Paul et grand-mère Mélie, loin de son caveau familial. De cet instant j'ai tout oublié ou presque.

Quand, au début de l'après-midi, j'avais vu le corbillard s'arrêter devant la maison du Landais, je m'étais précipitée dans la chambre du Menuisier.

Je ne l'avais pas embrassé sur le front, comme autrefois tonton Louis ou grand-mère Mélie. Je m'étais penchée, j'avais serré sa poitrine contre la mienne, son cœur contre le mien qui, un instant, avait cessé de battre. Je n'avais pas senti le froid comme sur le front de grand-mère, je m'étais heurtée à la violente rigidité d'un corps statuaire, dur comme du bois. C'était ça la mort ! « Du bois », ai-je pensé, un corps de bois que je fuis comme j'avais fui la dernière seconde de sa vie. J'avais laissé le corps inerte et raide, et lourd contre lequel mon corps vivant venait de se briser. Je n'avais pas vu la mise en bière – quel mot affreux, et pourquoi ces homonymes en français ? Soupçonnant la vision insupportable, la réalité de la mort quand le corps enfermé devient en réalité cadavre et qu'il disparaît pour toujours, j'étais descendue dans la salle à manger où j'étais restée prostrée, repliée sur une chaise, enroulée, rentrant la tête et les bras comme si j'avais voulu disparaître à mon tour, comme une enfant que l'on vient de battre, coincée entre la bonnetière et le secrétaire qu'il avait autrefois fabriqué pour que j'apprenne à l'école. Il y avait du monde, des discussions, des chuchotements, des mouchoirs et des yeux rougis. J'avais fermé les yeux, prenant une cigarette, inspirant, soufflant, tremblant.

Une première et dernière étreinte, la seule de toute ma vie et c'était trop tard. C'est la vie que l'on embrasse, non la mort. Celle-ci ne vous répond pas. Il n'y aurait pas de réponse, aucune, jamais. Mon imagination habituelle savait se taire quand, dans un moment tel que celui-ci, l'essentiel dictait sa loi et arrêtait toute pensée, tout mouvement sauf celui de ma main, de ma bouche tétant la cigarette comme pour continuer à respirer. Puis ce fut de nouveau un flux d'images grotesques, de chansons stupides et paillardes qui revenaient par bribes, de grossièretés, de nouveaux antidotes avant le départ pour l'église. C'est ici que tout s'est arrêté. C'est ici que j'ai tout oublié.

Comment ont-ils fait ? Est-ce qu'ils ont monté le cercueil dans la chambre ? Est-ce qu'ils ont enveloppé le Menuisier dans un linceul pour le descendre dans le couloir ? Autrefois, on clouait les cercueils et ça faisait « bang ». Aujourd'hui on visse, c'est peut-être pire, le bruit… À quelques mètres de moi, on enfermait pour toujours le Menuisier. Je n'ai rien vu, rien entendu, ramassée sur moi-même comme une bête traquée. Tous mes sens étaient anesthésiés. Je n'étais plus là pour personne.

*

Dans les vieux meubles, les vers font de petits trous partout et mangent le bois. Il faut, à la seringue, injecter du Xylophène pour que le meuble reste en vie. Il continue sa vie de bois, blond, roux, ou presque noir, qui embaume toute une pièce quand on le cire pour le faire beau. Il reste le même. La main de l'homme peut le détruire ou le sauver, même lorsqu'il est proche du néant et de la pourriture. La main de l'homme peut le ressusciter.

Je connaissais bien la tombe et le cimetière Saint-Martin, mais la fosse humide et noire, non, je ne la vis pas, cette gueule béante où l'on descendit son corps de bois. Je m'endormis au bord du gouffre, ma pensée se tut et je ne voulus pas savoir ce qu'avaient fait de lui les milliards de monstres qui avaient remplacé mon étreinte. Baudelaire pouvait aller au diable avec sa *Charogne* ou son *Squelette laboureur*.

Quand, vingt-trois ans plus tôt, le Menuisier était allé à la mairie pour déclarer ma naissance, l'employée l'avait pris pour le grand-père. C'était à mon tour ce jour-là de me diriger vers le bureau de l'état civil. Derrière le comptoir, une tête connue, celle de Marie-France Talabardon. Nous avions été ensemble au lycée.

« C'était ton grand-père ? » me demanda-t-elle en me remettant le certificat de décès.

Décidément, lui et moi n'étions pas faits pour nous reconnaître.

Le Menuisier n'est pas revenu en photo, il n'a pas été encadré. Je n'ai plus regardé son visage quand, malgré moi, je l'apercevais dans un coin de la niche du buffet, en tout petit, une simple photo d'identité, criante de vérité, son regard triste fixant à jamais l'ineffaçable. Plus regardé ce visage dans un tiroir parmi les papiers ou dans des albums.

Il n'est pas sur le mur. Il habite ailleurs. Avant cette dernière étreinte, je ne l'avais jamais touché, je ne peux plus le toucher maintenant et, si je le pouvais, je ne le ferais pas. On ne refait pas l'histoire autrement. Je le vois sans avoir besoin de fermer les yeux et cela me suffit. Et il y a de la lumière, une très forte lumière blanche, puissante comme le soleil. C'est la lumière de la fenêtre, celle de ce dernier été, la lumière qui ne ment pas. Il n'est pas là où l'on a descendu son corps, il est partout où je suis, il ne m'a jamais quittée.

J'ai cru, sottise et vanité, que les mots me libéreraient de son image éthérée, de ses yeux tristes et doux, de ses gestes, en un mot de sa présence obsédante. Mais c'est peut-être pis en fait, nous ne formons plus qu'un seul être. Rien ne change, et je continue à griffer le papier, écorchant des pages blanches, ne sachant plus si je recherche les contours de sa silhouette ou si je m'acharne à les effacer pour toujours. Je griffe la feuille comme je grattais autrefois la terre pour exhumer des morts dans le petit cimetière du village, pour voir la vérité, la boîte au moins, noire et moisie, la maison du défunt. Travail de fossoyeur que j'achève, plaçant les mots les uns après les autres dans un pauvre défilé en l'honneur du Menuisier et de tous mes disparus. De toutes mes forces, j'essaie de briser les cadres aux visages figés et aux yeux vivants qui mentent depuis toujours, puisqu'ils ne sont plus et, pour moi, n'ont jamais été. Quelquefois les regards qui m'ont tant fixée s'éteignent un peu, l'image est moins nette dans le souvenir. Elle fait place au seul cadre de vie, elle découvre cette dernière fenêtre, ce halo incandescent que je regarde en face comme si tout à coup il m'était donné de fixer le soleil, le cadre enfin vivant dans lequel s'inscrit à jamais le Menuisier.

Et puis il disparaît encore et devient fantôme et ne se laisse pas faire.

On n'attrape pas un fantôme. Il revient sans cesse errer à vos côtés.

*

Et tout aurait pu s'arrêter là, au bout de l'allée à gauche, dans un coin de cette forêt de croix grises tachetées de lichen et d'éclats de quartz qui clignotaient comme des étoiles quand il y avait un rayon de soleil. Tout aurait pu disparaître sous la dalle presque noire et les fleurs en céramique, derrière son nom et son âge gravés dans la pierre en lettres noires, car la feuille d'or c'était trop cher.

Mais on ne part pas comme ça, ce serait trop simple. La fosse n'engloutit que notre corps dont le passage sur terre a laissé l'empreinte invisible, impalpable, persistante. Il faut continuer à négocier longtemps avec les morts, plus présents que du vivant de leurs corps. Quelquefois, il suffit d'écouter, de faire le silence en soi et les disparus reviennent.

Ne sont-ils jamais partis ?

*

Les mois passaient, les années. Je n'aurais pas été étonnée en poussant la porte de la cuisine quand je rendais visite à Louise de trouver là le Menuisier, accrochant son béret à la patère ou préparant une tisane debout près de la cuisinière à charbon. Sa bouche close et son regard surgissaient n'importe quand, n'importe où. Je refusais obstinément la présence d'une photo, cette image mentale me suffisait. Elle était la vie, elle me poursuivait. Ses yeux parlaient encore. Il y avait eu quelques rares moments, brefs mais intenses, qui étaient restés imprimés dans un espace qui défiait le temps et la mort, moments où nos regards avaient subi la loi de l'aimantation, ou plus précisément, c'était le mien qui, sentant le sien me fixer quelques secondes, avait répondu fugacement à la demande muette, effrayé et soumis.

Le Menuisier ne me regardait pas souvent et je ne savais pas s'il m'aimait. Il semblait raconter une histoire que je ne pouvais décrypter. Dans ces moments-là, son regard n'était pas absent. On aurait dit qu'à travers moi il voyait quelque chose ou quelqu'un d'autre et qu'il tenait à moi de faire naître, par la réflexion de mes yeux dans les siens, l'éclairage qui allait balayer de lumière sa vie et la mienne. Mais il était trop tard désormais. Proche de celle des cadres, l'image s'était définitivement figée.

J'ouvrais quelquefois les portes de l'armoire à glace dans la chambre où Louise dormait seule, le plus souvent au milieu du lit, sous le bas-relief en bois représentant la tête du Christ, sa couronne d'épines, ses yeux implorants. Je considérais les piles de chemises, les tricots, les caleçons Damart et les pyjamas à rayures aux tons délavés, parfaitement repassés. Louise n'avait rien donné. Tout restait à l'image de celui qu'il avait été, minutieux, ordonné, soigné.

Aucun frisson, aucune émotion ne venait me troubler. J'aurais pu interroger Louise sur leur passé, je ne le fis pas. De temps en temps, considérant sans doute la ressemblance frappante avec celui qui m'avait donné la vie, elle prenait la parole pour dire quelques mots : « … Là-bas… Roz Piriou… Ta grand-mère, Mam'... Ton grand-père, le vieux Tad... je ne l'ai pas connu... On tuait le cochon... Le chaudron dans la cheminée... C'était bon. Et Mam' qui mangeait toute seule... dans la cheminée, oui, sur son banc, son assiette sur les genoux après avoir servi toute la bande... Ah, non alors ! »

Elle ne pouvait accepter cette position de servante solitaire, assise, isolée à l'intérieur de l'âtre immense et noir de suie pendant que les autres, cette majorité d'hommes, avaient chacun leur place à la table. Ils la respectaient pourtant, lui obéissaient tous, Tad le premier. Mais ces traditions paysannes choquaient Louise. Quand elle était à la ferme, Mam' s'asseyait à ses côtés.

Je savais que je devais chercher moi-même, composer, imaginer. Ou tendre l'oreille, ici ou là – quelquefois un mot, une phrase s'échappaient de la bouche d'un oncle, d'un cousin. Entendus avec le cœur plus qu'avec l'oreille, ils s'imprimaient dans ma chair peut-être malgré moi et sinuaient une racine profonde. J'étais lourde de l'enfance de petit paysan du Menuisier, de sa ferme, de sa famille, plus encore de ceux qui, pour moi, n'avaient jamais été, parlé, marché, travaillé la terre pour en extraire leur subsistance. On m'avait interdit l'accès à mon histoire, à mon coffre de trésors cachés, de toiles d'araignées, de vieilleries poussiéreuses, de photos trop anciennes et jaunies pour être sur les murs, de têtes de cul-terreux. J'étais tout sauf une princesse. Mes fantômes avaient des coiffes et des sabots, de la terre sur leurs

248

mains, une langue qui n'était pas la mienne. On m'avait amputée d'un monde sans lequel je ne pouvais me construire. Il me fallait désormais trouver le chemin toute seule, pour me trouver moi-même.

*

La ferme natale du Menuisier dans laquelle j'étais entrée quand j'avais à peine douze ans n'existait plus. Seul un pan de mur entièrement mangé par le lierre tenait encore debout. C'était un pignon qui ne ressemblait plus à rien. Il fallait savoir qu'il était là. Recouvert entièrement de ronces menaçantes ondulant à ses pieds, s'enlaçant au lierre. Elles l'enserraient, le protégeaient, faisaient de lui une sorte de forteresse imprenable. Personne ne pouvait s'aventurer là ou essayer d'extraire une pierre.

Les pierres parlent, elles sont les gardiennes de la mémoire. Celles-ci étaient camouflées.

Et le mur survivait, comme un très vieil arbre que l'on ne pouvait déraciner, qui perdurait malgré les années et les saisons, dans un entêtement plus fort que les intempéries et la volonté destructrice des hommes. Car on avait touché à sa vie de pierre, et depuis lors il résistait. Je m'étais inquiétée auprès de Jean, mon parrain. Comment une maison en ruine avait-elle pu presque totalement disparaître ?

« Ceux qui ont racheté la ferme, ils ont mis l'feu ! »

Il n'y avait pas d'émotion dans sa voix mais sa phrase m'avait glacée. Le feu ? Pourquoi ? Et plus rien après, aucune construction nouvelle, pas même un hangar ! Rien.

Il avait tenté de parler de manière anodine. C'était sans compter sur le pouvoir des mots et de leurs étranges connotations. Les mots ne se laissent pas enfermer comme ça, dans une syntaxe que l'on a apprise, dans un ton que l'on choisit l'air de rien. Un je-ne-sais-quoi avait soulevé un voile et montré, l'espace d'une seconde, dans une lumière crue qui s'était aussitôt éteinte, une région inconnue remplie des lueurs d'histoires lointaines dont je sentais confusément qu'il serait peut-être dangereux de trop vouloir s'approcher.

On dit les Bretons fiers et taciturnes. Plus ouvert que le Menuisier, Jean semblait assez bien connaître la loi du silence quand il le fallait. Lui aussi pouvait s'emmurer, je n'insistais pas, probablement parce que je leur ressemblais trop.

*

Ils avaient vécu au fond de cette petite vallée au bord de l'Aulne, au milieu des champs, au tout début du XXe siècle. Mam', la mère du Menuisier, y était née en 1875, comme le père de celle-ci, Jean-Yves Le Roux, trente-sept ans plus tôt. Sa première femme était morte de la peste et il avait, en secondes noces, épousé Marie Le Goff de douze ans sa cadette. Mam' était la seconde fille du premier mariage. Il y eut par la suite cinq autres enfants.

Jean, mon parrain, avait établi un arbre généalogique et me permettait ainsi l'accès à mes ancêtres.

Quand elle avait épousé Jean Le Gall, Mam', que l'on appelait alors Marie en prononçant « Maï » et en traînant sur l'unique syllabe puisque l'on ne parlait que le breton, avait dix-neuf ans. L'époux avait sept ans de plus qu'elle, mais leur jour et leur mois de naissance étaient les mêmes. Tad était né dans une ferme très éloignée, d'au moins vingt-cinq kilomètres. Puis un jour sa famille était venue en métayage dans le canton de Saint-Sébastien, à Saint-Ségal. Avant cette arrivée, les hommes étaient pourtant nombreux dans les fermes voisines, au Rest ou au Traon, au Quinquis, à Keronna. Mais la plus belle fille du canton n'avait pas trouvé preneur sur place. Elle était bien la seule si j'en crois la généalogie. Toutes avaient rencontré leur promis à deux pas, le soir à la veillée, au printemps sur le chemin de l'église, l'été pendant les moissons. Ils s'étaient mariés entre eux, cousins, voisins. C'est sans doute de cette promiscuité que vient l'expression « cousins à la mode de Bretagne », de ces liaisons souvent incestueuses qui finissaient par se perdre au fil des générations dans des méandres sans fin. On n'allait pas chercher bien loin. Il y avait toujours un gars en âge de se marier, ça courait les talus et les sorties de messe.

Toutes, sauf Mam'. La plus belle… et personne pour elle. Intelligente, travailleuse, instruite.

« Celle-là savait lire et écrire ! »

Le dénommé Jean Le Gall, qui avait signé d'une croix sur la fiche d'état civil le jour de son mariage, était venu un été aider à la moisson. Puis, domestique à Roz Piriou, il avait épousé la fille de ses maîtres. J'ai regardé les dates. Tonton Louis, l'aîné des neuf enfants, était né dix mois après les noces. La belle n'avait pas fauté.

Bien des années après la mort du Menuisier, j'étais allée seule à Saint-Ségal. Je voulais consulter les registres à la mairie. Je ne savais pas ce que je cherchais, mais il me fallait passer par les traces écrites et officielles des vies, il y avait longtemps que les photos ne me suffisaient plus, et la généalogie pas davantage. Quelque chose de plus complexe me guidait, mais comment, sinon par cette démarche très simple, balayer l'ombre toujours présente qui demeurait ma compagne muette depuis la mort du Menuisier ? Me restait son silence. Il m'avait légué une énigme, c'était ma seule certitude.

J'eus accès à deux très gros volumes noirs où chacun, à condition de justifier de son identité, pouvait trouver tous les actes de naissance, de mariage, de décès depuis environ deux siècles. J'avançais à tâtons. Mes pas étaient lents sur le chemin de mes ancêtres à l'instar de mes mains qui tournaient délicatement les pages, entre le pouce et l'index. Je lisais avec mes doigts, telle une aveugle, au moins autant qu'avec mes yeux, je frôlais les noms et c'était comme si je saisissais enfin les vies. Je pus identifier Tad et Mam' grâce à leur acte de mariage, ainsi que mes oncles, ma tante, le Menuisier né une nuit de décembre. Pour ceux que je n'avais pas connus, la plupart en fait, il me fallait une preuve écrite de leur existence, de leur naissance et de leur mort. À vrai dire, une image inattendue avait décidé ce jour-là de ma recherche.

La nuit précédente, j'avais rêvé. Une fillette d'un autre âge était apparue, assise au bord d'un puits. Image fugitive, insaisissable comme le sont souvent les visions nocturnes, elle m'avait suffisamment interpellée pour me servir alors de guide.

Les yeux rivés aux écritures calligraphiées à l'encre brune sur le papier jauni, aux noms et prénoms souvent identiques qui défilaient, associés à des lieux-dits que je connaissais, à des dates toutes plus lointaines les unes que les autres, je réalisai que je la cherchais. Persuadée qu'elle n'était pas seulement un songe, mais une inscription dans ma propre chair qui avait fini par m'adresser un signe à la fois essentiel et mystérieux. Il me semblait qu'à défaut de photo il devait y avoir quelque part une trace écrite qui coïnciderait avec la silhouette aperçue de dos. Après deux bonnes heures de lecture et non sans lassitude, je refermai les registres. Ma recherche n'avait rien donné.

Au moment où, pour le refermer, je soulevai de la main gauche la couverture du classeur alourdie du poids des feuillets avec la sensation amère de reposer définitivement une pierre tombale, un grand nombre de pages glissèrent de mes doigts qui, machinalement, se resserrèrent pour emprisonner ce que j'avais consulté et qui m'échappait trop vite. Je voulais tenir le livre entre mes mains, sentir encore sa texture et l'odeur du papier. Il m'avait délivré quelques précisions sur ma famille depuis le début du XIXᵉ siècle. J'avais voulu l'ouvrir. Il m'appartenait de le refermer et de le garder en ma possession jusqu'au moment où d'autres mains le remettraient à sa place sur une étagère dans la petite pièce des archives. Je regardais le feuillet, à l'endroit précis où mes mains avaient arrêté l'avalanche des actes d'état civil qui étaient désormais figés et ne révéleraient rien d'autre que ce qu'ils avaient dit. Sous mes doigts, je lus un nom de famille. C'était le mien. Suivi d'un prénom. C'était le mien aussi. Puis une date, un lieu de naissance, une autre date et un lieu de décès. L'enfant avait onze ans. C'était une petite fille. C'était la sœur de Tad.

Je n'avais jamais entendu parler d'elle. La seule Marie-Yvonne Le Gall dont on m'avait parlé était ma tante, la sœur du Menuisier. L'autre, elle n'était nulle part, dans aucune mémoire. Elle n'était même pas un nom sur une tombe. Elle m'avait visitée en rêve et je venais de la trouver, juste à temps. Je n'étais pas venue pour rien. Cette fillette était une découverte essentielle, un message, un guide malgré l'apparente banalité de son destin de petite paysanne qui s'était éteinte dans les années 1880. C'était ma grand-tante. Je portais son nom, son prénom et ses gènes, et j'en étais bouleversée. Un souffle puissant, celui que procure une émotion vive, accompagnée d'un instant de bonheur intense, venait d'ouvrir une brèche sur mon chemin trop sombre. Il me semblait apercevoir une lumière crue comme celle qui jaillit au bout d'un chemin creux quand on arrive, alors que l'on s'en croyait encore loin, dans une immense prairie et que l'on aperçoit, bientôt plongés dans un profond bien-être, toute une nature paisible qui se déploie à l'infini, des champs veloutés séparés par des talus, des blés qui ondulent et, là-bas, là où le ciel et la terre se rejoignent, le miroitement de la mer. Alors l'ivresse nous gagne en même temps que la certitude d'une appartenance définitive à cette terre, à une lignée. On cesse de se croire mortel, envahi d'une extraordinaire sensation de volupté.

Il y a des êtres dont on ne parle pas. Comme si leur vie n'avait eu aucune importance.

*

Dans la recherche de ce passé, de ces racines essentielles sans lesquelles les contours de ma vie étaient flous, les moments d'ivresse étaient rares et de courte durée. Ils me faisaient penser aux soudaines exaltations de Jeanne qui, pour des raisons que l'on ignorait, connaissait des instants de lyrisme absolu aux antipodes des mouvements de violence physique et verbale qui secouaient son corps et son âme avec l'ampleur d'un séisme et prenaient possession de sa vie.

Je retournais souvent comme une somnambule sur le chemin qui menait à la ferme, ou plutôt au pignon solitaire, qu'à force j'identifiais de loin.

C'était comme s'il m'attendait. Mieux encore, comme s'il m'appelait. Je ne rencontrais jamais personne. Sans doute cette campagne était-elle trop isolée. Il y avait pourtant la ferme voisine dans laquelle j'étais entrée la première fois que j'avais vu Roz Piriou. Elle était toujours debout et même en activité. À présent c'était une maison froide aux murs crépis, aux vitres propres, à la porte toujours fermée et située au fond d'une très large cour sans animaux. À droite, d'anciennes crèches subsistaient, inchangées. À gauche, on avait transformé les étables en gîtes ruraux. La vie était là, curieusement camouflée derrière les murs. Il y avait des noms sur les boîtes aux lettres, à l'entrée de la cour ouverte sur le chemin. La façade était austère et glacée, même en été. On aurait dit que la maison vous épiait. Elle demeurait, immuable, gardienne d'un espace, d'un monde dans lequel, quelques dizaines de mètres plus bas, le pignon était enraciné.

Si je m'approchais de la lisière de la cour, l'inquiétude grandissait à chacun de mes pas et je devais m'arrêter. À chaque mouvement de mon corps semblait correspondre une avancée du bâtiment. Il était imposant et lourd, pourtant je le sentais se mouvoir. J'étais manifestement indésirable et sa masse grise écrasait ma poitrine, coupait mon souffle. En marchant à reculons (je n'osais me retourner, comme si un être invisible allait surgir derrière moi), je pouvais fuir sur la droite, remonter le sentier entre les talus puis, à bonne distance, lorsque la ferme avait disparu de mon champ de vision, me retourner enfin, fixer mes yeux sur le haut du clocher de Saint-Sébastien, point de repère au-dessus des créneaux d'herbes folles, et courir à toutes jambes pour remonter jusqu'au calvaire du Kroaz-hent. Si, malencontreusement, je m'aventurais sur la gauche, happée par le chemin du pignon, il me semblait que je finirais par dégringoler dans la pente toujours boueuse et grasse car ce n'était plus un lieu de passage. Le pignon seul arrêterait ma chute.

Voilà ce que ce lieu me disait, ce que cette façade m'ordonnait. Il n'y avait rien d'autre à faire que fuir.

Roz Piriou était une scène désolante, dévorée de ronces et d'orties qui agonisaient dans la solitude, le silence et l'étreinte puissante que cet espace maintenait avec la nature. Le feu n'avait pas mis fin à cette mort lente. De quelle malédiction cette maison avait-elle été frappée pour donner un tel spectacle de souffrance ? Comme ces handicapés profonds que l'on maintient aujourd'hui en vie quand ils réclament la paix de la mort. On pouvait se poser la question.

Dominante et prospère, la ferme du fond de la cour aux allures de forteresse m'interdisait l'accès à mon domaine. J'étais désenchantée et amère, mais rien ne pouvait avoir raison de mon opiniâtreté. Je ne savais pas où j'allais mais j'y courais à perdre haleine. Quelque chose me manquait. Je savais que, tôt ou tard, je reviendrais.

Roz signifie en breton « terrain en pente couvert de fougères ou de bruyères ». À droite du pignon s'étendait en effet une sorte de lande désolée qui descendait jusqu'à l'Aulne où les plus téméraires des frères du Menuisier se baignaient en été tout habillés, abandonnant seulement leurs sabots au pied des roseaux. Le Menuisier ne savait pas nager, il regardait. Je l'avais surpris un jour racontant cette histoire à je ne sais qui.

Une partie du coteau avait été cultivée autrefois. Il y avait eu un verger aussi. Sur les registres de la mairie, il était écrit « cultivateurs » à côté des noms de la famille. Ils s'appelaient tous Jean ou Marie, premiers prénoms suivis d'un second, Joseph, Corentin ou Anne, « rapport à *santez* Anna, la mère à la Vierge, tiens ! » disait tonton Louis autrefois. Des paysans nés, mariés, morts dans un rayon de dix kilomètres à peine, là depuis la nuit des temps. C'est-à-dire vraisemblablement depuis le Ve siècle, époque des grandes invasions au cours de laquelle ils s'étaient installés.

Pir vient de *Pyr* en gaélique, qui signifie « prince ». *Ri* du breton qui veut dire « roi ». Si l'on en croit le dictionnaire des noms propres, *Piriou* se traduirait par « princier ». Le Menuisier, que j'avais connu « marquis de la p'tite gamelle » de l'arsenal de Brest, avait un jour été prince de la lande, seigneur de ce bout du monde, et il avait grandi dans ce royaume de deux hectares à peine. Voilà ! C'était ça, la vérité ! Loin des questions sans réponse, je me livrais au foisonnement de mon imagination.

Nourri de bouillie d'avoine, de patates écrasées avec du lait ribot dans un bol aussi grand qu'une soupière, il avait habité un château au sol de terre battue, aux poutres noircies de fumée grasse. Petit prince vêtu de *pilhou** et chaussé de *boutou coat*, il traversait chaque matin sa basse-cour entre les rigoles d'eau ou de pisse des bêtes, les fientes, les bouses sèches ou fumantes, et escaladait le tas de foin pour embrasser du regard son fief peuplé de poules dodues qui se dandinaient, de lapins, de vaches qui avançaient lourdement, balançant leurs flancs craquelés de merde et leur queue, en cadence, pour chasser les mouches. Plus tard dans la matinée, grimpant tout en haut de la grange, il veillait aux travaux des champs, une main sur la hanche, l'autre en visière, regardant ses vassaux qui sarclaient les betteraves, binaient les patates, fauchaient le blé et le liaient en bottes. « *Hasta buen** ! » criait-il aux domestiques qui retournaient la terre brune et grasse, ramassaient le bois pour les fagots, les ronces et les fougères pour les litières. Après un dernier coup d'œil aux charrettes gonflées de paille qui dansaient sur le chemin, il allait faire une sieste dans le grenier, enivré par le parfum tiède du blé.

Le dimanche, il allait à la messe en char à bancs. La vieille église sentait la pierre humide, le moisi et l'encens. Les cierges brûlaient au pied des statues, il chantait des cantiques en breton. Le soir, il se roulait sur le matelas de paille de son baldaquin de petit prince, un lit clos massif où s'entassaient ses frères. On fermait les portes, ça sentait la crasse, la sueur, les haleines tièdes. Dans les coins, des souris grignotaient.

Et il rêvait, dans la chaleur des cinq ou six autres corps, des lavandières de la nuit qui erraient au bord du canal, arrêtaient les promeneurs nocturnes, les suppliant de les aider à tordre leurs draps. Ils s'exécutaient, mais dans le mauvais sens, et leurs membres étaient brisés.

À quoi rêve un petit paysan du début du XXᵉ siècle ?

À quoi joue-t-il quand il n'a pas de jouets ?

À dix ans à peine, il vit son frère aîné partir à la guerre. Et l'on était fier de laisser celui-ci partir au service de la France. Ici il n'y avait pas de place, pas de temps pour la tristesse.

« Ils s'en vont tous, ceux qui ont l'âch' ! Pas moyen de faire autrement, c'est comme ça ! »

Louis s'est éloigné vers des régions dont on n'avait jamais entendu parler, là-bas dans le nord de la France.

Il marche dans la boue, n'est pas dépaysé comme ça. Il revient quatre ans plus tard, avec les poumons gazés et la pension d'invalidité pour survivre. Sébastien, l'un des plus jeunes frères, fera 39-40. Il ne reverra plus jamais sa famille, son pays, la ferme où il est né. De champs, il ne connaissait que ceux de blé, les prairies grasses avec leurs vaches. Dans un champ, dit champ de bataille, il mourra allongé dans l'herbe au milieu de fleurs dont il ne connaissait même pas le nom. Il restera là, sous la terre hérissée de croix blanches, des centaines de croix, toutes les mêmes, toutes au garde-à-vous. Plus tard, il rejoindra Françou, le second de la fratrie, et Tad dans le caveau familial. Sur neuf enfants, Mam' en perdra trois, deux garçons et sa fille, à bout de souffle, une nuit de printemps.

Un petit glaiseux, le Menuisier, voilà tout ! Dont les enfants de la ville se seraient moqués s'ils avaient pu soupçonner sa misérable existence, autant dire sa survie sur ce coteau perdu où les étrangers, à part les mendiants, ne venaient jamais. Aujourd'hui encore il n'y a pas de véritable route pour traverser ce pays tortueux, si sauvage et si beau, seulement des sentiers, des chemins étroits et rocailleux. Certains sont bitumés, mais il reste difficile de parler de routes. Il faut vraiment avoir envie ou besoin d'y aller.

Il me faut fermer les yeux pour inventer son enfance. *Le Cheval d'orgueil* m'a instruite, cependant la mémoire de Per-Jakez Hélias n'est pas la mienne. Je respecte un texte riche d'enseignements, mais je cherche autre chose.

L'été, quand les genêts sont en fleur, les talus envahis de bruyères et qu'une lumière éblouissante inonde la lande, c'est un lieu d'une beauté à couper le souffle où règne un profond silence propre à la méditation. C'est à peine si l'on entend au loin le ronronnement d'une moissonneuse. Je n'y suis jamais allée la nuit, mais je devine sans peine l'atmosphère fantastique de Roz Piriou, la pleine lune et le ciel de zinc.

Je pense à lui, à lui tout seul, à cet homme que je continue d'appeler le Menuisier, et je m'efforce de l'inscrire dans ce paysage.

Est-ce qu'il s'est rêvé en seigneur sur son tas de foin ? C'est peu probable. Est-ce qu'il a été heureux ? Est-ce que la question du bonheur individuel, pourtant bien réelle depuis le XVIIIᵉ siècle, se posait pour eux ?

« Dame ! Aut' chose à penser ! » Levé au chant du coq, il faut nourrir les bêtes. Traire les vaches, cuire les betteraves pour le cochon, porter les seaux en fer-blanc pleins de lait tout chaud et aller baratter. C'est le travail de Mam', robuste, dure et rugueuse, de la sœur aînée, fragile mais qui n'a pas le choix, de Tad, dressé pour obéir dans cette famille où c'est la femme qui commande.

Dans quels recoins de ma mémoire se trouve la réalité de son enfance ? Je cherche et des pans de voile se lèvent. Je ne sais pas si je vois ou si j'invente. Plus exactement j'entends, ma mémoire est auditive, des échos lointains, des voix que parfois je n'identifie plus.

À six ans, il va à l'école à Port-Launay avec ses frères aînés. À la *skol an diaoul**, l'école du diable, l'école laïque. Tad et Mam' sont trop pauvres pour « mettre ceux-là à l'école chrétienne ». Il faut marcher sept ou huit kilomètres le long du canal. Le matin, on avance dans la brume rasante, le long des arbres aux branches lourdes, dans cette petite vallée enveloppée de brouillard. Des bulles de vapeur sortent des bouches muettes. On a un quignon de pain et un morceau de lard dans la poche pour le repas de midi.

En hiver, Charles, c'est le prénom du Menuisier, doit saisir le porte-plume entre ses doigts gelés pour former à l'encre violette de belles lettres bouclées. Et puis on apprend à lire aussi.

« *Gast !* Faut avoir de l'instruction, ma pov' ! Pour pas rester toute sa vie à la ferme ! » Et surtout, on parle français, avant de lire, avant d'écrire. Finie la langue maternelle ! Charles et ses frères ne connaissent que le breton. Mais à l'école, c'est le français, le français seulement, sinon gare !

Son sabot autour du cou, Charles est en pénitence parce qu'un mot, un seul s'est glissé dans une phrase qu'il vient de baragouiner tant bien que mal. Il fallait oublier sa langue, et le soir, quand on rentrait par les chemins creux, les raccourcis creusés de nids-de-poule, on n'entendait plus que le breton et encore le breton, et on se réappropriait ses mots, même au catéchisme avec le recteur, le breton, le breton seulement. Il faudra des dizaines et des dizaines d'années, la présence à la télévision régionale Roazhon Breizh d'un certain Charlez Ar Gall, homonyme du Menuisier et brillant journaliste, pour que disparaisse la honte qu'il me semblait parfois lire dans ses yeux. Il était resté fier, j'en suis sûre, de son identité. La honte était provoquée par cette situation de petit paysan devenu ouvrier de l'arsenal et traité de « péquenaud » par ceux de la ville, les *Yannicks* de Recouvrance, des crâneurs qui « se croyaient ». J'ai appris plus tard que tous les ouvriers venus des campagnes environnantes se vengeaient à leur manière en traitant les citadins de *ruzboutou**, c'est-à-dire de traîne-sabots, donc de fainéants, de bons à rien.

*

Un lointain été, alors que nous étions assises à l'arrière de la 2 CV de tonton Pierre, Louise m'avait montré la mairie de Port-Launay.

« Tu vois, l'école, c'était là ! Là, derrière les deux fenêtres, hein, Pierre ? C'est ce que vous m'aviez dit une fois », clamait-elle à son beau-frère qu'elle vouvoyait. Louise, du fait de sa surdité, parlait plus fort que tout le monde et vouvoyait tout le monde aussi, sauf grand-mère Mélie et le Menuisier quand ils étaient encore en vie, moi et Jeanne pour toujours enfermée dans sa maison et que nous continuions à voir après la mort du Menuisier. C'était moi qui désormais allais la chercher pour quelques jours, de moins en moins longtemps, car Louise aussi vieillissait.

Pierre avait ajouté en la tutoyant : « Là, regarde doncque ! La maison collée à la boulangerie Corolleur, c'est là qu'on allait le midi manger la soupe en hiver. Y avait une dame, tante Soaz qu'on l'appelait, une brave fille celle-là ! On restait un peu au chaud dans son épicerie. »

Louise était ravie. Du vivant du Menuisier, celui-ci ouvrait à peine la bouche en voiture, juste quelques mots en breton et, de ce fait, uniquement destinés à son frère. Je me taisais, j'entrais dans l'adolescence et manifestais une obstination à ne pas en savoir davantage sur mes origines de plouc.

Une orange brille dans un sabot comme le louis d'or que Jean Valjean avait déposé dans celui de Cosette. Mes premières lectures et la permanence de ces deux personnages de misère se mêlent aux souvenirs qui ne sont pas les miens : l'orange de Noël apportée par le petit Jésus. Pas le Christ crucifié, « Dame, non ! L'aut', le p'tit en rop' blanch', debout sur l'herp' avec un agneau dans les bras. Le bébé à la Sainte Vierch', quoi ! çui qui est sur le bras de saint Joseph dans l'église, mais c'est pas son père, parce que Jésus c'est le fils de Dieu ». Et voilà ! Et je ne comprends pas très bien. Et il n'y a rien à comprendre. C'est le fils de Dieu, c'est tout !

Charles regarde son orange, la fait tourner entre ses mains et se réjouit de sa rondeur parfaite et de sa couleur si lumineuse. Il fait attention, elle ne doit pas lui échapper. Il caresse sa peau lisse et froide du bout des doigts, il n'ose pas l'éplucher, elle est trop belle. Il est assis sur l'un des bancs au fond de l'âtre, c'est à peine si on le voit. La lampe à pétrole est au centre de la table et il n'y a plus que quelques braises. Ce soir-là, il ne parle pas, ses frères et sœur non plus, chacun seul à seul avec son trésor.

Il n'y a pas de Père Noël, pas de sapin. Il n'y a que l'enfant Jésus qu'il a vu dans la crèche à la messe de minuit. Toute la famille s'est entassée. Serrés comme ça, ils n'ont pas froid. On a pris la charrette, la *karr-moulou** des voisins, et on s'est poussé là-dedans en rigolant parce que les enfants ça rigole toujours quand c'est la fête. Et la messe de minuit c'est la fête parce que les parents ont mis leurs beaux habits. Famille Trividic et Ar Gall, en route, mauvaise troupe ! Les parents devant, la marmaille derrière. Rien qu'à Roz Piriou *Izella**, ils sont neuf. À Roz Piriou *Huella**, sans doute autant.

La fête pour Charles, ce n'est pas seulement Noël. C'est aussi les mariages, nombreux – on a tellement de cousins. Et qui dit mariages dit bientôt baptêmes, et communions. On ne manque pas une occasion de s'amuser, d'aller d'une ferme à l'autre pour s'attabler après la messe, à quinze, vingt, trente, et manger le lard, les patates rôties dans la *chid' houarn** sur le feu, le gâteau de beurre si grand qu'on dit « une roue de charrette » quand on le commande au boulanger. La visite au boulanger est exceptionnelle parce que le pain, on le fait soi-même. À la fin du repas on savoure le café bien au chaud dans la *grek* au milieu des cendres. On boit un coup de *lambig* aussi, les adultes seulement.

266

Quoique ! J'ai en mémoire la découverte dans un musée d'une gravure ancienne représentant une femme donnant une sorte de biberon à son nourrisson et intitulée *Initiation à l'ivrognerie en basse Bretagne*. Alors ?...

Souvent les hommes sont saouls. « Obligé ! Sont pas capab' d'être raisonnab' ! » Les femmes doivent les transporter dans la brouette jusqu'à la ferme. « Sans ça, ceux-là partent à *dreuz**. I' prennent n'importe quel *ribin** et après on les retrouv' en train d'cuver dans le fossé ! La honte en plus ! Et si c'est en hiver, peuvent attraper la mort, *ma Doué* ! »

Quelquefois les hommes veillent tard. Les femmes sont obligées de rentrer, « rapport aux gosses et demain, c'est qui qui va traire ? Hopalà ! *Da gousket** ! C'est l'heure à la pendule ! »

Autour de la table, enfin seuls, ils vont pouvoir chiquer tranquillement et vider les bouteilles d'eau-de-vie.

Tad est mort une nuit de Noël. Mon grand-père buvait aussi... peut-être... comme les autres.

« *Ma-a** ! On a trouvé çui-là dans l'étab' en allant traire les vaches. Allongé dans la paille qu'il était ! C'est comme ça ! »

Encore une phrase entendue. Quand, où et par qui ? Sans réponse aucune, je m'accroche à des phrases orphelines, isolées, qui semblent sans lien entre elles et me reviennent en mémoire les unes après les autres dans le désordre et dans une brume opaque puisque je ne vois aucune bouche les prononcer, aucun visage se dessiner. Ne me restent que l'accent, et le breton qui se mêle au français dans une syntaxe improbable. C'est mon seul fil d'Ariane et je ne le lâche pas.

Ces mots sont de petites lumières qui clignotent avant une nouvelle plongée dans le noir.

Tad est mort dans l'étable ? Tad avait bu, sûrement. Comme les autres il était rentré tard et avait trouvé la lourde porte fermée, et la grosse clef dans la serrure à l'intérieur. Il avait toqué bien sûr, appelé sans doute. Personne ne lui avait ouvert.

On est en novembre. C'est le *miz du* qui porte bien son nom. Le vent du nord-ouest souffle, la pluie viendra bientôt. Lui restaient la paille pour dormir et le souffle tiède des bêtes. Ça réchauffe, mais pas assez. Tad est mort de froid, grelottant dans le foin et ses habits tout trempés.

« Qu'est-ce qui est arrivé exactement ? »
Les bouches sont closes. Comme toujours. Rien, on ne dit jamais rien.

*

J'avais eu le permis de conduire deux ans avant la mort du Menuisier. Avec Louise, il profitait de ma 2 CV pour aller voir plus souvent les oncles, les tantes qui vivaient encore dans des fermes éloignées, chacun ici étant forcément « tonton Machin de

Quelque part » ou « tante Chose », « fille de… », « mère de… », ou « veuve de… ». On leur rendait visite chez eux ou quelquefois en maison de retraite. Il n'y avait pas encore de « résidence », encore moins d'« hôpitaux de long séjour ». C'était avant les années quatre-vingt et les euphémismes hypocrites n'avaient pas fait leur apparition, du moins dans le domaine de la vieillesse. La maison remplaçait la maison ou la ferme, on y rencontrait de vieilles connaissances perdues de vue depuis longtemps.

« Çui-là était à l'école avec mon cousin Corentin ! s'exclamait une vieille cousine. *Ma-a* la dernière fois que j'l'ai vu, c'était après la guerre ! »

On restait là deux ou trois ans et l'on mourait comme une chandelle s'éteint, les trop grandes souffrances étaient épargnées, et personne n'avait entendu parler de l'Alzheimer.

Après la mort du Menuisier, rendre visite à Jean devenait pour moi une nécessité. Jean, le frère cadet du Menuisier, était profondément attaché à de vieux cousins que l'on appelait « ceux de Kerbleiben ». C'étaient les frères et sœurs de tante Catherine. Je les ai quelquefois rencontrés dans leur ferme de Kervrest où régnait une atmosphère d'un autre temps. « Ceux de Kerbleiben » et leurs vieilles habitudes m'avaient livré, par leurs comportements, quelques pans de mon histoire familiale. Ils ne parlaient que le breton et étaient en quelque sorte les plus fidèles représentants de mes disparus. Cependant leur approche n'avait pas permis de combler une place vide depuis toujours inscrite dans ma vie.

Ce fut pourquoi je me tournai alors vers Jean. Il était resté vieux garçon comme Pierre, à qui il ne ressemblait pas. Petit, trapu, sensible et volontiers souriant, il était beaucoup plus accessible que son aîné. S'il avait comme lui les yeux bleus, on n'y décelait pas la moindre ruse. À l'acier froid et coupant du premier s'opposait la couleur bleue, très pâle, diluée, parfois assombrie d'un voile de mélancolie du second. Ce fut probablement la présence de cette tristesse passagère qui me mena naturellement vers lui après la mort du Menuisier. Je trouvais qu'il lui ressemblait. Et pourtant Jean était blond, à l'inverse du Menuisier, brun aux yeux sombres. Petit et rond quand le Menuisier avait été de taille moyenne et plutôt maigre. Jean portait toujours un veston et une casquette. Jamais de « bleu » ni de béret. C'était en lui pourtant que passait l'ombre du Menuisier, et plus encore, une réponse probable au silence de ce dernier, qui, depuis qu'il n'était plus, prenait en moi une dimension parfois hostile, inquiétante, définitive.

Jean possédait une maison neuve à volets blancs, agrémentée d'un jardinet sur le devant, de quelques hortensias. Il habitait le rez-de-chaussée, louait le premier. Chez lui, on ne pénétrait jamais par la porte d'entrée pour ne pas salir. Bien au centre, entre deux larges fenêtres, celle-ci était définitivement condamnée. Il fallait passer par le garage en poussant l'un des panneaux de la porte en bois qui en comptait cinq et pouvait se déployer en accordéon. On se retrouvait nez à nez avec le pare-chocs de la 2 CV que l'on devait contourner par la droite avant de frapper à la porte de la cuisine pour signaler sa présence. Des photos découpées dans des magazines étaient punaisées autour de cette porte.

La porte de Jean !... Un véritable harem qui masquait sa solitude. Des pin-up des années cinquante en Bikini à pois, des femmes comme on n'en voyait jamais par ici soulevaient la masse de leurs cheveux bruns ou blonds d'un geste langoureux, prenaient des poses alanguies et souriaient de toutes leurs dents parfaitement blanches. Totalement anachroniques dans ce petit garage sombre et froid, rendu plus sinistre encore par la présence de murs en parpaings, elles ne faisaient jamais l'objet du moindre commentaire. C'était normal.

La cuisine était moderne. C'était là que de tout temps on s'installait quand on venait en visite. Il me fallut attendre plusieurs années après la mort du Menuisier avant de pouvoir y venir seule. C'était une pièce très claire, la fenêtre qui donnait sur la rue était immense avec des rideaux en Nylon qui permettaient de voir sans être vu. Ce n'était plus, comme « dans le temps » à Kervrest, à Roz Piriou, des ouvertures minuscules à cause des impôts sur les portes et fenêtres. Jean avait travaillé dans un bureau à la poudrerie. Ceci expliquait sa tenue, l'absence de « bleu » et de sabots (sauf pour aller dans le jardin de derrière s'occuper du potager et des lapins) et aussi une certaine aisance financière.

La table et le buffet étaient en Formica vert pâle que je trouvais du dernier chic lorsque j'étais enfant. Quant à l'évier il me faisait carrément rêver. Il était tout en Inox, toujours impeccable et il brillait. Le luxe absolu ! Il y avait aussi un Frigidaire, des vrais cabinets près du garage et une salle de bains. Avec les années, la télévision avait trouvé sa place sur une table à roulettes façon acajou et Jean pouvait jouer au « Mot le plus long » dans la solitude de ses soirées. La table était toujours encombrée de papiers, courriers ou journaux, *Pèlerin, La Vie catholique*, de bols, de bocaux de confiture vides, d'un paquet de Petit Lu entamé. Une paire de lunettes traînait sur *Le Télégramme* ouvert, édition de Quimper et non de Brest car on était au Finistère sud. Ce n'était pas les mêmes avis de décès, or on se tenait au courant.

Dans cette cuisine, on ne mangeait pas, on buvait seulement. On s'asseyait et on causait. Quelquefois un voisin passait. Il apportait des pommes de terre nouvelles et le quotidien parce qu'il partageait l'abonnement avec Jean.

« Y en a un qui le lit le matin, l'aut' le soir. On partach', c'est moins cher comme ça ! »

À ce moment-là, Jean sortait la bouteille étoilée et versait le « rouge » dans des verres à moutarde. Seuls les hommes buvaient en trinquant :

« *Yec'hed mat** ! *

– Et toi, miyonne, un coup d'Sic ? »

J'avais vingt-sept ans, mais on me proposait encore le Sic orange ou citron que je pouvais

272

difficilement refuser ; ça me rappelait le Pschitt de mon enfance et me donnait une contenance.

De l'autre côté du couloir glacé qui donnait sur la porte d'entrée condamnée, il y avait la salle à manger néobretonne. Il fallait mettre les patins. La table encadrée de six chaises, bien au centre, prenait toute la place, le buffet plaqué sur tout un côté faisait face à un mur tapissé d'arabesques sur lequel se détachait une toile représentant la chapelle que l'on apercevait autrefois de la ferme de Roz Piriou. Tout était impeccable et j'avais l'impression d'entrer dans une vitrine.

Quelquefois cette salle à manger prenait vie. Il y avait comme une respiration inattendue, presque déplacée, un souffle au milieu des bruits de voix. C'était lorsque Jean invitait tout le monde, frères, belles-sœurs, cousins, neveux et nièces. On était au moins vingt-cinq dans dix mètres carrés, il y avait une nappe posée sur du Bulgomme et le service « en Quimper » était de sortie. Quand on s'en allait, on s'embrassait bruyamment, j'entendais une nouvelle fois que j'étais « tout Mam' quand elle était cheune » ou « celle-là, c'est Charles tout craché », puis la porte se refermait sur la solitude et le silence. Avant de partir, les femmes avaient tout rangé et nettoyé. Les meubles, le vase « en Quimper », la toile bien au milieu du mur n'adressaient plus aucun signe. Le vide circulait comme un courant d'air froid. La salle à manger avait retrouvé sa figure quotidienne, son immobilité glacée. Le souffle, les voix, c'était passager.

Une autre pièce jouxtait la cuisine. On la devinait à travers une double porte vitrée agrémentée de rideaux un peu opaques. C'était la chambre. Un jour, un coup d'œil furtif et gêné me permit de découvrir un coin de lit à deux places et une très grande armoire. J'avais commencé à parler un peu avec Jean et il était allé fouiller. Il avait compris que je m'intéressais à la famille, à ses parents, à nos ancêtres communs. Il savait que j'avais besoin de voir ce que je n'avais pas encore vu et qu'il gardait jalousement, besoin de savoir peut-être. Mais là, c'était une autre histoire.

J'avais trouvé, en ouvrant les portes et les tiroirs de la maison du Landais, en soulevant des mouchoirs, des chemises ou des draps, une sorte de petit carnet jauni, rafistolé avec du Scotch, un peu déchiré sur les bords. C'était un livret militaire. Il n'y avait aucune photo mais deux prénoms suivis d'un patronyme, ceux du Menuisier, ainsi qu'une date et un lieu de naissance. Et comme il était sans doute coutumier de le faire sur un livret militaire, cette précision : « cinquième d'une famille de dix enfants ». Une rectification était visible sur le nombre et, malgré l'application de celui que je supposais être l'adjudant, je voyais nettement le 9 apparaître sous le 10. Je comptai.

Le Menuisier était bien le cinquième enfant. Il avait sept frères et une sœur. Ça faisait neuf, pas dix.

Le trouble ne venait pas cette fois d'une phrase entendue, puis d'une autre – « Mam'… quand elle

était cheune… la plus belle fi' du canton ! »,
« Tad ?… On a trouvé çui-là dans l'étab'… » ou
« Roz Piriou ?… Ceux qui ont racheté la ferme, ils
ont mis l'feu ! » –, mais d'un écrit que je ne
comprenais pas. Le mur du silence n'allait pas
tarder à se lézarder, à s'écrouler peut-être.

Je gardais ce livret comme une très vieille relique,
l'écrin d'un mystère dont je n'avais pas la clef. Une
fois la confiance établie avec Jean que je parvenais à
voir seule désormais, je décidai de lui rendre visite
un après-midi, le livret dans mon sac et déterminée
à en savoir plus.

Dans un face-à-face inquiet avec la seule personne qui pouvait à ce jour m'éclairer, je parlai de
choses et d'autres, progressant lentement vers mon
but. Pourquoi cette modification apportée au
nombre d'enfants ? Au moment de l'atteindre, au
lieu de poser une simple question, je me tus subitement. À l'instant de dire l'essentiel, qui était la
raison de ma venue, le silence reprit ses droits et me
tint prisonnière. Sans doute reproduisis-je incons-
ciemment l'attitude qui avait été celle du Menuisier
toute sa vie. C'était comme si celui-ci avait été là,
près de moi, soufflant sans paroles à mon oreille
que j'étais avec lui détentrice d'un secret, un secret
qu'il m'aurait transmis et que jamais, pour rien au
monde, je ne devais dévoiler.

Nous ne sommes pas seulement les héritiers d'un
patrimoine génétique, mais d'un nombre infini
d'émotions transmises à notre insu dans une absence

de mots, et plus fortes que les mots. Tout s'inversait, comme si je savais que je devais me taire. Les mots ne parvenaient plus à mes lèvres, la question que j'avais en tête quelques secondes auparavant ne pouvait être formulée. C'eût été si simple pourtant de poser mon doigt sur le nombre et, d'un air à la fois curieux et détaché, de demander à Jean : « Combien d'enfants étiez-vous à Roz Piriou ? »

Manifestement il sentit mon malaise et ne dit rien non plus. Peu à peu, je réussis à faire diversion. J'étais passée tout près du danger. Jean écoutait, immobile. Je le sentais un peu tendu, comme aux aguets. Et puis je compris tout à coup qu'il fallait empêcher le silence de s'installer entre nous. J'étais venue pour le briser enfin, non pour l'amplifier. Je regardai Jean dans les yeux, ma bouche définitivement infirme ne disait rien, mais ma main plongeait dans le sac que j'avais gardé sur mes genoux.

Ce fut à peine si j'eus le temps d'achever mon geste, de tenir entre mes doigts timides ou coupables le livret comme j'avais tenu les pages du registre d'état civil à la mairie du village, de demander enfin... peut-être...

Jean me devança : « Ça, c'est le livret militaire de ton père ! »

Cette affirmation sonna comme une injonction. Jean ne semblait nullement étonné de me voir là, assise en face de lui, avec ce livret dans les mains. En même temps, il était clair qu'à la question que je finirais inévitablement par formuler la réponse était prête, depuis longtemps.

J'ai prononcé le mot. J'ai demandé : « Combien ? »
La réponse est tombée : « Neuf. »

Ce fut à ce moment qu'il s'était levé lentement et de son pas un peu traînant s'était dirigé vers sa chambre. La porte était restée légèrement entrouverte et j'avais pu apercevoir la grande armoire qu'il avait ouverte. La gêne paralysait mes mouvements, ce fut à peine si je pus incliner la tête. J'avais honte d'avoir osé le questionner, je me demandais ce qu'il cherchait. Quand il revint enfin, il tenait entre ses mains une photo sépia de format 13 × 18, manifestement agrandie et retouchée par un professionnel. Elle datait à l'origine de l'année 1913. Je ne l'avais jamais vue, le Menuisier, j'en étais sûre, ne la possédait pas. C'était la famille, au complet, posant en été devant un photographe de passage, dans le décor naturel de leur quotidien, un amoncellement de branches en toile de fond, un talus à gauche, des herbes foulées sous le martèlement des sabots, des fougères, toute une nature sauvage qui leur ressemblait.

« Vous n'êtes que huit ! Où est le dernier ?

– Dans le ventre de Mam', tiens ! Germain est né en 1914.

– C'est qui, la petite fille ? »

Jean se mit à rire :

« *Gast !* C'est moi… On avait des rop' quand on n'était pas encore prop' ! Et des cheveux longs aussi. J'ai deux ans là-d'ssus !

« – Tu as des boucles et un ruban.
– Dame ! C'était comme ça ! »

Cette photo d'une netteté parfaite était censée me prouver la composition de la famille. Huit enfants, un tous les deux ans, et le dernier à venir six mois plus tard.

La plus vieille de ces têtes rustres et solennelles avait quarante-six ans, la plus jeune, deux. Je les découvrais avec curiosité, mais sans émotion, aussi paradoxal que cela puisse paraître. Peut-être était-ce parce que je leur ressemblais dans cette étrange aptitude à ne rien montrer au moment où il faudrait tout dire. J'identifiai immédiatement le seul point commun entre les faisceaux de ces regards et ces visages qui fixaient l'objectif, une absence totale de sourire, des bouches closes, obstinément fermées et qui ne semblaient manifester aucune pensée.

Jean m'offrit une copie encadrée et j'examinai chaque personnage à la loupe. Je n'avais connu que des disparus, adultes ou vieux pour la plupart. Ceux qui étaient toujours en vie quand je vins au monde avaient dépassé les cinquante ans. Ces êtres étaient les miens et ils m'étaient étrangers.

*

Un soupçon de fierté se lit dans le regard de la sœur aînée. Elle tient sa main gauche posée sur son cœur. Mam' aussi soulève une main blanche qui retombe doucement sur son tablier au niveau du ventre. Deux belles mains qui ne montrent pas l'usure du travail quotidien de la terre. Tad et les garçons ont les bras le long du corps. Pierre est raide comme la justice et semble défier le photographe de son regard déjà incendiaire. Il n'a que douze ans et ressemble à l'adjudant-chef qu'il va devenir. Sa coupe au bol figure le casque qu'il portera. Je m'attarde sur Françou, tout à gauche devant Tad. Comme Pierre et le Menuisier, il porte un pauvre petit costume de toile grise, une veste à trois boutons et un pantalon trop court qui découvre de grosses galoches. Les garçons ont tous des galoches de cuir, montantes pour les trois plus petits. Françou, Pierre et le Menuisier sont les seuls à arborer cette tenue austère de tous les jours, cet uniforme de pauvre. Ils ont chaussé leurs godillots pour la cérémonie de la photo, pas question de garder les sabots. Les parents ont peu d'argent mais chaque enfant a sa paire de chaussures pour les grandes occasions.

Le reste de la famille est « en dimanche ».

Françou. Un petit paysan à la mine triste, au regard doux. L'expression de sa bouche est la plus touchante car, contrairement aux autres, on aperçoit les commissures de ses lèvres vers le bas qui, bien involontairement sans doute, dévoilent un sentiment. Il ne boude pas, non. C'est la bouche d'un jeune garçon de quatorze ans qui semble avoir souvent pleuré, pleuré des larmes invisibles, un enfant sensible qui met toute sa force à se tenir droit pour paraître fier mais, ce faisant, ne peut dissimuler quelque chose comme une blessure, accentuée par un regard lourd d'une évidente mélancolie. Il sera soldat dans quatre ans et, contrairement à son cadet, n'a rien d'un militaire, mais tout d'un rêveur, d'un poète. On dirait qu'il songe à l'aspect dérisoire de ce témoignage familial, au portrait, triste orgueil des vivants. Il est là pourtant, mais sa pensée est ailleurs.

Tous respirent l'obéissance, la tenue dévoile un sens évident du devoir. Aucune joie, le moment est solennel et, mis à part Françou qui laisse insensiblement découvrir son âme, personne ne montre ce qu'il ressent.

Après Tad et Mam', ils sont tous placés par ordre d'âge et de taille, Louis l'aîné, puis la sœur et les six garçons. Trois rangées. La fille ne ressemble pas à la mère ni aux frères. Ses paupières sont tombantes et l'on devine un regard transparent. Elle porte un tablier de lin qui lui descend jusqu'aux pieds. De petits bouquets de cerises d'une coquetterie attendrissante sont brodés le long des coutures. Les manches de sa camisole sont en velours noir comme celles de sa mère. Comme elle aussi, elle porte une coiffe en tulle blanc, petite et discrète, maintenue derrière la tête bien au-dessus de la nuque et des cheveux remontés, impeccablement lissés. On la distingue à peine, cette coiffe. Seul un ruban empesé formant deux demi-cercles parfaits de chaque côté du visage, du sommet du crâne et jusqu'au-dessus des oreilles, signale sa présence. Deux visages encadrés d'une sorte d'énorme paire de lunettes qui laissent voir en leur centre vide de petites branches, des feuilles, toute une nature qui se mêle à la physionomie des deux femmes et fait partie intégrante de leur portrait.

Ils n'ont que douze et dix ans mais sont déjà inséparables. Pierre et le Menuisier, côte à côte, même habit, même pose silencieuse. Le Menuisier est plus petit d'une tête, il recherche la protection de son frère comme s'il avait un peu peur. C'est imperceptible. Il faut bien regarder. C'est un détail, mais il existe. Sans la différence de taille et les yeux – ceux du Menuisier n'évoquent en rien le regard rusé de Pierre –, on pourrait croire à des jumeaux.

Les yeux du Menuisier sont deux lacs noirs, profonds, timides et néanmoins grands ouverts. Ce sont les plus sombres et les plus grands de tous. Sa main droite frôle celle de son frère le long du pantalon dans lequel il flotte tant il est maigre. Ils sont soudés et forment un petit couple, au milieu.

Tad, quarante-six ans, a le visage buriné, marqué, celui d'un homme toujours dehors, été comme hiver, des yeux qui montrent une fatigue prématurée, qui disent le travail harassant de toute une vie. Une moustache noire et tombante creuse ses traits et accentue une forme de lassitude physique et morale. Il est plus proche de Françou que de sa femme. Il y a une place vide entre elle et lui.

Lèvres bien serrées, pommettes saillantes, regard hardi, vif, pénétrant, Mam' est au centre de la photo.

En haut, à sa place, c'est elle qui commande, qui dirige sa portée et son homme.

Un détail singulier retient mon attention derrière l'épaule gauche et jusqu'à l'arrondi du ruban de la coiffe. Il y a une tache claire, comme un halo de lumière blanche, un éclairage dans son dos dont je ne m'explique pas la présence. La photo est parfaite, ce détail fait sa singularité.

*

Un jour, alors que je montrais ma famille à un ami, celui-ci ne manqua pas de noter cette présence lumineuse. Dans l'intimité de notre conversation, d'un ton parfaitement naturel et affirmatif, il me fit remarquer qu'il s'agissait tout simplement du fantôme.

« Quoi ?

– Ben oui ! T'es pas au courant ? Je t'assure, il arrive que les fantômes apparaissent sur les photos. Comme ça, exactement, une sorte de souffle, de lumière. »

Ce joli mystère me convenait. Cette réponse irrationnelle me semblait être la seule possible, je n'avais pas envie de croire à autre chose. Eux-mêmes n'y croyaient-ils pas ? Comme ils croyaient aux âmes errantes, aux intersignes, à l'Ankou qui, épousant les traits du dernier mort de l'année, revenait dans sa *karriguel** chez celui ou celle qui allait bientôt le rejoindre dans l'autre monde, aux jeteurs de sorts, ces vagabonds qui demandaient une paillasse pour la nuit, un bol de soupe, un peu de pain et qui, s'ils étaient rejetés, maudissaient la ferme et ses habitants. C'était comme ça qu'au Rest la grange était hantée, que les murs laissaient entendre d'étranges plaintes, et que « meum' les meubl' bougeaient, la table et tout, j'l'ai vu, moi », disait Germain.

La religion et les croyances les plus populaires s'accommodaient entre elles. L'au-delà se manifestait d'une manière ou d'une autre. On n'en doutait pas. Bourgeon fragile au bout d'une petite branche, j'ai longtemps scruté ces êtres de mon arbre généalogique. Ils criaient si fort derrière leur apparente solennité. Je portais toutes ces vies qui n'étaient pas la mienne. C'était une étrange et profonde sensation.

*

Mis à part les quelques photos de noces campagnardes que j'avais vues dans la maison du Landais, il pouvait s'en trouver d'autres, plus anciennes, des portraits de Tad, de Mam', de leur mariage peut-être, de leur jeunesse. Il y avait deux endroits éventuels, où l'on reléguait les vieilleries que l'on ne pouvait jeter : le coin sombre dans la cave, à gauche sous l'escalier cimenté, cachette maudite des bombardements, des revues humides et poussiéreuses, du petit cor de chasse de René-Paul, ou le grenier quasiment inaccessible. Il fallait pour l'atteindre utiliser un escabeau sur lequel on fixait une échelle avec des boulons. Puis une fois juché tout en haut de cet équilibre fragile, on poussait une trappe avec la tête et on se hissait pour arriver sous le toit de zinc où il était à peine possible de se déplacer, même à quatre pattes.

Ce fut là, dans une vieille valise en bois à poignée de cuir que je trouvai cette photo qui aujourd'hui me brûle les doigts. Elle était parfaitement conservée, proprement collée sur un carton brun mordoré, entouré d'un premier liséré sombre qui soulignait son périmètre puis d'un second tout au bord qui assurait la finition. L'ensemble était vraisemblablement destiné, par la tenue et l'épaisseur de la marie-louise, à être posé sur un buffet ou une cheminée. Ou pire, à être encadré. C'était un moment que l'on avait voulu fixer à tout jamais et qui, depuis le jour de cette découverte, n'a cessé de me hanter et d'exercer sur moi une fascination morbide. Quelquefois je sentais une révolte qui grondait dans tout mon corps face à mon impuissance, à mes mains inutiles.

Sur la photo, un drap noir dissimule un cercueil.

J'aurais voulu arracher ce drap, briser à coups de hache et de toutes mes forces les planches clouées de ce cercueil camouflé. J'aurais pris entre mes mains ce corps de cire et de bois, ou je l'aurais simplement effleuré, embrassé peut-être comme dans le conte où le prince réveille la Belle au bois dormant. Et le mort ne serait plus mort, et il se serait levé comme lors de la résurrection de Lazare. Il aurait marché dehors dans la lumière du jour, à midi, devant la porte de la ferme. Et moi, j'aurais saisi les mains sèches et crevassées de Mam', assise à côté sur cette photo maudite, et je l'aurais entraînée dans une danse, une gavotte de joie à travers champs. Et tous et toutes avec leurs habits de deuil nous auraient rejointes, jetant les vestes noires, les chaussures de cérémonie qui font mal aux pieds des paysans. Le curé aurait apporté les crêpes et le cidre, les voisins Trividic auraient dressé une grande table au bord du champ de blé. Les sonneurs seraient venus en bandes en suivant les chemins creux, et jusqu'au crépuscule, binious et bombardes auraient couvert le chant des oiseaux. Et tous et toutes se seraient endormis, dans le foin, au bord des talus, sur l'herbe des prairies, sous un ciel piqueté d'étoiles. Et tous et toutes se seraient réveillés au matin, très tôt, au chant du coq, parce que l'on se réveille toujours. Et cela grâce à moi, parce que j'étais la dernière arrivée de la confrérie de Roz Piriou, celle que l'on avait attendue longtemps sans rien dire, celle qui avait le pouvoir de réveiller les morts.

La révolte se tait, l'impuissance prend toute la place. La mort a le dernier mot. Je reste abandonnée à ma solitude, à mon face-à-face douloureux avec la photo que je ne lâche pas, démunie, dans un état de confusion, pleine d'impressions insaisissables jusqu'alors indicibles. Si par hasard je l'avais égarée avec les années, je penserais aujourd'hui que le souvenir de cette découverte n'est en vérité que celui d'un cauchemar ou d'un fantasme morbide, fruit de mon imaginaire perturbé depuis la petite enfance, en aucun cas d'une réalité. Mais non, la photo est bien là, conservée jalousement parce que je savais sans doute qu'un jour ou l'autre, à l'instar de celle de la famille, je me déciderais à l'interroger, loupe en main. Désormais elle m'appartient, à moi seule. Bien triste héritage, macabre représentation, conservée à présent dans la petite valise en carton du Menuisier qui ne me quitte jamais.

Je n'avais jamais rien vu de tel. Au musée de Quimper, peut-être ? Une de ces toiles représentant des jeunes filles au teint frais, en coiffe immaculée et robe noire, assises en rang lors de la veillée du corps d'un petit enfant dans une chapelle ardente. Mais il s'agissait d'une toile, et même si le réalisme était parfaitement souligné, on pouvait toujours se dire que l'imagination du peintre avait œuvré. Nulle tristesse, trop de beauté, de pureté. Ce n'était qu'une peinture. Ce n'était pas vrai.

La photographie est toute-puissante, elle nous rend prisonniers. La photographie ne reproduit pas l'instant, elle le vole. On ne lui échappe pas, elle prend la vie. Elle est la vérité de ce qui a été, et qui est encore sous nos yeux, comme si nous faisions partie intégrante de cet espace clos, comme si nous étions là, nous aussi, fixés sur le papier glacé, immobiles, en compagnie muette de celui, de celle que nous regardons dans le calme le plus absolu. Nous sommes identiques, ainsi statufiés. Seule notre voix ferait la différence, mais nous n'avons pas à parler. Tout est dit, autrement, au-delà de nos pauvres mots.

Sur cette photo, comme derrière l'épaule de Mam' sur le portrait de famille, un flot de lumière blanche. Non plus un étrange et timide éclairage, mais une lumière insolente et crue que l'on voudrait rédemptrice, divine. Contrairement à la précédente représentation, sa présence ne recèle aucun mystère. Nous sommes à l'intérieur de la ferme de Roz Piriou, dans la pièce à droite au rez-de-chaussée que je nommerais la salle à manger et que je découvre pour la première fois telle qu'elle fut. La fenêtre est grande ouverte. Pas seulement parce que c'est l'été : la coutume dit qu'il ne faut pas la fermer afin que l'âme du défunt puisse s'envoler. La chaleur, la vie pénètrent la pièce en un souffle indiscret et puissant matérialisé par cette pluie de lumière blanche, agressive, que l'on aimerait douce et consolatrice en ce mois de juillet 1933.

Le corps de Françou a été rapatrié de Guinée. La pendule, que l'on a peut-être oublié d'arrêter malgré la coutume, indique 11 h 10.

C'est le grand jour en effet, le jour proche de midi tant la clarté est aveuglante et contraste avec le catafalque ténébreux au-dessus duquel elle jaillit en flamme ardente.

On l'a dressé sur la grande table de ferme, coincé entre le mur sur lequel, à droite de la cheminée, était tendu un drap blanc et cette fenêtre qui très probablement n'avait pas de volets. On ne voit pas le cercueil, mais un ensemble massif et lourd, une énorme boîte aux angles aigus, recouverte d'un drap noir et or et du drapeau français sur lequel on a posé une croix. Une autre croix, plus grande et sophistiquée, est appuyée contre la fenêtre et, paradoxalement, disparaît de moitié tant elle est incendiée de lumière. On aperçoit une troisième, si haute, si fine et fragile qu'on l'a délicatement adossée au mur drapé. Elle est inclinée, maintenue par une poutre du plafond. La quatrième est plus petite, massive, arrondie dans les angles, toute blanche et lisse, elle est posée sur une petite table de nuit, elle-même recouverte d'un tissu blanc qui, à l'ombre du catafalque lourd et imposant, prend des reflets gris dans la souplesse de ses plis. On n'a pas oublié la coupelle et le brin de buis qui attendent les mains des vivants. Le christ de cette croix blanche lève si haut ses bras et ses mains clouées qu'il a l'air de brandir les lettres d'argent au-dessus de sa couronne d'épines : « À notre fils ». Une cinquième et dernière croix, toute petite, humble, taillée dans un bois sombre, la croix de tous les jours, repose près de la coupelle d'eau bénite.

Des branches dont on devine la fraîcheur des feuilles décorent la table de chevet et glissent le long du drapé. Au pied du catafalque, une autre petite table, également vêtue d'une sorte de housse d'un blanc de craie, plus éclatant encore que celui des draps que l'on faisait sécher l'été sur les talus dans la lumière de midi, une housse comme une tache de lait répandue, sert de support à une première couronne de fil de fer tressé, ovale, garnie de fleurs blanches et barrée d'une inscription en lettres claires : « À notre frère et beau-frère ». Et des branches, des feuilles gorgées de vie tout autour, cueillies par des mains aimées – frères, sœur, mère. La seconde couronne, ronde comme une énorme fleur ajourée, trône à la tête du cercueil, calée contre le mur. Elle atteint les poutres noircies du plafond. Elle n'a pas de fleurs mais un ruban tricolore : « À notre regretté camarade ». Le nom du régiment au-dessus est illisible. Je m'écorche les yeux et ma loupe ne veut rien savoir.

À gauche, l'antre ténébreux de la cheminée ressemble à une boîte noire dans laquelle s'inscrit la silhouette de Mam', assise près du corps enfermé de son fils. On ne distingue pas sa robe qui se fond dans le noir de suie. On devine ses mains croisées sur ses genoux. Sans le mince ruban blanc de sa coiffe de deuil, elle disparaîtrait dans l'âtre. C'est la coiffe aux deux rubans relevés sur les côtés destinée aux fêtes ou aux mariages. Mais ce jour-là, ces rubans retombent sur la poitrine, formant une sorte de cœur, maintenus par une petite épingle à tête de nacre sur le sein gauche. Un chapelet brille entre les doigts, le regard est perdu. On ne sait si Mam' observe la lourde croix blanche et le christ souffrant, ou le drapeau français, ou rien, ou le souvenir de son enfant, on peut lire une absence de pensée, un songe inaccessible ou un vague questionnement sur ses lèvres tristes et closes. Elle n'a pas de réponse, Mam'. Elle n'a pas besoin de poser. Elle est immobile, elle fait corps avec sa cheminée noire pareille à un cercueil ouvert, seule, loin de tout. Au-dessus de sa coiffe, posées sur le linteau, deux belles cafetières inutiles en émail décoré de fleurs colorées et, disposés du plus grand au plus petit, les pots à sucre, à café, à farine et un dernier pour le sel sans doute. Plus haut, sur ce qu'il reste de mur, je distingue une représentation de l'Immaculée Conception qui disparaît pour moitié. Je reconnais le drapé de la robe, les roses sur les pieds et les lettres : « *Ave Maria* ». Je découvre aussi un modeste dessus de cheminée en lin brodé. Mon œil avide collé à la loupe aperçoit un coq, un chien, quelque chose comme un chaton et aussi des enfants qui jouent. Les objets du quotidien, les petites broderies naïves ont perdu leur sens. Ce sont eux pourtant, cette toile de fond dérisoire, qui me déchirent le cœur longtemps après la découverte de cette photo.

La lumière entre, la pendule indique l'heure, le temps ne s'est pas arrêté. Une main au majeur coiffée d'un dé a, le soir à la lueur de la lampe à pétrole et après une journée de labeur, fixé pour toujours les petits frères sur la toile, une frise d'enfants heureux et d'animaux, une farandole de bonheur. La mort n'est qu'une monstrueuse supercherie.

Mensonges, les couronnes et les christs brandis !

Redonnez-moi mes petits princes, mon château inconnu ! Faites que pour toujours disparaissent les ruines !

290

Il n'y a plus d'enfance. Louis, l'aîné, est marié depuis cinq ans. Je vérifie sur l'arbre généalogique. La sœur depuis deux ans. Elle vit toujours à la ferme avec son mari, domestique. Sébastien aussi a épousé sa promise et Émile vit depuis un an à la ville avec une femme qui ne voulait plus rester une paysanne, « une qui rejetait la coiffe pour le chapeau, une crâneuse », bonne qu'à renier ses origines et que je ne connaîtrai jamais. Émile sera le seul qui divorcera. Le Menuisier va épouser Louise dans trois mois. La noce est prévue en septembre, l'arrière-saison, il fait souvent beau et le ciel est doux. Le Menuisier aura son ruban de deuil au revers de sa veste de marié et il ne dansera pas. Pierre et Jean, ceux qui resteront vieux garçons, ont aussi quitté la ferme. L'armée pour Pierre, avec plus de chance que Françou : il voyagera dans le monde, très loin, jusqu'en Cochinchine. Un bureau à la poudrerie de Pont-de-Buis pour Jean, pas très loin des siens, un travail tranquille à l'image de son caractère. Ne reste que Germain qui n'a pas dix-neuf ans. Tad est mort il y a six mois.

*

La photo me raconte l'histoire, celle que j'attends depuis si longtemps, celle d'un garçon, d'un jeune homme mort qui me hante. À cet instant, je crois avoir trouvé le lieu du silence et du chagrin.

C'est l'histoire de mon oncle, du frère tant aimé, premier mort de la fratrie.

Françou est de retour au pays. Une mère hébétée le pleure sans larmes. Il repose une dernière fois dans la ferme où il est né trente-quatre ans plus tôt, sur la table où il prenait ses repas, entouré de branches, de christs, d'honneurs. On dirait le catafalque d'un chef d'État dressé pour les hommages du monde entier.

Il me faut inventer l'enterrement qui suit pour pleurer mon oncle, deuil nécessaire, mes larmes sont celles du Menuisier, celles qu'il ne pouvait pas verser, celles qu'il m'a cachées.

Ils viendront tous, de Keronna, du Quinquis, de Penfrat. Ils le veilleront et ils prieront la nuit entière. Ils se serreront les uns contre les autres, sans se toucher vraiment, trop de pudeur pour ça, devant le feu de bois parce que bien sûr ils feront du feu pour la nuit, même si l'on est en juillet, une grosse bûche qui réchauffera les cœurs et les corps endeuillés et plein de brindilles qui éclateront en gerbes d'étoiles. Il faut de la lumière dans le noir de la nuit, et de la chaleur parce que, de toute façon, ils ont froid. Un dernier feu pour Françou aussi. Peut-être qu'il le voit de là où il est…

Et puis au matin, la charrette l'emportera, sur des kilomètres, jusqu'à l'église du bourg.

Un long, très long cortège comme un ruban noir se déroule sur le chemin. Un chef d'État, j'vous dis, et les paysans ou les mendiants qui se signent en le voyant passer. Devant, le prêtre brandit une très haute croix, comme dans les pardons, deux enfants de chœur en aube et surplis brodé le suivent. L'un d'eux tient l'encensoir. Derrière le cercueil, toute la famille avance lentement dans le calme de ce début d'été, l'odeur des champs, les murmures des blés et la poussière chaude des chemins. À chaque calvaire, le cortège s'arrêtera pour une prière. Jusqu'au dernier instant ils seront là, et la vieille église fraîche retentira de leurs voix chantant le *Baradoz**. Puis viendra ce dernier moment où, à deux ou trois, on descendra le cercueil débarrassé de ses ornements, la jolie boîte de bois clair, le sapin des pauvres, dans le fond du caveau, près de Tad qui n'y dormira plus seul. Et on poussera la pierre sur la dernière résidence de la famille de Roz Piriou où toutes les places sont déjà prévues.

On respecte les morts. Ils existent. On les aime jusqu'au bout et surtout au-delà. On les prie, on leur dit des messes de huitaine, des messes anniversaires. Mam' porte sa cape de deuil. On attend de les revoir un jour… « Au ciel, au ciel, au ciel… » Les voix résonnent dans le chœur.

En attendant ce jour béni de la résurrection, on choisit la plus belle photo de Françou, celle sur laquelle il pose en uniforme, les bras croisés comme le petit élève docile qu'il a sans doute toujours été. On va la multiplier chez le photographe pour que chacun, chacune, la place dans son missel avec l'éternelle formule : « Souvenez-vous dans vos prières de l'âme de… » et la suite. Pour que son visage tranquille ne nous quitte jamais, pour que loin dans sa descendance une petite-nièce le pleure à son tour, l'invente et le cherche désespérément au cours d'une errance dont elle ne peut percer le mystère, immobile et démunie devant son cadre.

Françou avait sa place dans la chambre de Louise et du Menuisier, à droite en entrant, au premier étage de la maison du Landais. Sébastien mort à la guerre sept ans plus tard ne réapparaîtrait jamais. Tellement habituée à ne rien demander, je ne m'en étonnais même pas.

*

Nous nous arrêtons parfois sur le chemin, par lassitude. Nous savons pourtant que nous ne sommes pas au bout du voyage.

Je suis assise, comme un peintre, devant une toile inachevée, souffrant de ne pouvoir trouver l'élément essentiel qui permettra à mon âme torturée de se reposer enfin, qui donnera à mon corps la permission de commencer à vivre. LOIN D'EUX !

Il me semble que je ne vois plus rien et qu'il n'y a plus rien à entendre. Mes mains pourtant sont fébriles, impatientes. Elles veulent encore fouiller, exhumer.

Pourquoi chercher encore ? Cette photo ténébreuse, n'était-ce pas suffisant ? Pourquoi je poursuis, plus obstinée que jamais ?

Je suis pour toujours la petite fille du cimetière, penchée sur la fosse et qui cherche les os, les « restes ». Les restes de quoi ? De qui ?

C'est alors que je trouve la lettre, quelque part dans un fouillis de papiers. L'enveloppe de petite taille est entourée d'un liseré noir, le papier vélin aussi. Celui-ci est encore doux comme une étoffe. Je regarde sa texture, on dirait qu'il est tissé. Il a juste un peu jauni. Sa peau a gardé le même grain, elle est vivante. Je la caresse et je pose mes doigts où il a posé les siens. Françou a écrit à l'encre violette. C'est sa dernière lettre au Menuisier. Elle est datée du 19 février 1932.

Françou n'a que trois mois à vivre. Il est en Guinée, parle de son engagement dans l'armée. Que pouvait-il faire d'autre ? Rien à part le séminaire, mais pour cela il faut plus d'instruction et la vocation aussi. Françou aime la vie, il veut une famille.

Heureusement qu'il ne me reste que cinq ans à faire et, sur ces cinq ans, j'aurai bien un an à un an et demi de congé. Aussi, ça va et en plus, dans dix mois je serai de retour [...]. J'espère cette fois-ci, bien ou mal faire, prendre une petite femme. Il est temps, 34 ans bientôt [...]. Enfin, c'est la destinée qui l'a voulu ainsi [...]. Mieux vaut penser maintenant à l'avenir qu'au passé malgré que c'est dur, même impossible à bien penser...

La lettre entourée de noir c'est à cause de celui qu'il appelle « le grand Tad disparu ». En mémoire de lui, le papier à lettres était endeuillé pendant une période déterminée que j'ignore. Un an peut-être…

« L'avenir, impossible à penser… » « Une petite femme », comme on disait de façon un peu tendre, désuète aujourd'hui, « les p'tites femmes de Paris ». Prendre une petite femme, se marier, avoir des enfants, rentrer au pays après quinze ans d'armée.

C'est moi la petite femme puisque je lis cette lettre, la petite femme qui pleure. Je suis la veuve de Françou. Je pleure le frère du Menuisier qui prend place maintenant près de René-Paul, près de Denis, du petit marin et de grand-mère Mélie, près de tous ces visages et ces corps qui se confondent et se multiplient. Je pleure un enfant à la vie foudroyée. L'Ankou a frappé sans prévenir, même là-bas dans ce pays où je ne suis jamais allée, que je peine à situer au centre de l'Afrique, il me faut vérifier. Pourquoi lui ? mon tonton inconnu ? Qu'est-ce que c'est que ce vide en moi ? cette interminable absence ? cette perte ? cette marque, une fois encore, de mon impuissance. Son absence me brûle, je vais me consumer et devenir cendres moi-même, éparpillées dans le vent. Mon imagination plus forte que toute volonté se désagrège devant l'inéluctable.

Je replie la lettre. Je ne suis plus que le chagrin silencieux du Menuisier, marquée dans ma chair par ta vie, Françou que je n'ai pas connu, ta voix que je n'ai pas entendue, ta photo de grand garçon sur le portrait de famille, ta photo de soldat, ton regard qui me fixe à jamais.

Ô Françou, ton existence gâchée, petit paysan breton, mort loin de tout, seul, dans un pays que tu dis « un peu sauvage ». Tu oses à peine écrire le mot et tempères l'adjectif par l'adverbe qui, très probablement, dit le contraire de ce que tu ressens vraiment. « Ça sera mieux Madagascar... »

Le Menuisier a écrit pour demander le rapatriement du corps de son frère. Je découvre alors une dernière lettre à son nom, près de celle de Françou, écrite de la main de l'adjudant-chef Barrouquère.

Surpris du décès de votre frère [...] douleur [...] se plaignait du ventre [...] forte fièvre [...] crise de sept à huit jours avant service à Conakry [...] plus près de l'hôpital [...] je le considérais comme un frère [...]

Le papier à lettres est le même, la page plus grande, le liseré noir en moins, encre violette aussi, écriture calligraphique.

Personne n'aurait cru à cette fin prématurée [...]. Nous avons perdu deux coloniaux après votre frère [...] enfin, c'est la destinée de nous autres coloniaux de laisser la plupart de nos os à la colonie.

L'adjudant écrit proprement, poliment, comme un bon élève. Respectueusement. Il essaie. Ma gorge se serre. Je revois le catafalque dressé, les fleurs, les croix, les yeux qui me regardent au-delà de la mort… tonton François…

Il n'y a plus de François, plus de « frère » dans la dernière partie de la lettre.

Pour faire ramener les restes en France, vous n'avez qu'à faire une demande au ministère.

Le corps de François. On dit bien le corps. Les restes ? Restes, reliques pour les saints, morceaux d'os dans la tombe, les cercueils pourris au cimetière près du *penn-ti*. Les restes, comme on dit les restes du manger, les restes pour la gamelle du chien.

Nécessaire pour l'exhumation ici aux frais de l'État […] Cercueil plombé payé par la Colonie […] Tombe bien entretenue, il n'a laissé ici que des camarades […] Un an, jour pour jour après le décès, le nécessaire sera fait.

1933 est aussi l'année de la rencontre avec Louise. Trois quarts de siècle après, je pleure mon oncle, sergent de l'armée française, bataillon BTL n° 4, Conakry, Guinée, mon oncle paysan du Porzay, région du Finistère centre tout au bout de la Bretagne. Tournez le globe terrestre et taillez votre crayon. La mine sera encore trop grosse malgré vos soins pour mettre un point sur notre terre. Vous ne verrez rien.

Je n'ai pas oublié celui que je n'ai pas connu. La plaie ne se referme pas. Il y a trop de pleurs, de cris enfouis, de bouches closes.

« Je vous tue tous », dit l'Ankou sur l'ossuaire dans le cimetière de La Roche-Maurice. Où sont les morts ? Je pense à l'inscription sur l'église de La Martyre : « *An ifern yen* », l'enfer froid. Pour les anciens Celtes, l'enfer était sous la terre, territoire glacé. Où vont les âmes ? On dit que quelquefois elles prennent la forme d'un oiseau. Quelquefois il n'y a pas de paix pour l'*anaon* dans le monde invisible.

Je range la lettre dans l'enveloppe entièrement doublée de papier de soie noir. J'écrase ma bouche sur le papier imprégné d'une odeur de poussière, celle qui n'appartient qu'aux vieux documents et ne disparaît jamais.

*

Comment leur en vouloir de n'avoir jamais rien dit ?

Dire la blessure ne permet pas toujours de la cicatriser. C'est parfois le contraire qui se produit lorsque le fait de parler met les chairs à vif. Et puis les paysans travaillent de l'aube au crépuscule. N'ont pas de temps pour parler, encore moins pour s'épancher ou dévoiler leurs émotions. J'ai continué à voir Jean régulièrement, deux ou trois fois par an. Plus de conversations sur le passé, plus de questionnements inutiles, la porte du destin était murée.

J'étais fille, petite-fille, nièce de paysans taciturnes et c'est finalement dans cette absence de langage que l'on se rencontrait. Les années passaient et bientôt il n'y aurait plus personne, tout au plus quelques cousins ou cousines que je ne voyais guère qu'aux enterrements.

Il fallait renoncer à apprendre quelque chose de plus. Il fallait se résigner au mutisme comme l'avait fait le Menuisier, à ce tout-puissant silence qu'il m'avait légué comme seul héritage certain. Pourtant j'attendais, chez Jean, dans ce même silence, quelques mots ou plutôt quelques signes. Peine perdue le plus souvent. Parfois, il me disait des paroles anodines sur la vie, mon métier, mon fils qui grandissait. Lui aussi vivait dans une absence de père, sans doute plus cruelle que l'avait été la mienne, et cette absence n'avait cessé de renforcer mon désir de découvrir les pans obscurs d'une histoire qui désormais devenait la sienne.

« Il apprend bien au moins ?

– Oui, très bien. »

Il apprend. L'école, toujours l'école !

Notre lien avec Jean s'était resserré depuis la mort de tante Catherine. Elle s'était éteinte loin de tous à l'hôpital de Brest, aux soins intensifs, dans une très grande salle pleine d'appareils et qui ressemblait à un hall, dans une insupportable lumière, impérieuse et crue, seule, loin des petites fenêtres de Kervrest, de la pénombre douce et enveloppante, sur une espèce de brancard dans l'attente d'un lit blanc et froid. Dans ce hall avec d'immenses fenêtres qui s'ouvraient sur la laideur de la ville, pas de belle mort, d'entrée triomphante dans l'éternité pour ma très vieille princesse, mais une mort clinique, miséreuse. On lui avait volé son trépas.

Ses yeux étaient déjà fermés quand j'avais posé ma main sur la sienne. Je lui avais parlé doucement pour lui dire que j'étais là. Elle n'entendait plus. J'ose croire qu'elle me sentit, qu'elle éprouva la chaleur de mon corps à quelques centimètres du sien qui bientôt cesserait d'exister.

Il faisait chaud, c'était au tout début de l'été.

*

Pour un temps calmée, ou simplement lassée, je ne cherchais plus vraiment à en savoir davantage sur leur vie à tous, n'essayais plus de réfléchir ou de broder sur des souvenirs qui m'appartenaient ou ne m'appartenaient pas, des phrases entendues dès lors reléguées au fond de ma mémoire. Mais j'avais ouvert la porte du silence et je comprenais que je ne pourrais plus jamais la refermer. Alors, dès que je quittais la maison de Jean, au lieu d'aller tout droit jusqu'à la voie rapide qui me conduirait à Brest et à la maison du Landais, je bifurquais sur la droite à la sortie du bourg et je m'engageais lentement sur la route étroite jusqu'au vieux pont. Là, je continuais mon chemin dans la campagne, emmagasinant chaque parcelle du paysage comme si j'avais peur de manquer quelque chose. Arrivée au calvaire, carrefour des chemins, aimantée par la petite route chaotique qui traversait les champs où je ne rencontrais jamais personne, j'allais en conductrice discrète. Je crois que j'éteignais le moteur, je me laissais descendre jusqu'au grand chêne, avant le tournant, écoutant encore une fois ce silence, ne quittant pas des yeux l'horizon, c'est-à-dire l'Aulne qui coulait en lumière dorée, mais aussi les prairies d'un vert sombre, qui montaient en pente douce et formaient un infranchissable rempart de l'autre côté de la rive.

Enfin face à face avec le pignon de Roz Piriou, je m'arrêtais. Je restais debout en haut du sentier, j'écoutais, je contemplais, murée dans une fascination morbide, ce pauvre pan de mur témoin enténébré d'un passé qui refusait de disparaître comme disparaissent les corps, se dispersent les pierres dans la terre, s'abandonnent à la force du vent et de la pluie ou à la violence d'un orage. Ici le temps ne circulait plus.

Cette ruine était une façon de tombeau, devant laquelle il m'était impossible de me recueillir. Il n'y avait pas d'apaisement. Des souvenirs qui encombrent, que je n'avais pas vécus, remontaient d'une mémoire qui n'était pas la mienne. Mon travail interminable de fossoyeur se poursuivait pour trouver je ne sais quoi d'enfoui et qui palpitait encore.

Nous ne cessons jamais d'attendre et c'est quelquefois lorsque nous ne cherchons plus ou ne croyons plus chercher que nous trouvons. C'est un jour comme un autre en apparence. Il n'a l'air de rien, il est gris, maussade, même en été. Il suffit alors d'un instant, mais cet instant, on le saisit parce qu'il vient à nous et à nous seuls. Il nous est donné.

Ce fut lors d'un après-midi d'été chez Jean, en présence de mon fils qui venait d'avoir cinq ans, que tout bascula. Une phrase tomba soudain pour meubler un instant de vide, une phrase toute simple et nettement ponctuée qui sonnait comme une réponse à une question que je n'avais pas posée. Elle fut comme ces paroles entendues qui avaient capté mon attention à des années de distance car elles m'étaient apparues comme les maillons d'une même chaîne, un évident fil d'Ariane.

« Mam'... Hopalà ! Celle-là était la plus belle fi' du canton !... Ceux qui ont racheté la ferme, ils ont mis l'feu !... Tad, on a trouvé çui-là dans l'étab'... » Des phrases qui n'avaient jamais été des réponses à des questions, des phrases qu'il avait fallu prononcer devant moi comme une nécessité absolue, parce que je devais savoir. Des phrases en français, pour que j'entende bien, et qui étaient restées des points de repère. Elles m'atteignaient comme l'eussent fait des flèches plantées dans mon corps tout entier, dans mon crâne elles s'imprimaient et revenaient en écho, se cognant entre elles dans un ensemble qui demeurait incohérent. Manifestement quelque chose manquait pour établir un sens.

La phrase de Jean fut la dernière à m'être décochée.

« Tonton Pierre écrit ses Mémoires. »

J'avais vraisemblablement demandé de ses nouvelles. Il approchait les quatre-vingt-dix ans. Plutôt en bonne santé, il vivait dans une maison de retraite confortable en pleine campagne à une dizaine de kilomètres de chez Jean. Je n'avais jamais éprouvé le besoin de le revoir. Je savais qu'il avait des visites, je n'étais pas indispensable.

Je reçus ces mots comme un coup de poing. Il y eut un instant d'apnée, puis la respiration revint, la mienne, celle de Jean, et des phrases anodines se succédèrent pour faire diversion. Il n'y avait plus rien à dire. Je savais que ces mots constituaient la réponse à mes demandes implicites depuis l'échec lié au livret militaire. Les photos n'avaient pas dévoilé l'essentiel.

J'attendais des mots, fussent-ils écrits. Je savais que c'était dans ces « Mémoires », et seulement là, que je trouverais ce que je n'avais, malgré les apparences, jamais cessé de chercher.

Revoir Pierre était possible, lui montrer comme mon fils avait grandi. Le rencontrer, lui parler, demander était une entreprise d'avance vouée à la défaite. Mais je n'avais plus rien à perdre.

Dans la semaine qui suivit, je pris la route de Saint-Divy. J'entrai dans la résidence des Bleuets, je demandai le numéro de la chambre en me présentant à l'accueil. Je n'eus pas le temps de frapper à la porte, Pierre sortait. Veste et bleu de travail comme autrefois, charentaises, brosse de cheveux blancs plus clairsemés, et plus que jamais l'intensité de ses yeux lorsqu'il me reconnut. Toujours ce même regard droit, magnétique, d'un bleu profond qui n'avait rien perdu de sa vivacité et me transperçait comme une lame, balayant ce jour-là mon visage et celui de mon fils en des allers-retours dont il m'est encore aujourd'hui impossible de dire s'ils exprimaient l'étonnement lié à cette visite inattendue, le plaisir ou l'indifférence tout juste teintée d'une pointe de curiosité.

Nous restâmes debout dans le couloir quelques minutes, le temps de lui laisser achever une sorte d'inspection. Il allait goûter dans la salle à manger avec les autres. « Au moins une demi-heure, le temps de servir tous ceux-là ! »

Je ne me souviens plus s'il me demanda de rester. Je ne sais pas si je balbutiai la moindre proposition d'attendre... « Dehors, dans le jardin... il fait beau... »

Il s'éloignait et je le laissai partir. C'était très bien comme ça. Je voulais être seule. Après avoir ordonné à mon fils de se tenir tranquille, de ne pas parler, de rester assis à regarder son illustré ou à raconter des histoires à son ours, après avoir promis les glaces et les bonbons, le parc d'attractions, après avoir tout accordé, j'ouvris la porte de la chambre et nous entrâmes comme pour attendre.

Il y avait un lit, une table de nuit, un placard, une petite table et deux chaises. Juste le nécessaire, une chambre impersonnelle sans photos, sans bibelots, sans aucun souvenir. Je n'eus pas besoin de chercher. Sur la table, plusieurs cahiers semblables à ceux des écoliers étaient empilés. J'avais peu de temps, il y en avait cinq, à petits carreaux et d'épaisseur moyenne, mais bien remplis. Ils étaient numérotés. Je pris tout naturellement le premier. Je reconnus l'écriture calligraphique, celle de Jean, celle du Menuisier, bouclée, soignée, celle qu'on leur avait apprise au cours préparatoire – ne manquaient que les pleins et les déliés. Si les lettres étaient bleues, la présence du Bic avait ôté le charme de l'encre des porte-plume. Le titre était bien centré, deux mots seulement :

« Roz Piriou, enfance »

J'aurais voulu m'enfuir avec toutes ces pages. Je ne pouvais que les feuilleter, le dos appuyé à la porte. Mes doigts effleuraient le papier, j'essayais de lire en diagonale, n'y arrivais pas, revenais en arrière. Il me semblait que mes yeux tournoyaient et ne répondaient plus aux consignes qu'exigeait une lecture attentive. Je sautai des pages, j'aperçus le mot « école », d'autres en breton çà et là que je ne comprenais pas, des noms de lieux vaguement reconnus. Je saisis le n° 2. Des dates précises me permettaient d'identifier au fur et à mesure l'âge de Pierre. Je comprenais qu'il avait huit ans lorsqu'un mot breton, suivi d'un second entre parenthèses – compréhensible car très proche du français – arrêta définitivement le manège affolé de mon regard. Il était isolé, comme un titre, tout en haut d'une page.

« *Koll i an** » (*Ar bastard**)

Ma respiration se calma, rythmée par une lecture ralentie et ce, malgré les coups qui cognaient dans mon cœur à le faire éclater.

De « *Koll i an* », je n'appris pas grand-chose. Pierre non plus ne savait pas. Personne ne savait, sauf Mam'.

L'aîné de tous était, écrivait-il, le triste résultat « d'une histoire avant le mariage ». Mam' devait avoir dix-huit ans. Un an plus tard, Tad voulait bien d'elle avec celui que l'on ne nommait pas autrement que « *Koll i an* », qui n'avait eu ni baptême ni berceau, qui était né quelque part dans un coin, en été dans un fossé de ce val perdu au bout du monde, ou peut-être en hiver dans une grange, sur la paille comme les animaux ou comme le plus grand des martyrs. Mais celui-ci n'était pas fils de Dieu, il était fils de rien. Un enfant naturel ? Une honte insurmontable ? « Pis que tout », écrivait Pierre. Et plus loin « viol » et encore « inceste » suivis de points d'interrogation.

Mam' n'avait pas de frère, seulement une sœur de deux ans son aînée. Et un père, veuf, qui attendrait

plusieurs années avant de se remarier. Or Mam'
était… « la plus belle fi' du canton ».

Pierre laissait entendre que Mam', muette et
effrayée, subissant sans défense l'autorité paternelle,
avait un jour pris la place de sa propre mère
disparue.

Faute d'aveu, lui aussi avait été confronté au
silence.

Il semblait écrire ce qui s'impose à lui comme une
vérité cachée qu'il fallait enfin mettre en mots. Sans
doute l'« inceste » expliquait-il la monstruosité ?

Ar bastard n'habitait pas dans la ferme. *Ar bastard*
survivait dans la petite crèche accolée au pignon.
On ne le voyait pas, on pouvait juste l'apercevoir en
se hissant sur la pointe des pieds, en montant sur
une pierre si on était trop petit. Et on cherchait à
voir à travers la fenêtre barbouillée de toiles d'araignées. La porte était toujours fermée à clef.
Ar bastard ne marchait pas, mangeait à la gamelle,
dormait sur la paille.
Ar bastard ne parlait pas. Sa bouche prononçait
parfois des sons étranges, gutturaux, effrayants
quand il voyait quelqu'un s'approcher au carreau.
Ar bastard grandissait et sa physionomie était celle
d'un être disloqué et monstrueux. *Ar bastard* n'était
pas tout à fait un humain. Pierre écrivait que, certaines nuits, on entendait des hurlements continus,
des cris sauvages qui jaillissaient sans raison, incompréhensibles, comme ceux d'une bête qui clame sa

douleur. Et plus il grandissait, plus il criait. Quelquefois il était attaché à une corde comme les bêtes.
C'était quand il voulait casser la porte.

Mes yeux caressaient chaque mot et je les pressais
pour écraser des larmes. La réalité était là. Le malheur avait un lieu et un nom. C'était fini, je
n'avançais plus les yeux bandés dans un labyrinthe,
je volais *ar bastard* prisonnier de ce cahier comme il
l'avait été de sa crèche, je l'emportais dans mon cœur,
ma tête, ma chair. Il n'était plus cette ombre qui avait
rôdé, habitant mon corps et mon âme, plus encore
celui et celle de Jeanne et, vraisemblablement, les vies
meurtries de nos deux cousins, l'un quasi autiste,
l'autre ne vivant que la nuit, passant ses journées dans
une chambre de l'appartement de son père.

Je fuis. Je ne revis jamais Pierre. Il fit don de son
corps à la médecine, la recherche lui tenait à cœur.

*

Il m'est impossible de dire ce que fut exactement
la fin d'*ar bastard*.

Je comprends simplement la petite fille que j'ai
été, le petit garçon mort que je portais en moi
depuis le trépas de Denis, ma fascination devant le
portrait de René-Paul, mon travail interminable de
petite fossoyeuse amoureuse des cimetières et ce
besoin absolu et sans relâche de poursuivre une
âme.

Étais-je née pour libérer cette âme ? Peut-on consoler un mort ?

Il me semble aussi comprendre la malédiction qui a frappé ma sœur Jeanne et brisé les vies de deux cousins germains.

Était-ce donc mon rôle, par le pouvoir de l'écriture, de mettre fin à une longue expiation ?

Je me remémore les dernières pages du journal de Pierre comme je peux. En me demandant encore si je n'ai pas fait un cauchemar, j'essaie de restituer ses mots. Ils sont devenus les miens.

*

On avait demandé au voisin Trividic de venir ce jour-là. Ils étaient tous aux champs, femmes et domestiques. Les enfants, à l'école du bourg, ils ne rentreraient que le soir. C'était au printemps. Le Menuisier n'avait alors que six ans. Avec Pierre, ils avaient rebroussé chemin parce qu'il avait reçu un caillou sur la jambe. C'était la bande de Keronna qui jouait au lance-pierre sur la route de l'école. Il saignait, ne pouvait plus marcher. Il n'irait pas à Port-Launay, beaucoup trop loin, il rentrerait aidé de son frère, laissant les autres et traversant les champs. Le sang coulait et collait à la toile du pantalon. Même la paille des sabots se colorait de rouge. Il fallut nettoyer à la pompe au coin de la ferme de Fanch Goasdoué. Roz Piriou n'était plus très loin, tout juste une demi-heure en traînant la jambe. Ils étaient partis à cinq heures et demie du matin, il était six heures. Ils pouvaient espérer être chez eux vers six heures et demie. Le Menuisier boitait. Ils entendirent le clocher qui sonnait la demie alors qu'ils descendaient tous les deux le sentier qui faisait une boucle. De là on apercevait le toit de la ferme. Ils ne tournèrent pas, s'arrêtèrent bien avant, en haut derrière le grand chêne. À cet endroit on dominait tout, et ils avaient entendu des cris.

Le bâtard hurlait. Ils virent Tad qui tirait d'un côté sur la corde qu'on lui avait mise au cou pour qu'il se tienne tranquille dans sa crèche. Le voisin Trividic poussait, le bâtard tombait. On le traînait, il criait, ses mains grattaient le sol, ses ongles s'enfonçaient dans la terre. Tout autour les bêtes détalaient – poules, dindons –, les chats de la grange grimpaient en haut du tas de foin. Les vaches étaient déjà aux champs, ne restait dans l'étable que la jument qui commençait à s'agiter. Il fallait faire vite, la journée commençait à peine. Personne pour les voir, c'était le moment. Pierre mit ses mains sur ses yeux. Charles ne bougea plus, le regard fixe, la bouche fermée. Il vit le bâtard se dresser sur ses deux jambes comme pour s'enfuir, son regard éperdu, sa bouche qui bavait. Il vit ses dents écartées et ses lèvres mouillées, sa poitrine qui appelait, son visage de supplicié.

Arrivés au puits, les deux hommes y précipitèrent le corps meurtri qui bascula dans un dernier cri.

Tad cracha, le voisin Trividic s'essuya le front. Ils proférèrent des injures en breton. Charles dit qu'il avait aperçu la voisine, « la femme à Trividic », s'enfuir dans sa cour en faisant le signe de croix.

Charles et Pierre restèrent au pied du chêne en se tenant la main. Les yeux grands ouverts, ils regardaient désormais devant eux. Ils n'ont pas parlé, pas crié. Pas même lui, Charles, si petit et si maigre dans sa veste grise et son pantalon flottant. Il avait oublié sa douleur et sa jambe ne saignait plus. Ils retirèrent leurs sabots et passèrent la journée enroulés dans le talus, cachés sous les ronces à attendre le soir. Quand l'angélus sonna et qu'ils entendirent les rires des frères et des cousins sur le chemin, ils descendirent vers les crèches et s'installèrent à leur place sur les tabourets. La sœur aînée allait bientôt arriver avec le troupeau de vaches.

Personne ne parla. Jamais. Le dimanche suivant, on ferma le volet de la crèche comme on le faisait chaque semaine avant de se rendre à la messe. Le plus jeune frère cria que le bâtard n'y était plus. On leur dit qu'il était mort, parti au paradis, que là-bas ce serait toujours mieux que sa paillasse. Quand ils allaient sur la tombe familiale, ils ne posaient pas de questions. Il n'y avait pas d'inscription sur le grand livre de granit. Tout ça était normal.

Le bâtard n'avait pas de nom.

« C'était un petit homme, mais il avait dans les yeux une tristesse qui lui donnait une dimension de géant. »

C'est la phrase prononcée par le père de mon fils qui avait connu le Menuisier la dernière année de sa vie. Aperçu plutôt, trois ou quatre fois. C'était assez pour ne pas l'oublier.

L'ombre du géant plane encore et pour toujours.

Il est là, un peu loin, à cet endroit de la route grise, lisse et chaude qui descend au *penn-ti*. Je le vois bien, il n'y a pas de bruit, mais ce silence je ne le connais pas et l'odeur de l'été a disparu. Il a son béret noir et son baluchon à l'épaule. C'est samedi soir, il repartira demain à la même heure. Lundi, il ira travailler à l'arsenal, dans l'atelier de Laninon sur le quai de Recouvrance. Je me cache derrière le pignon, mes mains froissent mon tablier.

Dans quelques instants il sera là, je l'ai vu descendre.

Il n'arrive pas. Je vais regarder encore en me dissimulant, pencher la tête tout doucement, juste pour l'apercevoir. Fermer les yeux, faire le noir le plus dense et le voir s'approcher.

Je ferme les yeux, je me concentre une dernière fois et c'est son visage devenu tout blanc qui apparaît, sa paupière qui peine à s'ouvrir. J'écoute sa respiration saccadée. Et puis se superpose au masque de la mort une figure au sourire triste. Il tourne les épaules et les talons. Il remonte doucement la côte jusqu'au car. Ce soir, il va partir très loin et il ne s'arrêtera pas, ni près de la boulangerie ni près du cimetière ou de chez le coiffeur. Il n'y a personne.

Il est seul, définitivement.

Il n'est pas arrivé. Jamais.

On ne s'est pas parlé, pas touchés, pas effleurés. On s'est brûlés.

C'était il y a longtemps. C'était « dans le temps »… L'histoire d'un homme, « cinquième d'une famille de dix enfants », fils d'agriculteurs du Porzay, Finistère sud, ouvrier de l'arsenal de Brest, « marquis de la p'tite gamelle », un homme assis chaque soir à table en face de ma mère.

En entrant dans la cuisine, il ôtait son béret qu'il accrochait à la patère derrière la porte, il s'asseyait et posait à droite de son assiette son couteau dont la lame se repliait dans le manche.

Je n'ai plus besoin de baisser les paupières, je le vois, il est là.

Au-delà de la mort et mes yeux dans les siens, je pense qu'il a peut-être été heureux de m'avoir connue.

Ce n'était pas « le Menuisier ». C'était seulement mon père.

Je suis loin du *penn-ti* maintenant, loin de Roz Piriou, loin de tout. Le ciel est gris, petits nuages pommelés qui ne ressemblent à rien. Il n'y a pas d'odeurs, il n'y a pas de lumière.
Le silence règne, irréparablement.

GLOSSAIRE

Expressions et mots bretons ou brestois

an itron varia Rumengol : Notre-Dame de Rumengol.

anaon : âme des trépassés.

Ankou : la mort ou l'allégorie de la mort représentée par un squelette à la faux conduisant une charrette.

baradoz : paradis, ici pour *Kantik ar Baradoz*, « Cantique du paradis » (messe des morts bretonne).

bastard : bâtard.

billig : sorte de poêle plate, en fonte, utilisée pour faire cuire une galette ou une crêpe.

blaguer : discuter (parler brestois).

bloavez mad ! : bonne année !

bouquets de lait : primevères.

boutou coat : sabots.

bragou braz : pantalon bouffant du costume breton.

brenig : coquillage en forme de chapeau chinois.

buildings (prononcer « bilding ») : hautes tours construites dans les années 1960 dans un quartier populaire de Brest (parler brestois).

chid' houarn : marmite.

Cornards : habitants du quartier Saint-Pierre à Brest (populaire).

da gousket ! : au lit !

dreuz (aller à) : aller de travers ou partir.

fest-noz (festou-noz au pluriel) : littéralement, fête de nuit ; soirée où l'on exécute des danses traditionnelles.

gast ! : putain ! (injure).

gast a loan : femme de mauvaise vie.

grek : cafetière.

hasta buen ! : dépêche-toi !

huella : en haut.

izella : en bas.

karabasenn : bonne du curé.

karr-moulou : charrette.

karriguel : brouette.

kebenn : mégère.

kenavo : au revoir.

kersantite : pierre de Kersanton, petit fort finistérien, sorte de granit ocre ou gris.

kig-ha-farz : sorte de pot-au-feu breton (viande de porc et far de blé noir).

koll i an : sans nom.

krampouz : crêpe.

lambig : eau-de-vie.

larblaise : morceau de lard ou rôti de porc (parler brestois).

liche, être de la (ou d'la) liche : être alcoolique (parler brestois).

ma ! : eh bien ! (interjection).

ma Doué ! : mon Dieu ! (interjection).

317

mam' : mère.

mam' coz : grand-mère.

miz du : mois noir.

pastiou : sorte de gâteau aux pruneaux.

penn-ti : petite maison.

pilhou (prononcer « pillou ») : chiffon. « Être habillé avec du *pilhou* » signifie : être habillé n'importe comment.

ribin : petit chemin.

ruz-boutou : traîne-savates.

Salaün ar Foll : Salaün le Fou, légende bretonne. Il s'agissait d'un jeune innocent qui chantait tout le jour des Ave Maria dans la forêt du Folgoët (bois du Fou). Après sa mort, un lys poussa sur sa tombe. Quand on creusa, on vit que le lys sortait de sa bouche.

santez Anna : sainte Anne.

skol an diaoul : littéralement, l'école du diable, c'est-à-dire l'école laïque.

tad : père.

tad coz : grand-père.

troadikam : marelle.

Yannicks : habitants du quartier de Recouvrance à Brest, plus ou moins ennemis des Cornards, habitants du quartier de Saint-Pierre (populaire).

Yec'hed mat : à ta santé !

Composition réalisée par FACOMPO (Lisieux)

Achevé d'imprimer en décembre 2010 en Espagne par
LITOGRAFIA ROSÉS
Gava (08850)
Dépôt légal 1re publication : janvier 2011
LIBRAIRIE GÉNÉRALE FRANÇAISE
31, rue de Fleurus – 75278 Paris Cedex 06